青春阅读　幸得相见

有爱的青春陪伴者

世界这么大，
遇见命中注定的人的概率
是百分之零点零一，
可即便如此，
我们还是于茫茫红尘中相遇，
真是万幸。

著

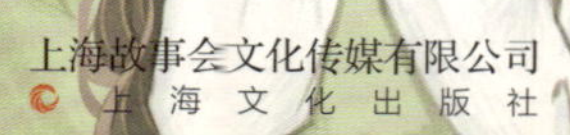

灼灼不停

ZHUOZHUOBUTING

郎骑竹马来，绕床弄青梅。

脑洞极大，天马行空，爱做“手账”、写随笔、记白日梦。

这辈子最大的梦想是：有钱、有闲、有书写。

生活明朗，万物可爱，

致力于写小甜文一百年的野生作者。

ZUOZHEJIANJIE

Preface

/ 作者前言 /

我小学时上了六年的画画兴趣班。

周末两个下午，老师都特别年轻、特别有意思，会一边讲鬼故事，一边瞅着我们趴桌子上画画。那时班里的孩子年纪都小，画得乱七八糟却又偏偏喜欢相互炫耀。

“你画的小兔子真可爱。”

“我画的是小狗。”

画画曾一度荣升为比写文还让我感兴趣的爱好之一，不过对于我来说，除了数学之外的其他东西学起来都挺有意思。

高中毕业后，我一度以为老天爷开眼，长这么大终于不用学数学了。

然后我学了金融，学了高等数学，现在的我学了比高等数学更让人掉头发的计量经济学。

在写这篇文的间隙，还偶尔会在大半夜冒着猝死的风险疯狂赶一堆有复杂公式的作业。全世界最大的工程莫过于甲方老师等着我们这些监理上传工作后统一验收，如果验收不合格，监理就得在赶工期截止前改到吐血。

老天终究还是蒙上了我的眼。

关于“长大以后要成为一个怎样的人”这样的话题永远是老师最爱提的问题，回首过往，我写过作文，码过演讲稿，还在课堂上被叫起来阐述，但回答起来总归只是那几个标准大众答案：成为老师，成为警察，成为一个顶天立地的社会主义接班人。

我可以在纸上侃侃而谈，把那些平凡无奇的职业夸得天花乱坠，但其实直到现在，我从来都不曾真正知道自己想要的到底是什么。

从小学到大学，从九门主课到现在复杂的金融计量，我学习的每一项内容，做出的每一项选择从来都是基于父母的诚恳建议，又或者是那些所谓“很好找工作”的热门专业。

我喜欢我现在学的东西吗？不知道，好像不太喜欢。

所以有时我就会想，要是我当初并不是选择了金融，要是我高二选择成为艺术生，我走的路会不会和现在不一样。

但也没什么可想的，我还能写文，还能慢慢学习新的知识，我还年轻，我还有很多种可能。

一直觉得能让一个人放弃的原因，并不是这件事本身有多么困难，而是当你满怀期待为之努力时，周围的人都在你耳边拼命告诉你：你做得不对，你这样做没有意义，你注定是个失败的人。

其实很多人的人生并没有遇到那些可以无条件为你两肋插刀的好友，可能终其一生，永远只有你一个人为之坚持。

但你若是遇不见支持你的光，就干脆自己成为那道光芒吧，努力一下，扑腾一下，不求闪瞎别人的钛合金眼，但求做一个比 500 瓦灯泡还要亮的小小太阳。

因为直到最近我才懂得了一个永不会改变的真理：这个世上没有无意义的事，关于“做自己喜欢的事业”本身就是一件很有意义的事。

对了，我特别喜欢程梓星。

他并不是一个很完美的人，他总是摆着一张“你欠了我好几百万没还”的傲娇脸，不擅长使用所有家用电器，会一月掉三次手机，会一本正经地毒舌，把别人推到气死的边缘。

但他也足够好。

他聪明，长得比女孩子还要好看，只要不说话就是一个安静的美男子，青涩年纪时会接盗版漫画稿帮禤子轶的妈妈补手术费，用了四个身份默默陪伴了鹿呦四年迷茫的时光。他有比所有人都要坚定的信念，从很早以前，就清楚地认识到自己脚下踏出的每一步的意义。

生来骄傲之人，不曾折腰半分。

但骄傲从不与温柔相斥。

爱之于他，不是花言巧语，不是糖衣炮弹，而是在一个女孩最艰难的时光里一直站在她的背后，看她悲伤，也看她欢笑；看她跌倒，也看她咬牙站起。

这份信仰，它穿过所有荒芜和黑暗来到你的世界，告诉你，我很爱你。

而鹿呦大概是我们所有人，普通、胆怯，亦有无法放弃的坚持，自喻尘埃却依旧渴望珍珠的灼灼光泽，度过高中最苦的求学日子，最终在漫长的人生路中找到了自己的光。

并不是说我们非要成为一个如何如何的人，世上有精彩出色的人生，亦有碌碌无为的幸福。

无论哪一种，皆是值得。

你站在街口，低头总能看到阴影；但若你抬头，也能见到月光。

骄傲、无畏，支持着我们慢慢走到了今天，走到了正式与你相遇的今天。

Everything that downs me makes me wanna fly.

我们都是世界上最棒的小孩。

我们要永远向前。

目录

Contents

001 Chapter 01
这一年，小公主笑着伸出手，
终于和她的骑士再度重逢

023 Chapter 02
“可在这个世界上，
没有天生不适合的人。”

054 Chapter 03
请你等一等，等到我足够好，
等到你终于发觉，我有多么喜欢你

085 Chapter 04
披星戴月，随处而栖。
所谓坚强，全靠硬抗

105 Chapter 05
生来骄傲之人，不肯折腰半分，
但若来人是你，我愿千百次低头

148 Chapter 06
程梓星：我见青山多妩媚，
料青山见我应如是

目录

Contents

186 Chapter 07
“我喜欢你这句话，你要是喜欢听，
我可以说一千遍，甚至一万遍也可以。”

214 Chapter 08
曾与黑夜长伴，梦乡缱绻而又缠绵，
凉薄甘苦，隐于岁月，
不可磨灭的理想永远向前

235 Chapter 09
我看到那些岁月如何奔驰，
挨过了冬季，便迎来了春天

257 Chapter 10
我会一直站在你的身后，
无论是过去还是未来

270 Extra episode（番外）
那段破碎却疯狂的追梦时光

Chapter 01

这一年，小公主笑着伸出手，
终于和她的骑士再度重逢

01

鹿呦蒙着被子在寝室睡得天昏地暗，床头的手机也锲而不舍地响了整整五分钟。

上铺室友往下扔了个枕头，她脑袋被砸中，“哎哟”一声，慢悠悠地伸手，把手机拿到耳边极不耐烦地吼一句：“谁？”

电话那端传来一句：“鹿呦，我要淹死了。”

鹿呦连眼睛都没睁一下，含混不清地回：“噢，我会想念你的。”

今天休息日，不在工作时间范围内天王老子来了都拒不接待。

手机还保持着通话，静了大约三十秒，电话那头的人不紧不慢地开口，声音略微暗哑，就一句：“鹿呦，我要扣工资了。”

对方说完就挂，十分嚣张。

顿时吓得半醒不醒的鹿呦一个虎跃起身。

3 月 1 日，六点半。

晨间朦胧，云在天上缓缓飘动，黎明透出一丝暗淡的曙光，晃过波光粼粼的水面，斑驳落在底部大大小小的石块上。

不过鹿呦此时没空欣赏大自然的绝好景色，她顶着黑眼圈，握着啃了一半的肉包，视死如归地推开面前豪华别墅的大门，然后一脚踏进了接近门槛高度的水里。

鹿呦低眸，盯着瞬间被浸泡一半的新鞋，默默咬了口肉包压惊，抬头精准地定位到六米开外坐在黑漆钢琴上的男人。

他长腿交叠，长着一张绝对能卖出好价钱的漂亮脸蛋，此刻平静地翻着手里的报纸，专注而优雅，仿佛家里一片狼藉与他没有半毛钱关系。

名叫“旺财”的宠物刺猬正在钢琴下奋力翻滚转圈，充分彰显了作为哺乳类动物会游泳的优良求生欲。

这小玩意儿会出现在这里，还是鹿呦出于好心，特意送给对方培养感情的宠物。

他冷笑，说自己不喜欢所有带毛的生物。

鹿呦给了他一个坚定的眼神，第二天就把带刺的旺财给运来了。

鹿呦捏了捏眉心，压着火冲他喊道:“老板，你又干了什么好事？”

被点名，程梓星目光缓缓地从报纸上挪开，淡然的面容露出一个称得上欣慰的表情。他十指相抵，慢条斯理道：“你来啦，我一不小心把卫生间的水管给弄坏了。”

两人四目相对。

鹿呦忍不住嘟囔：“你闲来无事看你家水管不顺眼吗？”

“显然不是，看它不顺眼对我有什么好处？”程梓星耸肩，“因为这个不太美好的插曲，我已经在钢琴上待了好几个小时。你要知道，这严重打乱了我今天的计划。”

“……”

鹿呦捂脸，满头黑线。

她双脚全部踏入房内，顺手把湿漉漉的旺财捞起来。

“我还没吃早饭。”他盯着鹿呦，慢吞吞地说，“不幸的是，做饭的阿姨今天请假了。”

鹿呦二话不说，将手里的塑料袋甩在报纸上。

盯着面前被啃了两口还冒油的包子，他眉头皱了一下："鹿呦，你知道小摊上用的油和肉有多脏吗？我向你保证，你知道了一定不想多吃一口。"

鹿呦没搭腔，从电视柜上摸出防水胶带，又顺手摸出一把扳手，对他阴森森地笑："我向你保证，你再'叭叭'一句，我立马砸你脑袋上。"

程梓星盯着在眼前晃来晃去的扳手，乖巧地点头。

卫生间的状况果然十分"感人"，鹿呦冲里面望了望——

水管连接处裂了一道缝，水从里面咕噜冒出来，几乎浸湿背后一整片白墙。

她顿时有些不解，这点水怎么着也不会把一楼整个给淹了……

她的视线从水管慢慢移到洗漱台，正中央的水龙头正开到最大，哗啦啦淌得十分欢快。

鹿呦："……"

她简直要疯了，走过去将防水胶带粘在缝隙处，又极快地关紧水龙头，然后蹲在马桶上给家政公司打电话。

可以想象，程梓星这厮在后知后觉地认识到"灾情"已经严重到无法下脚后，立马带上每日必读的报纸，无比冷静地爬上摆在客厅的钢琴，边冷眼瞧着旺财在水里划来划去，边眼巴巴地等别人来帮忙"救灾"。

"自己动手丰衣足食"这句话从不会存在于他脑内的执行功能中，他只会熟练地拨通负责别墅卫生的人的手机号码。

好巧不巧，负责这个该死的工作的，正是鹿呦。

一个月前，她清楚地记得自己应聘的职位是兼职私人助理。

一个月后，又或者在刚踏入别墅的那一刻，鹿呦就已然老泪纵横地意识到，对于程梓星来说，私人助理四舍五入约等于扫地阿姨，简称——打杂的。

说起这事，得回到交期中作业那次。

鹿呦虽读的是美术系，奈何满身艺术细胞与敬爱的教授无法产生共鸣，每次去办公室，这位头发胡子花白的老人家都会重重地叹息。

“鹿呦，你知道老师最想在学生的画上看到什么吗？”

鹿呦瞧了一眼手里熬夜赶完的三幅水彩，愣愣地看他，一脸求知欲。

“老师最想在画上看到的是，当代艺术触动心灵的力量。”

艺术家的思想都略微“中二”，他站的地方逆着光，映出眼尾深深两条皱纹。他问：“你觉得你的画里有吗？”

鹿呦摇头，心想这劳什子心灵力量她都不知道是个什么鬼玩意儿。

教授又是一声叹息：“这样吧，我给你介绍个好兼职，做我曾经一个学生的私人助理。”

教授笑眯眯地将早已准备好的合同递给她：“别墅泳池，环境幽美，报酬丰厚，做六休一节假日三倍工资，还能顺便学习如何完成一幅真正的画作，不要太划算。”

他是打听过的，这小姑娘总是外出干各式兼职，听说是原生家庭不太支持她的学业。

不过刚刚那番话倒特像家政市场打广告的官方用语，复制粘贴后在七大姑八大姨横行的朋友圈疯狂转发。

可从这位知名教授嘴里说出来，瞬间给人一种天安门前升国旗般光彩的既视感。

鹿呦其实是个实打实的好学生，从幼儿园到高中都是。

学习还不错，又唯命是从，简直可以勉强成为狗腿子的不二人选。

即便她偶尔也会早自习赶作业，默默吐槽某老师的发型，甚至也曾捂着肚子请假，实际是要赶在快递下班前把给偶像的信及时寄过去。

换个角度想，这样的日子也很无趣。

能让老师记住的学生只会分为两种：一是学习特好的，二是学习特差的。

而她的成绩中不溜秋，也没什么与校共存亡的荣誉感，运动会和联欢会都是负责坐观众席上拍手鼓掌的专职人员，每天沉默地上课下课，认真完成作业。在老师一个粉笔头砸向某个玩手机的差生，然后与别人一起哄笑，好友回过头冲她挤眉弄眼，塞给她一本当年极火的“疼痛文学”《会痛的十七岁》。

细数她做过的唯一称得上疯狂的事，是在高二那年脑子一抽，零基础零天赋的她拼死拼活去当艺考生。

然后如踩了狗屎运般，她一本本分分的“学酥”可能是感动了上苍，莫名其妙考入泽大这所天才横行的名校。

但她深知“出来混终将要还”的这个道理，一脚陷入这条不归路后再也没拔出来过。

脑回路从遥远的记忆转了个圈回到现实，鹿呦略微空洞的神情被教授精准地捕捉到，于是后者提了提音量。

“你知道这份兼职有多少人争得头破血流地想要吗？我敢打包票，他是一个特别有趣的人，你见到他就知道了。他是我教过的，最有天赋的学生！”

教授满脸写着“你不去简直就是对不起我啊”，而后眼睛一瞪，又补充：“我是你老师，我还能害你不成？”

老古话说了，老师的使命天生就是教书育人。

这套说辞堪称完美，鹿呦完全找不到任何反驳点。

反正也只是一个兼职，既能赚钱又能学到知识，何乐而不为。签完合同，鹿呦乐呵呵地打开第一页准备细看。

合同落款的老板名字是“程梓星”。

鹿呦揉了一下眼睛，再三确定自己没瞎。

“教授，冒昧地问一句，这个‘程梓星’，莫非是我知道的那个‘程梓星’？”

教授立马给了她一个肯定的眼神：“是啊，惊不惊喜，意不意外？”

鹿呦：“……”

好惊喜，好意外。

“啪嗒”一声，签上她大名的“卖身契”掉在了脚边。

鹿呦刚进校就听说过这尊大神，毕业于泽大，曾斩获国内国际无数奖项，大四以全额奖学金前往巴黎美院进修一年，是美术系学生心中不可撼动的传奇人物。

同时，他也被业界调侃为“最难约稿的画家”之一，主攻传统水彩油画，偶尔接一些知名杂志或期刊的插画。

据说在不计较费用的前提下想和他约个稿，满打满算得排到三年之后。

这还得他心情好肯点头，不过他的心情向来不太好，有时候给出的拒稿理由是坐在院子里发呆，一抬头发现没有星星很是难过，于是就不想画了。

出版社也很难过，大冬天的没有星星他们表示无能为力。

鹿呦第一次去程梓星家的时候特紧张还没底，毕竟全凭教授的关系走了后门。

“老板你好，以后请多多关照。”

“老板，咱们师出同门，这缘分，放抗战时期就是可以并肩作战的亲密战友啊！”

背了一路乱糟糟的开场词，鹿呦无比忐忑地按下门铃，与此同时，里面传来“轰”的一声巨响。

鹿呦一愣，站在原地蒙了三秒后，一个男人打开门伫立在她面前，宽肩窄腰，极具压迫性的身高稍显冷清。

他穿着质地良好的黑色绸缎衬衫，衬得面色白皙，比传闻和照片还要好看几分。

鹿呦确认对方身份：“程，程梓星？”

“嗯。”

话音刚落，程梓星变戏法似的，从身后拿出一个小型灭火器塞在鹿呦手上。

鹿呦看着他一通“神操作”，更蒙了：“给，给我这个干吗？”

“灭火，私人助理该干的活儿。”

程梓星语调微喘，神态却又极富慵懒之意，双手抱胸靠在门边，姿态舒展，仿佛只是想说一句“你看今天的天湛蓝湛蓝的”这样无关要紧的话。

“私人助理抢消防员的工作？”鹿呦神经绷紧，“为什么要灭火？”

他绽放出一个称得上温柔的笑容，在鹿呦被这个迷人微笑蛊惑前，愉悦道：“因为我刚刚一不小心把厨房给炸了。”

鹿呦：“……”

此时此刻，她脑海里只回荡着教授那句“他是一个特别有趣的人”。

是啊，专注于拆房子一百年是件多么有趣的事情。

如果时间能回溯，鹿呦一定会毫不犹豫地撕碎合同，然后拼命摇着教授的肩膀问他，是眼睛出毛病了，还是真心看自己这个拉低平均分的“学酥”不顺眼？

02

回忆结束，鹿呦花了四个小时才解决了“水灾”问题。

准确来说，是她请来的死贵死贵的家政公司人员全副武装，拿专业设备清理了四个小时——反正花的全是程梓星的钱。

地板做过防水处理也没什么大事，墙面就比较悲剧了，底部一圈都泡得发胀，不过值得庆幸的是还没到夏季，否则就会留下许多难看的霉斑。

家政公司一条龙服务，拍着胸脯表示下午就找人过来凿开抹灰层修补墙面，完工后比之前还要雪白干净。

安排妥当后，鹿呦就闲下来了。她搬了个长椅坐下，从书包里拿出素描本，搭在客厅吧台上开始画速写。

这是她养了两年的习惯，每天无论忙到多晚都必画一张练手。

“你这角度不对，阴影打太多了。”

冷不丁头顶传来一个低沉的声音，鹿呦还没反应过来，只觉脸颊旁有一阵温热气息袭来。

程梓星不知何时站在了她身后。

他弯下腰，抬手指着她素描纸上的某处线条，漆黑的眼眸写满认真。

耳尖有点痒，鹿呦不太自在地往旁边挪了一点，后背立马抵在对方的另一只手臂。

她一个激灵，抬眼瞬间，正好撞入那双含雾的漆黑眼眸。

“速写和素描都是练基本功，下笔前要记住用线条来表现人物，注意整体结构和光影。”

鹿呦立马将视线挪回画上，看着那只白净的手移来移去，愣愣地点头。

刚还没注意，程梓星这厮采取的是一个十分暧昧且极容易让人想歪的姿势，从后几乎是将她整个圈在怀里，距离近到如果她愿意，侧个脸就能数清对方有多少根睫毛，也能看到那眼下极淡的青色。

但程梓星本人完全没察觉出任何不妥。

他大概只是单纯地认为这样对方能听清楚自己说了什么，甚至还有些不高兴地命令鹿呦：“别走神，耐心地听我说完，也别晃身子，你乖一点。”

鹿呦：“……”

“我刚刚说的听懂了吗？”

“懂了七八分。”

“剩下两三分是被你的智商给怄走了吗？”

“……”

她一直深切怀疑程梓星是从某个银河系星球砸来地球的入侵物种，乍一看高高在上不可一世，顶着“天才画家”的头衔，满脸写着“生人勿近，近了就弄死你”几个大字。

但你稍微和他熟一点就会发现，这货压根儿就是毒舌属性与淡漠性格的有机结合，一旦专注于某事，被导弹瞄准了，他都连眼不带眨一下的。假如一个身材火辣的漂亮女生在他面前跳一晚上拉丁，他脑海里蹦出的第一句一定是“这人的肌肉线条该怎么描绘合适”，甚至可能还会嫌弃，因为模特越丑越好画。

鹿呦自认为脑回路已是无人可及，但程梓星的轨迹就好比是同一条线上蹦跶的弹珠，不但跳得快，还蹿老高。

“顺带一提，我建议你使用德国产的炭笔，比如辉柏嘉。”程梓星一番长篇大论说完又补充，“不贵，而且算好用。”

鹿呦瞥了眼手里手感很差的杂牌子炭笔，心想估计对方接下来说的话都不太会让自己舒服了。

“这样你的光线处理就不会像现在这样粗糙。你看你这画，我说句不好听的，门采尔老师都会被你怄得从坟墓里爬出来骂你。虽然说你原本的技术也实在称不上好，不能全部怪到画作工具上……”

鹿呦捂脸：“老板，你就直说我画得一无是处，八匹汗血宝马都拉不回来得了。”

他顿了一下，似是察觉出她话里的无奈。

“当然不是，你现在年纪小，有这样的水平在普通美术系学生里已经算得上勉强合格。这样想想是不是感觉还好？”

好你妹。

辛勤的家政人员做好收尾工作就浩浩荡荡地走了，大理石地面已然焕然一新，这也是程梓星为何会从钢琴上跑下来指导她的原因。

手机响起了轻柔的曲调，程梓星直起背，从口袋将其掏出来按了接通键。

“早上……中午好，抱歉，我今天没有什么时间概念。”

鹿呦下巴抵着速写本，默默盯着那个挺拔俊逸的身影走远。

刚刚还没注意，旺财居然被他放在左肩上趴着，它特乖，蜷缩成一团，一动不动，很识时务。

画面莫名和谐。

记得当初程梓星非常不欢迎这个不速之客，用他的话来说，刺猬不能吃也不能帮他打扫卫生，总而言之是个一无是处还得负责其吃喝拉撒的废物。

鹿呦心想你俩相比半斤八两。

而后这个小家伙不但奇迹般活了下来，还长成了一个胖墩墩的肉球。程梓星纸老虎一个，就爱过嘴瘾，该给它吃的还是会给，甚至加倍，因为他懒得一天喂三顿。

正想着，鹿呦突然发觉右脚踩到了什么。她弯腰捞起来看，似乎是几张素描纸，早已被水泡得惨不忍睹，色彩洇成一团。

鹿呦将纸张摊开看了好久，沉默片刻。

有点熟悉。

程梓星没多久就回来了。比起刚刚怡然自得的嘚瑟神色，他现在脸臭得仿佛吞了三盒鲱鱼罐头。

他对着手机说着：“我草稿多得堆一起能点把火烧了我家。况且，说句实话，这种水平的作业丢了就丢了吧，您老找学生的标准真是每况愈下。”

鹿呦几步上前，几乎是把素描纸拍在程梓星脸上：“老板大人，这都是我们日日夜夜赶出来的作业啊！是给你批成绩的，不是给你当抹布的，你看看它们现在成了什么鬼样子！”

当然，这只是交的一部分作业，教授这些年思想开放，鼓励大家脑洞大开，体现出独特的创作精神。

于是学生们积极响应，什么剪纸、木刻、色粉，甚至还有人用Led做了个简易的发光装置，有人花了三天时间搓了个巨大的泥垢……

程梓星淡定地瞧了眼它们，又对着手机那头的人极不耐烦地说：“好消息，我现在找到了部分作业，虽然样子有些不太美观……所以是不是可以不去了？”

明显是得到了否定的回答，程梓星很不爽地挂断了电话。

他一抬眼，就看见鹿呦一副吹胡子瞪眼的样子，听她说了一句：“不打算解释一下？”

程梓星莫名其妙道：“解释什么？”

“你把我们班的作业扔地上！”

“胡说八道。”程梓星看着她的眼睛，语气缓和了一点，“我把这些不知道在画什么玩意儿的素描纸水彩纸放在了客厅茶几上，把那堆冲我张牙舞爪的剪纸、木刻塞在了地下室，至于那团充满细菌的泥垢，我放花园里当肥料了。”

他一字一句说得认真：“我向你保证，如果不是漏水，它们都该在原本的地方好好待着。”

鹿呦听傻了：“老板，我并不想和你讨论我们的作业该在哪里待着。”

和程梓星永远讲不了正常逻辑，她的气势瞬间弱了不少：“我是想说，你压根儿就没准备要批注吧，拿回来了就随便扔在角落生灰。”

这些都是教授几天前托她带过来的，受近来男团选秀节目影响的教授，原话是：“程梓星在泽大美术系的人气也很高啊，有了偶像的支持，大家的学习热情一定会空前绝后的！”

程梓星冷笑一声：“鹿呦，你认为连作者都不认真对待的作品，我有批注的必要？”

鹿呦顿了顿。

确实，教授一时兴起布置的课间作业从不计入绩点，于是相应的，学生们能按时完成就算不错了。等待他们的考试学科多得像座山，谁会特别在意一个不计入绩点的课间作业呢。

其实，鹿呦会。

她每次都会熬很久的夜死磕，打开头顶的小台灯，瞧一眼窗外乌漆漆的天空，心想“壮哉我大鹿呦，你是电，你是光，你是未来即将冉冉升起的一颗新星”，然后就该高唱一首悲壮的《二泉吟月》。她这颗新星毫不意外地被“天赋”二字彻底碾压，画出来的作品还不及程梓星口中充满细菌的污垢。

美术生的独特技能——当落下第一笔后就知道，这幅画大概要完。

鹿呦虽没找到自己的素描，但估摸着它现在已经待在下水道里了却此生，还是别问了，问就是悲伤到心碎。

“我走了，我下午还有课，明天见。”

被打击得毫无精气神可言的鹿呦摆手，怕下一秒就流下两行清泪。

“慢走。”程梓星爽快地回应，“顺便告诉你一个不幸的消息——你明天一整天都可以不用过来了。”

语气是一贯的冷淡风格，他丢下这句就扭头走向二楼。二楼是他的工作间，除了正牌助理，从不允许其他人上去。

鹿呦面不改色地点头，实则心里霎时窃喜起来。

“好的好的，老板你是要出差办画展，还是要出国旅游放松身心？哎呀呀，我知道这些都和我没有关系，你放心，我会想念你的，一日不见如隔三秋，我等着你回来！”

最好别回来了。

鹿呦在心里嘀咕。

心情一秒由暴雨转晴天，她脸上堆着狗腿的笑容退了出去。

“因为我明天要去你学校……”

程梓星站在楼梯口，不紧不慢地回头，奈何门口早就连个鬼影都没有。

那纤长的睫毛眨了一下，又眨了一下，他开始回想刚刚鹿呦的话。

“她好像很开心。”程梓星沉思片刻，得出了一个非常中肯的结论，“原来如此，她喜欢我去找她……”

他脚步轻快了一些，走上二楼。

里面称得上杂乱，画稿堆积如山，周围散落着七八个大画架，他走近一个架子，取下夹子，把画从上面拿出来。

很普通的山水水彩。

以程梓星极其挑剔的专业目光来看，水平真的不怎么样。

但他知道，倔强得要死的作者前前后后改了约七八遍才交出最满意的这一幅。

程梓星修长的指尖轻划过右下角那个略显潇洒的署名：鹿呦。

“字真丑。”

他感慨一句，顺手拿起工作桌上一本和屋内风格完全不搭的粉壳书，每一页纸上都记有非常细致的标记。

他翻到昨天阅读的地方，露出一个势在必得的笑容。

“要学会用合理的理由创造独处的机会，当面对她的时候，切记一定要看着对方的眼睛，这样可以准确地表达自己。”

嗯，完美。

“下一步，适当的身体接触和给予对方最正确的学习指导，利于建立坚固的感情基础。”

嗯，完美。

“……”

他将那一页的内容轻声念完。

好极了，全部完美。

看起来自己做得分毫不差，今天的交流与以往相比明显有增加的趋势。

此时钢琴铃声又在耳边响起，来电者正是某位不幸摔断腿进医院的正牌助理——禤子轶。

禤子轶打来电话问："相处了一个月，新助理如何？"

"显而易见，她已经离不开我了。"

禤子轶："？？？"

"回见。"

程梓星合上书，封面上赫然一个能闪瞎狗眼的大标题——

《恋爱指南 100 条：教你如何拿下那个该死的任性女人》。

03

鹿呦累死累活地回到寝室的时候已是下午，密不透光的窗帘被拉开，温暖的阳光倾泻下来。室友周洛洛灿烂的红发异常扎眼，她以一种诡异的姿势趴在瑜伽垫上，身旁还放着一张某小生的写真用于激励自己。

"呦呦，没吃中饭吧？"另一个室友庄晨推了推眼镜，放下课本，指着她桌上的饭，"去食堂顺便给你打的。"

鹿呦隔空给了她一个飞吻："邹佟呢？"

"去教导大队指导新生了。"

"她这周去四次了吧？这么积极，干脆搬个床过去躺着得了。"周洛洛满头大汗，小心翼翼地捧着小哥哥的照片坐回到自己的位置。

庄晨说："嘿，你又不是不知道，她一直心心念念去大新疆边防部队报到。"

"嗯，你说得很有道理。"周洛洛回头，"咱寝室明天要不要来个聚餐，我偶像出新剧了，庆祝一下。"

"你哪个偶像？年纪大的，还是年纪小的？"

"年纪小的，演网剧火得一塌糊涂的那个。"

“那你请客。”

“你做梦，我穷得就剩这条命了，咱AA。”

鹿呦坐在一旁，边听着她们唠嗑，边捧着饭盒吃着饭，嘴角沾了一粒米饭，傻不拉几地冲着她们嘿嘿地笑。

看看这些优秀的室友：一个专业追星，长得帅的当红“炸子鸡”都追；一个身高一米八，天天满脑子想着去当兵；一个本来梦想去雕塑系，结果考砸了滑档才来到这个专业的超级大学霸。

好死不死，齐聚一堂。

但她们也同时包揽年级前三名，一年时间，雷打不动，暂时还未被超越。

大概这就是老师说的拥有百分之一灵感的人。她拼了老命外加冲天运气才进入的名校，她们不费吹灰之力，甚至原本压根儿没把这个地方作为落脚点。

仔细想想，教授之所以会把兼职机会给她，可能是将她与实力不匹配的辛劳看在眼里了。笨蛋总有笨蛋的好处，笨蛋可以博取同情者的援助。

虽然这个援助，待久了没准容易有性命之忧。

“苍天啊……”鹿呦仰天长啸。她一本分小良民，不害人不打劫，走在路上还记得给乞讨老人递上一块钱，这样的她怎么就命运多舛呢，顿时连手里的饭菜都感觉不香了。

“小朋友。”周洛洛盯着鹿呦忍不住说，“我发现，自从你得到和我们程大画家朝夕相处的恩惠后，发癫的次数日益增长啊。”

鹿呦悠悠地开口：“那为了你家小朋友的生命健康，要不要替我去接受这份恩惠？”

周洛洛连忙摆手，讪笑道：“那还是免了，高冷男神只适合远观而不可亵玩焉，还是留给小朋友吧。咱五五开黑时就数你最擅长清扫战场挡小兵了。”

家门何其不幸，鹿呦又是一声叹气。

庄晨不解：“呦呦，这么不想去的话，为什么不直接辞职？我记得你签的合同，试用期只有一个月。”

“我确实是这么想的……”鹿呦咬牙说，“我连辞职理由都想好了。结果有一天我在书房整理书的时候，一不小心打碎了一个看起来就很贵的瓶子。”

庄晨和周洛洛脱口而问：“多少钱啊？”

鹿呦默默伸出五根手指，愤愤不平道：“天地良心，你见过谁家把古董和三盆十块包邮的多肉摆在一排吗？我看着那堆碎片，脑子里只剩下一句‘完犊子’。他本来就看我不顺眼，他知道了一定会把我打一顿丢垃圾桶里闷三天三夜，然后卖到东南亚做苦力还债。”

周洛洛立马打断她：“不会的，程梓星与其把你卖了，还不如用这个时间画幅画，利润更大。”

“……”

“我怀疑你在埋汰我，但是我没有证据。”

鹿呦接着说：“他确实没让我赔，但隔天就给我送来一份新合同，工作时间延长半年，我寻思他是打算温水炖青蛙，慢慢折磨我……”

“他这么无聊？”庄晨托着下巴。

鹿呦认真地回忆了一下，最近老板不仅热衷于下达各式奇葩指令占用她宝贵的休息时间，还总用莫名炽热的眼神死死盯着她。

她曾花了一个晚上分析这种说不清道不明的眼神，最后得出结论：他想打我。

鹿呦肯定地点点头："嗯，他真的这么无聊。"

两个室友非常不厚道地笑了，拍了拍鹿呦的肩膀，表示安慰。

04

市医院。

病房门被人从外面推开，顶上的风铃发出清脆声响。

一身病号服的禤子轶坐在床上打游戏，满目惊讶道："哎哟，我是瞎了吗？我们大画家居然亲自过来看卧病多日的可怜助理，莫名受宠若惊啊有没有。"

身穿黑色风衣的男人甚至破天荒地买了一束花，转身插在了空花瓶里。

温润娇艳的金黄色，花瓣上还沾着新鲜的露珠。

禤子轶看了好半天那簇吐露芬芳的花，笑容不变，按捺住想抄起花瓶砸在对方俊脸上的冲动。

"程梓星，我谢谢你全家，你捧个菊花是想顺便给我上个坟吗？"

"显而易见，我是带着衷心祝福过来看望你的。"程梓星搬了个凳子坐在他床边，开始和他掏心掏肺，"中国有句诗：几时禁重露，实是怯残阳。愿泛金鹦鹉，升君白玉堂。"

"……"

"大哥。"禤子轶揉了揉太阳穴，"我是理科生，文言文古诗词早八百年前就还给语文老师了。"

程梓星点头表示理解："意思是菊花虽能承受寒凉的秋露，却害怕夕阳的来临，此生只愿浸在金鹦鹉杯中，为身居白玉堂中的明君所用。”

禤子轶白了对方一眼：“我明白了，我是那不得志的菊花，你就是牛气哄哄的明君，你一声令下，我就得马不停蹄心甘情愿地给你卖命。”

“明君”欣慰地看着他：“你看，好好学一下，高中语文也不至于次次不及格。”

“滚蛋！”禤子轶没好气地说，顺手从枕头下面将文件掏出来给他，“如你所愿，‘菊花’废了半条命把你这半年行程压缩到只剩‘日月星辰’画展，还是全公益无收入的项目。”

他瞪着程梓星：“你之前和我说这半年得研究非常重要的事，能知会一声是啥不？”

程梓星点头，认真道：“我要解决我的人生大事。”

“……”

禤子轶只当他胡说八道，说：“我告诉你，就这一次，以后不许逃签售，不许乱接画稿，也不许用莫名其妙的理由拒绝出版社。你再这么任性下去，后半生就在天桥下面卖画苟延残喘吧！”

程梓星点头点得十分爽快。事实上，他们每次交谈都十分爽快，然后不出意外，程梓星十次有五次会在原行程前几个小时自动发挥“失踪”这一特殊技能，丢下一堆烂摊子给他这个可怜助理。

“走了，你好好养伤。”程梓星说。

“唉，我的话你要听，回去不要通宵，你颈椎不好别总是闷在二楼，别进厨房，也别动任何智能家具，还有……”

回应禤子轶的只有门被关上的声音。

他只得停止絮叨，不知为何，莫名心疼起那个兼职助理。

听说还是个念大一的无辜学生，估计不出几个月，就能被这货磨出一颗钛合金心脏来。

褟子轶下床时才注意到凳子上留下了一个牛皮纸袋。

什么时候放下的？

他伸手将袋子解开，里面有一沓崭新的人民币，还有一张字条。

给阿姨治病。

PS：我只是借给你，不要多想，也不要对我感恩戴德，还有记得代我向阿姨问好。

哦，一贯的死傲娇作风。

褟子轶低头失笑，笑得有些颓废。

其实他说谎了，《菊花》他懂讲的是什么。这首诗他曾被高中老师命令罚抄了一百遍，抄多了自然也就会背了。

“怯残阳，确实挺适合我。”

李商隐借诗抒发自己的迟暮之感，而他何尝不是在潦倒之际，被从小长到大的玩伴程梓星捡到身边养着才得以苟且。

褟子轶将钱小心翼翼地装回去。

Chapter 02

“可在这个世界上，
没有天生不适合的人。”

01

鹿呦被闹铃叫醒的时候，寝室里黑得像间停尸房，只有周围几道手机白光晃来晃去，吓人得很。

这得归功于周洛洛前段时间买回来的遮光窗帘，有了这玩意儿之后，她们第一堂课的迟到率有了很大的提升。

“你昨晚几点睡的？”

“两点，接了个设计稿兼职。”

“我昨晚画着画着直接趴在桌上睡着了……”

几人叽叽喳喳一讨论，得，又是晚睡早起的一天。

都说，熬夜会死。

事实证明，灵感爆发都在深夜，美术生基本都不怕死，完全靠着一口仙气吊着。

鹿呦打了三个哈欠，半睁着眼去阳台刷牙。邹佟昨晚半夜溜回来的，此时精神却极好，人高马大的她杵在窗边晾着衣服，黝黑的皮肤在阳光下发亮。

鹿呦打了个招呼：“早上好啊，寝室长。”

邹佟笑眯眯地点头。

她昨日荣升下一届新生的军训教官，按她的话说，四舍五入离保卫国家的梦想又近了一步。

鹿呦问：“对了，上午第一节什么课来着？”

“解剖课。大家记得背一下重点，老师上课前会抽人提问，算平时分。”庄晨转过身，一手拿教科书，一手推了推眼镜。

“股间肌，小圆肌，大圆肌……”鹿呦默背完，将《艺用人体解剖》从抽屉里翻出来放入书包。

学期初，她们就对这门课抱以极大的兴趣，总觉得没准一进教室就能看到老师扛了一具尸体等她们来探索发现。

显然她们想多了，目前为止，除了书本知识，她们也就看了看欧洲古代的解剖纪录片。

不过，第一次播的解剖纪录片很重口，里面解剖的尸体是绿色的，看起来泡了挺久，组织都泡烂了。尸体的手臂给人一种炖烂了的质感，总的来说就是一锅乱炖……

鸦雀无声地看完后，大家整整一天都没什么胃口。

除了周洛洛。

她没心没肺地啃着猪蹄，满嘴是油，含混不清道：“这都是小场面，你知道隔壁医学院的上解剖课，那老师直接抱来一箩筐小白鼠，大手一挥豪迈地让他们挑只自己喜欢的出来。”

四人刚到教室，站在门口的萧影一看见周洛洛，脸上笑得快要开出花，狗腿地递上温热的牛奶和吸管，嘘寒问暖了好半天。

美术系的男女比例堪忧，典型的例子是鹿呦他们班，二十五个学生，二十三个女生，剩下两个：一个性向不明，和他们班女生们好得以“姐妹”相称；一个二货属性，一门心思追周洛洛。

寝室其他三人往最后三排舒适区走过去，只有“学酥”鹿呦非常自觉地到第一排学霸区就位。

她今天状态不太好，虽然努力听着课，可每隔十秒钟打一次哈欠。

坐她身边的同学闷声低头，过了好久才慢悠悠来一句："昨晚没睡好？"

"嗯，日常熬夜。"

"少熬点吧，熬夜伤肾。"

"……"

鹿呦脑子转了半天才隐隐察觉不对，她侧过身子盯着那个男生："微生炀师兄？你你……你为什么会出现在这里？"

微生炀高她两届，是校教导主任的亲侄子，也是"中二"教授最得意的学生之一，特聪明特高傲特追求成绩的一个人。

回想当初，她窝在教师办公室里改着画稿，微生炀这厮不知为何也坐在她旁边，埋头整理他那跟《汉语词典》一般厚的奖状。

一等奖学金加上国家励志奖和各类全国大赛奖等，晃得鹿呦眼前全是金灿灿的颜色。

于是，她干脆也不改画稿了，就撑着脑袋可怜兮兮地投以羡慕的目光。而面对这个一看就完全没有竞争力的"学酥"，微生炀也就发发善心，短暂地指导过她那么几次，算是认识。

微生炀淡定地瞥了鹿呦一眼："我为什么不能出现在这里？"

"这是大一的课。"

"学校规定大三学生不能来蹭大一的课吗？"

"呃……没有。"

微生炀给了她一个"那不就行了"的眼神，又低下头盯着空白的草稿，从头到尾都没瞧一眼黑板，一副坐立不安的发呆样。

奇怪，他到底是来干吗的？

鹿呦的好奇心被勾了出来，一边想一边死死盯着他。

“鹿呦同学。”

“嗯？”

微生炀又看向她，和看智障儿童般问：“我脸上有教课 PPT，还是解剖素材？”

鹿呦讪笑：“都没有，只有帅气。”

“对了，我昨天看了你在水彩大赛上的初赛作品。”微生炀咳嗽一声，难得主动地挑起话题。

鹿呦惊了：“你怎么看到的？”

“虽然我最近在忙一个比赛，但我名义上算是这次初赛的评审之一……”微生炀瞧着对方发亮的双眸，立马故作严肃，“我是不会放水的。”

“师兄，在你心中，我就是这种小人吗？”

微生炀干脆地跳过这个话题：“关于你描绘的画面，我大致理解为乘舟渡江的少年郎。”

他垂眸回忆：“背着包袱，手里举桨，却直勾勾地盯向远处。按照我的设想，是不是在审度着这个世界，翻山越岭，才发现了前方没人等待的孤独。”

鹿呦收起笑容，看着他，冷不丁地开口：“你错了，师兄。”

微生炀迎上她难得认真的眼神，挑眉期待地问：“嗯，不然如何？”

鹿呦勾了勾手指，微生炀将耳朵微微凑近：“我觉得，孤独不会毁掉一个人。”

微生炀继续附和地点头。

“没钱才会。”

鹿呦两手一摊，破罐子破摔道：“我当时画这幅画，其实就怀着我妈撕了我攒了半月零花钱买的漫画时，那种悲愤到想从阳台跳下去的心情。”

“……”

微生炀恨铁不成钢，瞪了眼对方，觉得方才的期待简直是在变相打自己脸。

“师兄，你有没有觉得，今天教室里的空调开得过低？”鹿呦打了个喷嚏，疑惑地问。

“有点。”

鹿呦回头，想看空调是不是被打开了。她一转头，余光正好撞见一高大男人站在玻璃窗外正一眨不眨地盯着她，黑色风衣衬得对方越发帅气。

鹿呦：“老板？”

程梓星不说话，也不知站在那儿多久了。此刻，他抿唇皱眉，露出几分捉奸在床的灼灼目光，仿佛下一秒一开口就是“光天化日朗朗乾坤你们挨这么近成何体统”。

鹿呦闭上眼，怪哉，她为什么会脑补出这么一段话来？一定是困出幻觉了，一定是。

“你看什么呢……”

微生炀转头也看见了自带降温功能的程某某，神色变得有些微妙的古怪。

老师十分钟前去楼下复印课件了，班里闹哄哄的，谁都没注意到窗外立着一个人。

不知道是谁，大喊了句："程梓星来了。"

一下子，本在打闹说笑的学生一下子全部噤声，都伸着脖子，眼巴巴且小心翼翼地打量着他。

程梓星虽毕业于泽大，但外界皆传闻他颇为高冷神秘，总之是极其不近人情的一个人。他从巴黎回来就直接作为优秀生毕业，照片还挂在校花园最大的一个宣传栏里。后来他也几乎没回来过，更别说天降他们大一的教室窗外。

不是照片，不是采访，是活人。

鹿呦拍了一下微生炀的肩膀，语重心长道："师兄，我告诉你不要看这人一副人模狗样、道貌岸然的样子，实际上，整起人来和法西斯有得一比。"

她讲得掏心掏肺，不过微生炀显然没听，不仅没听，反而当即一拍桌子，噌地站起身，于众目睽睽下毫不犹豫地往程梓星那个方向走去。

鹿呦顿时傻了，难不成两人相看两相厌的传闻是真的？傲气师兄现在就想单挑傲娇天才？

嗯，干得好。

她在心底默默地举着小红旗子给微生炀加油。

碾压他！弄死他！

程梓星没动，双手插在口袋里，面无表情地打量面前的小破孩。

对方脸颊微红，呼吸频率加快，握着拳头盯着自己好像是欲言又止，再稍微结合一下后面鹿呦张着嘴巴一脸期待的模样。

他眯了眯眼，唇边荡起若有似无的冷笑。

好极了，传说中的情敌。

“你是不是也觉得程大神和学长有点像？”

周洛洛不知道什么时候从后排跑到鹿呦身边，嘴里嚼着薯片，一副看热闹不嫌事大的样子。

鹿呦呆呆地看了看：“你说长相？”

“非也，我说气质和才气。”

鹿呦默默地盯着他们看了好久。

确实，简直就是原子弹和核导弹的首次正式会面，爆不爆炸就在一念之间。

如果说微生炀相当于一台计算精确的超级电脑，那么程梓星就是 2.0 升级豪华款，还免费附赠三年保修外加顺丰包邮。

总而言之，都是神经病。

周洛洛和鹿呦小声咬耳朵：“小朋友，要是你选的话，你支持谁？”

“他俩？”

周洛洛打了个响指，兴奋道：“一个小狼狗，一个小奶狗，你更中意哪个类型的？”

萧影拉了拉周洛洛的衣服，十分期待地问：“洛洛觉得我是小奶狗，还是小狼狗啊？”

周洛洛无比嫌弃地瞧了他一眼：“你是土狗。”

微生炀比程梓星稍矮一点，此刻抬头，一眨不眨地盯了对方半分钟。

程梓星丝毫不示弱地瞪回去。

吃瓜群众咽了下口水，在心里想这是要打起来的节奏，然后眼睁睁地看着微生炀从裤子口袋里掏出一张便笺纸，又从上衣口袋掏出一支钢笔。

他鼓起勇气用蚊子般的音量颤声问："能给我签个名吗？"

"……"

本已做好如何回怼的程梓星眼角微微一抽。

这是什么路数？

"他俩说什么呢，高冷大神怎么一脸看见人裸奔的表情？"周洛洛抻着脖子，因为听不到声音也读不懂唇语，看得十分着急。

从他们那角度，只能瞧见程梓星伸手接过纸和笔潦草地写了些什么，然后两人就往前排走过来。

微生炀走在程梓星前面，不但同手同脚，且一脸满足。

"我怀疑他俩签了生死状，改日选个月黑风高的黄道吉日打他个天昏地暗。"萧影摸了摸下巴若有所思道。

周洛洛立马用手肘碰了一下拿书挡脸的鹿呦："小朋友，他俩打起来了，你支持谁？"

"支持个毛线，你又不是不知道我是纯黑粉，就希望他俩同归于尽，世界和平。"

鹿呦看着越来越近的身影，大呼不妙，刚准备起身，突然被程梓星横过来的手给按在了座位上。

她一回头，那两个没良心的早溜回后排去了。

鹿呦在心里又默念一遍家门何其不幸，三秒钟后抬头露出一个夸张的笑："哎哟，老板，上个解剖课都能碰见你，我之前就说我俩有缘，今日一见果然如此！"

程梓星微微瞧了她一眼，没接话，十分坦然地坐在她旁边的空位上。

鹿呦惊恐地问："你干吗？"

"体验一下泽大的解剖课是不是还是如当年一样无聊又简单。"

微生炀紧随其后，坐在她的另一边。

鹿呦转头："你又干吗？"

"继续蹭课。"

"……"

亲娘啊。

下半节课，鹿呦动都不敢动一下，大脑处于半神游半放空状态。

讲课的老师拿着保温杯和课件进门，看了看第一排，顿时乐得合不拢嘴——

两尊神都在的课，回去可以在同事面前吹一年。

于是，他有意无意就点一下微生炀回答问题，微生炀回答完又温柔地请程梓星做补充。

微生炀心想，嗯，我要在偶像面前好好表现。

程梓星心想，呵，这个情敌果然在我面前故意卖弄那点小破知识。

"夹心饼干"鹿呦全程大脑放空，看着两人一唱一和，心情无比惆怅，一节课差点熬白了头。

在时针指向十二点的那一刻，她以迅雷不及掩耳盗铃之速度站起来就想往外冲。

然后不出所料，她刚踏出半步，就被程梓星跟抓小鸡似的又给提回来。

"陪我出去一趟。"

程梓星冷冷地开口。

02

鹿呦低头跟在程梓星后面，第六次默默地绕过那个大半年都没人清理的情人湖。

“老板啊。”

程梓星停下脚步：“怎么？”

鹿呦纠结地开口：“那什么，咱们到底是去哪里？”

程梓星漆黑的双眸缓缓地从她脸上移开。

《恋爱法则》第五条：一定要和女孩子重温美好的校园恋爱，走在林荫小道上，趁着四下无人之时就可以非常自然地拉起女孩子的手，揽住女孩子的腰。

“散散步，消化一下早餐。”

“……”

鹿呦想说，她其实还没吃早饭。

这段时间学校搞素质教育，一直举办各类比赛，于是演讲和话剧这类社团霸占了所有可以练习的场地，什么《梁山伯与祝英台》，什么《红高粱之再续前缘》，跟穿越戏似的，一路上可以看见各类穿着奇异的学生扯着嗓子乱吼，热闹得跟菜市场似的。

程梓星环顾一下四周，情景似乎不太符合。

《恋爱法则》第六条：散步过程中，男生切记做好随时把外套脱下来给女孩子的准备。

“鹿呦。”

鹿呦抬头：“怎么了，老板？”

“要我的外套吗？”

“不要。”

她早上穿得真心挺厚，刚刚又跟程梓星围着情人湖走了六大圈，热都快热死了。

程梓星十分了然地点头。

《恋爱法则》第七条：**不要就是要，女孩子都是口是心非的生物。**

他当即脱下外套，二话不说地往鹿呦后背一搭，然后刻意地将语调放缓：“穿好，否则会冷。”

鹿呦硬生生听成了“穿好，否则我打死你”。

她本想开口骂人，因为这一句联想到自己欠下的巨额债款，活生生又给憋回去了。

苍天啊。

鹿呦欲哭无泪，心想老板他到底想作甚，想她死就给个痛快，自己现在又累又困又饿又热，估摸着不出几分钟就要暴尸情人湖了。

好在没过多久，教授就身披佛光前来救场。

“梓星，不是让你去我办公室等我吗？还有，你把我宝贝学生拐走都不和我说一声？”教授隔着老远，故意撇嘴不高兴地冲他大吼。

程梓星面不改色道：“老师，鹿呦是我的助理。签合同的，受法律保护。”

这话说得实在是义正词严、言之凿凿，教授只得悻悻地冲鹿呦招手：“小呦先回去吧，我和梓星说点事情。”

鹿呦立马麻利儿地把外套一脱塞在程梓星手中，撒欢跑了。

“你见到微生炀了吧。”教授等鹿呦跑没影了才开口，“怎么样，像不像当年的你？”

程梓星一手搭着外套，似笑非笑地道："我当年在您眼里水平这么低下？"

"你对他这么大偏见啊。"教授有些摸不着头脑了，"我以为以微生炀的天赋，你会很乐意看见他。而且你不知道噢，当初他知道你要招助理，天天待我办公室里拿着奖状求我把机会给他，我寻思着这孩子挺喜欢你的。"

呵呵。

原来情敌早在一个月前就想杀到他家宣示主权。

程梓星回忆起刚刚那两个快要挨在一起的男女，冷哼一声。

"显而易见，我从第一眼起，就看他不顺眼。"

03

鹿呦宛如第一年奔小康般心情大好，哼着歌，跑去校门口去买好久没吃的螺蛳粉。

前面还有几人等着，卖粉的老大叔熟练地往碗里放调料，招呼她等几分钟。

排队时，她捕捉到不远处站了个穿蓝白校服的男生，瘦瘦高高，长得很是不错。

好像是旁边学校的学生。

男生的朋友骑着车子恰好从旁边路过，故意变了调子大声调侃："哟，又带花等你家亲爱的过来啊？"

男生骂回去，嘴角却忍不住上扬。他抱着一小束包装精致的玫瑰，每隔几秒钟就要看一眼远处的街道。

鹿呦看着那满脸的胶原蛋白，心中感叹，这才是青春啊。

她回忆一下自己的高中生活，前一半泡在了乌泱泱的语数英理化生，后一半全部泡在了破旧狭小的画室里。

她那时素面朝天，性子温吞不讨喜，是放在人群就再也找不到的类型。

罗曼蒂克的爱情与她实在毫无关系，甚至三年下来也没几个可以随时约饭的异性。

现实和言情小说相比，总归是混得有点惨。

远处跑来一个矮矮的女孩子。

扎着高马尾，笑起来有两个小梨窝，很可爱的类型。

男生眼睛顿时一亮，赶紧把花递过去，耳尖通红，双手发抖，说话也支支吾吾起来。

鹿呦本来都已经买好螺蛳粉走过去了。

但不知为何，她突然鼓起勇气回头，冲着男生大喊："小兄弟，听未来学姐一句劝，趁着年轻还是赶快和喜欢的女孩子表白吧，等到了我这把不上不下的年纪，错过了早恋也搞不成黄昏恋，前有学业压力后有无良老板压榨，光是活着就已经是拼尽全力了。"

她说完还眨了眨眼睛——你懂的。

男生性子野，吹了一声口哨作为回应。女孩子却羞红脸，不好意思地低下头。

鹿呦说完只觉人生彻底圆满，在街头路人的注目下一溜烟跑回学校。

周洛洛在中途打电话过来求助。

"小朋友，你还在外面不？"

“在啊，咋了？”

“我的书落在解剖教室了，我怕别人上课顺走，你回来时顺便帮我拿一下呗。”

周洛洛那边吵吵闹闹的，说句话得靠吼才听得清。

鹿呦提了提音量：“你在哪儿呢？”

“刚到机场，我下课后一接到站姐的消息就搭车过来蹲守，容易嘛我。”

那边有人喊周洛洛，周洛洛连忙撒娇：“么么哒小朋友，帮我拿吧，帮我拿吧。”

鹿呦叹气：“成，你赶快赶赴‘前线’支援队伍吧。”

因为是中午，整个教学楼都空荡荡的，鹿呦从后门上到四楼教室，找了好半天才找到周洛洛的书。

隔壁教室传来一声嬉笑。

鹿呦心想，中午还有人呢。

说话的是两个女生，没关严教室门，交谈声从里面隐约传出来。

“听说你最近总和微生炀约着走，你俩，是不是有情况啊？”

“你别瞎说，没有的事啦。”虽是否认，语气却暗暗藏着一丝得意，“他过几天要去外地比赛，所以我得抓紧时间和他商讨一些工作上的事情。”

师兄的行情果然很是不错。鹿呦想着。

本着“听墙脚是不道德的”这一原则，她正准备走人，门内突然传来一句：“对了澜依，他们大一的水彩初赛结果是不是出来了？”

鹿呦步子一顿。

一秒，两秒，三秒。

她默默后退几步，鬼鬼祟祟地将耳朵贴在门上，心想我就听一句。

“微生炀和那些老师最近在准备一个重要比赛，初赛的审稿任务几乎都压在我一人身上，可把我累死了。”

“透个底，帮我朋友问的，这次首轮淘汰的，有几个啊？”

干得漂亮小姐姐！问到了自己心坎上，鹿呦的心跳不由得漏了一拍。

“你放心，这次初赛作品质量不错，也就筛了一个人。”那人语气懒洋洋的，“叫什么，鹿呦。”

鹿呦眨了一下眼睛，呆呆地伫立在原地，脑袋嗡嗡作响，不停地回响那几个关键词——

初赛，一个人，被筛。

她深吸一口气，不知道怎么形容这种感觉。

像是回到不懂事的小时候，因为作业没有按时完成被幼儿园老师批评不认真，站在办公室攥着手，满脸通红，全身都充斥着无法言语的窘迫。

想逃。

她一遇到大脑CPU过热的局面，第一件事就是拔了电源插头，眼不见为净。

可她站在那儿好久，姿势太过僵硬，导致她刚直起腰就是下意识一个踉跄，活生生趴着那扇压根儿没关严实的门摔了进去。

刹那间响起“嘭”的一声，教室里的两人也吓了一跳，抬头往门口望。

刚刚宣布这个消息的女生此刻坐在桌子上，丹凤眼，穿着时髦，长相也不赖。她双手抱胸，从上往下审度着稍显狼狈的鹿呦，眼底带着点说不出的敌意。

视线相撞的那一刻，鹿呦将眼神移开。

“抱歉，走错教室了。”

鹿呦没再看她们的脸色，低着头，抱紧书包和螺蛳粉转身就大步往外走。

其中一个女生反应过来，拍了拍沈澜依的肩膀，问：“怎么办，那是学妹吧？”

“担心什么，那女的就是鹿呦。”

沈澜依轻轻一哼，意味深长道：“听到了就听到了，本来就是自身实力不够，怪谁？”

春天来临，雨季也跟着到来。

寝室门口的桃花张牙舞爪地露出盏盏花蕾，散发出一股子诱人的香甜气息。

泽大最喜欢种桃花，校门口、教学楼、寝室楼，一排一排地种。等到春日临近，无数粉色花瓣被微风吹拂，翩翩起舞旋落下来，真的好看得不行。

周洛洛经常感叹：“咱这泽大真是从内到外都透着要恋爱、要和对象轧马路的节奏啊。”

推开大门，寝室大妈还在织着冬天没织完的毛衣，两人简单地打了个招呼。

鹿呦从书包里慢慢翻出 101 的钥匙。

寝室没人，黑漆漆的一片。

鹿呦愣在门口好半天才想起，周洛洛抱着她的宝贝单反相机去机场截人，邹佟又准时准点去了教导大队报到，庄晨现在正在雕塑班蹭课。

原来大家都正为了喜欢的事情忙得不亦乐乎。

她把螺蛳粉放在桌上，也不急着吃，就坐在凳子上，抬头无精打采地盯着天花板发呆。

她冷不丁地给了自己脑袋一巴掌。

鹿呦，你还是像高中时一样屃!

其实也没有什么大不了的，学姐只是单纯地告诉别人被淘汰的名单，自己恰好路过听到了而已，不是她就是别人，总得有个名字被念出来。

总有一个人要被淘汰。

鹿呦又开始自我安慰，反正还有三年的时间，没准就和艺考那样撞了狗屎运又美滋滋地登上领奖台，到时候校长和教授就会端着笑脸捧着奖状说："哎哟，咱们的鹿呦是泽大的骄傲啊。"

然后，她故作深沉地说："都是老师教导有方，我爱泽大，我为泽大代言。"

学姐在第一排拼命鼓掌，饱含热泪，大喊："学妹太棒了，都是学姐当年有眼无珠，把珍珠错看成了沙子。"

她继续深沉道："学姐言重了，其实，我当年压根儿就没有把你说的话放在心上。"

……

鹿呦一人饰演多个角色，绘声绘色又诡异地完成了一幅非常友爱的逆袭场景。

嗯，她舒坦了，于是伸了个懒腰坐起身，拍拍脸颊，伸手打开螺蛳粉的包装盒，将筷子掰成两半。

手机正播放着《回家的诱惑》，洗脑的主题曲在耳边响起，正好播到女主变成高珊珊强势归来的一幕。

这部剧着实有毒，歇斯底里，爱来爱去，爱而不得，死去活来。

鹿呦决定将林品如视为自己学习的典范。

她吸了一大口早已冰凉的粉，眼眶顿时一酸。

舒坦个鬼，她想死。

想死归想死，日子还得过，夜还得继续熬。

鹿呦一直没和室友提过自己初赛没过的事。

她其实是个蛮怕麻烦的人，偶尔小小挣扎一下蹦跶一下，但绝大多数时间她都是随波逐流的佛系性格。现实若是当头一个巨浪打过来，她应该就会顺势被拍死在浪底，任人宰割等着慢慢漂回陆地。

丢脸的事情，通通烂在自己肚子里就好，何况自己不开心，何必把朋友也弄得不开心。

鹿呦是这样想的。

04

周洛洛最近天天缠着邹佟，嚷嚷着要跟她去军训锻炼身体顺带减减肥。

邹佟那蜜豆大小的眼睛就这么将周洛洛从头到脚打量一番，笑了：“你不说我都忘记了昨天考立定跳远，你给我跳出了个一米一的超棒距离。”

“那是失误，我高中还能跳到一米六的。”

“我读书少,你别骗我,你上学期跳一米三的时候也是这么说的。”

“要死啊你，掀我老底！”周洛洛不怀好意地笑道，张开双臂，“你信不信我往你身上蹭一蹭。”

作为唯一一个上节课请假的人，邹佟看了看对方身上沾的铅笔灰和颜料，一米八的虎躯顿时僵住，尖叫着往鹿呦和庄晨身后跑。

四人开始你扒拉我一下，我拍你一下，嬉笑着奔向食堂觅食。

不知是不是因为伤心过度导致身体免疫力大幅度下降，鹿呦一大早醒来时就发现自己十分不幸地患上了感冒。

她一起身，打了个响亮的喷嚏。

一上午她都随身抱着抽纸待命，中午刚吃完饭，嘴上的油都没抹掉就接到程梓星的夺命电话。

突然想起，她已有近一周时间没去他家充当廉价劳动力。

反正是老板亲批的带薪休假，不休白不休。所以，她也一直没有机会问他那天回学校到底是干吗的。

“明天周末，是不是没课？”程梓星问她。

鹿呦迟疑地“嗯”了声。

“好极了，久违的工作开始了。”程梓星愉悦道，“我下午出发去临安市，明晚才能回，家里那只傻了吧唧的小刺猬没人喂。”

“不是，你是要我帮你看一晚上家？”

“显而易见，是这样的。”

“你在开玩笑，我睡哪里，一楼被你凿得就剩一个卧室。”

“沙发，浴缸，随你。”

鹿呦顿时一口老血上涌到喉咙口，一阵撕心裂肺的咳嗽后把“滚蛋”二字活生生憋回去。

“感冒了？”

“没有。”鹿呦闷声道，“被饭呛了一下。”

“小心一点，说话的时候就别急着吃饭。”

程梓星接着说：“那就这样，你记得过来，不然你家旺财饿死的话就不关我的事了。回见，小助理。”

话音刚落，电话便被十分爽快地挂断，再打过去就是关机状态，估摸着已经上飞机了。

鹿呦气得两眼发红光，当即又打了三个响亮的喷嚏。

鹿呦恨得牙痒痒,大自然鬼斧神工,创造出程梓星这么神奇的物种。

对面三个室友彼此交换了一下眼神，一人掏出一枚一元硬币，郑重地塞在鹿呦手里。

鹿呦一脸蒙：“干什么？”

“咱社会主义合法寝室散尽家财赞助给你的公交车费。”

鹿呦：“……”

“我谢谢你们哦。”

05

鹿呦换了身干净衣服就马不停蹄地赶往别墅。

一打开门，旺财立在门口，正十分悠闲地散步消食。

“唉，还是您老人家有闲心。”鹿呦笑着把旺财捞起来放进它的小窝里，她掂了掂，瞥眉道，“你好重啊旺财君，程梓星是把你当猪在喂吗？”

记得老板以前问她，为何给一只刺猬取了个狗的名字？

鹿呦特开心地说：“你不懂，这搁农村，都喜欢给小孩起个动物名字，什么二狗蛋、来福啥的，显得好养活。”

程梓星点点头，不仅理解了，还举一反三：“哦，怪不得你叫鹿呦。”

鹿呦：“？？？”

别墅里面破天荒的十分干净，鹿呦看着看着，顿时两眼一酸，差点掉下眼泪来。

被折磨太久，好长时间都没见着这么赏心悦目的一幕，她简直想要编个花环载歌载舞地送给良心未泯的黑心老板。

照例完成今日份的速写，鹿呦转着笔，有些无聊地打开电视机。

昨天刚把《回家的诱惑》给追完，此时，她正考虑着要不要把某狗血 200 集伦理韩剧找出来欣赏欣赏。

旺财慢悠悠地往电视墙那边爬去。

鹿呦赶紧走过去阻止它，要是这小家伙一个不开心啃个数据线什么的，程梓星能把她那点工资扣到明年。

“我的小旺财，你可别害我。”

她正念叨着，低头突然发现底下的抽屉没关严实，定睛一看，一盘稍显熟悉的光盘摆在里面。

《尤里的复仇》？

鹿呦大惊，世界玄幻了，程梓星也玩游戏。

这款战略游戏恰好也是她高一最喜欢玩的，记得那时总等着爸妈上班后才偷摸打开电脑，边警惕地听着大门有没有钥匙转动的声音传来，边迫不及待地开机。

“Our base is under attack!”

进入游戏的那一刻，熟悉的主题曲回荡在狭小的书房，鹿呦浑身热血沸腾地敲着键盘，文静的小姑娘瞬间变成野蛮部落的小头头，从基地室内地图一口气建立雷达建立指挥部，打出所有包含迷雾的小地图。

好像那时她在游戏里还顺便带飞过一个低年级小女生,叫什么“寂寞的感叹号”这种那时超火的非主流ID，每逢周末必定甜甜地喊她一声师父，求着她帮忙升级带飞。

鹿呦想，程梓星世纪大直男，也就这点审美和自己稍微同步一点。

抽屉里面还有一个东西。

她正准备伸手去拿，手机冷不丁地响起。

鹿呦吓了一跳，连忙把游戏光盘塞进去关上抽屉，站起身点开通话键。

果然是程大阎王前来索命。

“老板，我还以为你打算失联到明天呢。”

鹿呦愤愤道：“真是狠心啊，让我一个感冒的病患大老远坐公交车来你家看门。我要是死在半路上，我妈给我买的四份意外险就能发挥重要作用了。”

程梓星此刻远在几百公里之外的某栋大楼二十三层。

他坐在会议室第一排，冷眼看着一群人激烈地争论最终的开场流程。

他瞥了眼手表：二十一点二十分。

“感冒？你不是说是吃饭呛住了吗？”

对方嘀咕了一句，程梓星没听清。

“既然感冒了，为什么还不早点睡？”

“我睡不着……”

鹿呦感觉脑袋有些昏沉，也不知是不是感冒使人壮胆，她突然狡黠道：“老板，你给我讲个睡前故事呗。”

那边的人沉默片刻，拒绝了：“我不会讲。”

“啧，有没有童年啊。”鹿呦说，“你不是搞艺术的吗？发挥你的想象力，现编一个也可以。”

程梓星思索片刻，还真就开始编故事。

“从前有个小孩，仗着年纪小，天天晚上熬夜不睡觉还爱吃垃圾食品，然后日复一日，年复一年，终于到了某一天……”

那边没声了，鹿呦没忍住，追问：“然后呢？”

“然后，她头发大把大把地掉，变成了一个非常难看的秃子。”

“……”

“所以，你乖乖去睡觉，晚安。”

“我不睡，我脑袋疼、胃疼、腿疼，哪儿哪儿都不舒服。”鹿呦有气无力地说，“我还发烧了，我觉得我快要死了。”

对方过了好一会儿才说话。

“你出门。”

他的声音慢悠悠地从电话那头传来，鹿呦心底顿时一暖，难不成她老板终于开窍，懂得给他可怜的看家小助理送温暖了？

“哎呀，这怎么好意思，老板你人在外地居然还能想着我。其实，我的感冒也没有很严重啦，就是有些头昏脑……涨。”

她兴奋地打开房门，混着雨水的风呼啦啦刮过脸颊，她左看右看空荡荡的院子里，就路灯上一只小麻雀扑腾着翅膀。

“出门多呼吸呼吸新鲜空气，呼吸完了就回去倒杯热水，有助于病情的好转。”

程梓星接着说，语气中透着十二分情真意切和诚恳。

“顺便，我这里还有一堆别人送的健身卡，就放在客厅的茶几下面，你要是有兴趣可以拿去用。科学验证，健身可以促进血液循环，增强免疫力。”

“……”

鹿呦一直觉得，程梓星有生之年如若想要结婚生子，唯一的法子，只能走不正当途径。

雨水将世界的轮廓冲刷成浅浅的墨色，鹿呦十分应景地打了个喷嚏，在挂断电话之前，对着手机咬牙切齿道：“我谢谢你关心！”

“不客气。”

对方的语气明显愉悦起来。

鹿呦冲到主卧，冲着床头柜上她唯一能找到的程梓星的照片破口大骂。

十分钟之后，她心情舒坦地走出来。

手机放在沙发上充电，闪烁着绿光。

鹿呦解锁屏幕，来了一条 QQ 消息。

友人 S：“你已经好几天都没有给我发早安晚安了。”

紧接着一条——

友人 S：“遇到什么不开心的事情了吗？”

鹿呦靠在沙发上捧着手机。

小鹿有点甜：“也没什么，就是学校的那个美术比赛啦。你知道的，我准备了好久好久，结果第一轮就败北，这几天有点小难过。”

想到那天沈澜依看她时，眼底晃过若有似无的不屑，恍惚间，她竟然觉得出奇的熟悉。

从小到大，鹿呦从来都不敢把心底的想法讲给别人听，怕别人发现了也只是嗤笑她异想天开，轻描淡写道：“你不行，你做不到，你不适合。”

你坐在那里，表面上维持着笑附和，一动不动，内心却早已是满地灰烬。

感觉真糟糕。

但 S 是个例外，他像是她的影子，有着和她相同的天马行空的思想，在她最迷茫颓废、手足无措的时候出现。

那时她自己都不爱自己，隔三岔五心态崩一下，可崩的时候周围只有嗡嗡的蚊子和废弃的草稿，崩完还得认㞞，拿起笔继续练习。

拿着一包泡面和一包饼干，把自己塞在画室发霉，满脑袋都是各式各样的构图调色。

多年没个动静的 QQ 在那刻闪了一下，一条“请求添加好友”的消息带着希望突兀地蹦了出来。

附加消息：Hi，小鹿，我是 S。

这家伙存在于虚拟的网络，不知姓名，不知身份，却是非常称职的垃圾桶，有什么想不开的，鹿呦都会找他倒一倒。

他是真的很了解她。

“S，有时候，我明明在做正确的事，为什么感觉像是在做贼？”

当你不顾万般阻挠迈开这一步，才发现了现实和理想的差距。

“S，你说我是不是不适合画画？”

友人 S：“别犯浑，你有多喜欢画画，自己还不明白？”

“不是喜不喜欢的问题，我是觉得我不适合，我太普通了。你是知道的，学艺术这条路上，九分努力却独独缺少一分的天赋，偏偏就是大忌。”

用她爸的话来说，喜欢有什么用，喜欢又不能当饭吃，连一把五毛钱的小葱都换不了。她家楼下就有一个号称前著名画家的人摆了个地摊，用记号笔在立牌上写着——职业生涯危机，作品挥泪低价出售赚个回家车票。

友人 S：“你想当天才？”

“谁不想当天才，我要是天才，就该和师兄一样骄傲地捧着金灿灿的奖状，坦荡荡地接受所有人的赞美，而不是准备那么长时间，最后连初赛都进不了。”

鹿呦想到了《格林童话》里的阿拉丁神灯，擦一擦就会冒出专门实现愿望的灯神，诱惑你许下三个愿望。

她不贪心，她就只想要一个。

小鹿有点甜：“在这个世界上，谁不想光芒万丈、牛哄哄地活着啊？”

过了好久，QQ 头像才闪烁了一下。

友人 S：“其实，所谓的那些看似与生俱来的天赋，大多是靠汗水与艰辛换来的。”

“你骗人。”

鹿呦叹了口气，慢慢地打字。

小鹿有点甜："你不知道，在我们学校里，我的朋友、室友都很厉害。我那个老板尤其特别厉害，一屋子的奖杯随便摆的那种。"

小鹿有点甜："可我真的很努力了，我熬夜赶画稿，上课永远坐在第一排，但抬头往前看，他们依旧站在一个离我很远很高的地方，远到无论如何，我都追不上。"

友人 S："但你可以骑上你的小电驴，叫嚣着冲过去横扫一片。"

这话说得一本正经，鹿呦气笑了："我骑的是二手小电驴，人家开的是军用坦克飞机，两眼一闭撞上去死的还是只有我一个。"

友人 S："……"

友人 S："哦，也有道理。"

他们的对话总是异常神奇，每一个沉重话题的画风都会被 S 带偏到戈壁滩上一骑绝尘。

例如某天。

小鹿有点甜："我今天心情莫名不好，睡不着，想着自己以后老了怎么办，无依无靠的。"

友人 S："是啊，你老了该怎么办啊？那些热闹的广场舞你一个都不会跳。"

"你要明白一点，总有人做得比你好，但也总有人做得比你差。"

"在这个世界上啊……"

友人 S 总自称是看破红尘的怪人，此时的口吻倒像是一位年过六旬的智者。

"可在这个世界上，没有天生不适合的人。"

无须改变自己，也无须改变发自肺腑的梦想。

鹿呦盯着屏幕愣了好半天，才露出一个释然的笑。

“你说得对。”

奇妙，每次和 S 聊天，不论是听进去了，还是没听进去，她的心情都会变得莫名好起来。

友人 S：“好点了吗？”

小鹿有点甜：“谢谢，好多啦。”

友人 S：“那你别不开心了，早点睡。”

小鹿有点甜：“你也是。”

下线后，鹿呦把药丸吞了下去，又去厨房煮了一大包泡面，靠着沙发盘腿坐在地上，就着下饭神剧酣畅淋漓地解决了晚饭。

旺财趴在她身边拱来拱去。

大概是吃药的缘故，鹿呦看了一集电视剧，没一会儿工夫就开始打哈欠，困得眼皮都抬不起来，只想躺在沙发上。

她刚闭眼，程梓星这厮就在脑海一晃而过，仿佛已然瞅见他瞪着一双眼睛，嫌弃地数落自己天天就吃这些个垃圾食品，早晚满肚子防腐剂含冤而死。

半梦半醒间，鹿呦小声嘟囔：“去死吧，无良老板……”

QQ 消息闪了一下。

友人 S：“如果你实在难过，我来陪你好不好？”

两秒钟的工夫，消息又被对方飞快地撤回。

鹿呦彻底睡着了。

夜色朦胧，透着一股雨后经久不散的潮湿味。

不知过了多久，大门“吱呀”一声被人从外面打开。

竟然是程梓星。

他穿着还没来得及换下的得体西服，肩上留了一片褐色的落叶，眼神略带疲惫。

客厅的灯没关，一眼就能看到沙发上睡得四仰八叉的鹿呦。

旺财十分舒坦地躺在她的肚子上。

程梓星将文件包丢在门口，步子放缓，站在沙发前居高临下地盯着它一言不发。它也抬头与他对视，小眼睛滴溜溜转着。

下一秒，程梓星嗤笑一声，无比嫌弃地用手背将它拂到地板上。

空调没开，被子早已被鹿呦踹到一边，此刻双手抱胸，冷得直打哆嗦。

程梓星皱眉，弯下腰把被子给她盖严实了，唯独露出那张带着婴儿肥的脸。

明亮的灯光下，这张脸不算漂亮却耐看，安静、乖巧，打眼看来就是个柔柔弱弱的单纯小孩。

可其实，倔得要死。

他不自觉地伸手，玩笑般地轻戳了一下鹿呦的脸颊。

“唔……旺财，别闹。”鹿呦挠了挠自己的脸颊，没醒，就软软地念一句。

程梓星眸色一敛，干脆整个人半跪下去，难得这样仔细地端详她，鼻尖萦绕着一股淡淡的沐浴露味道。

他家的沐浴露香味。

“是不是傻，让你睡沙发你还真睡？

“要不要去床上睡？”

“……”

回答他的是均匀的呼吸声。

程梓星思考片刻，伸手想把她抱去卧室。他的手刚碰到她，后者立马身子一滚，往那热乎乎的地方使劲钻过去。

一瞬间，他那手就悬在空中，微微发着颤。

思绪纷乱。

他低下头，下巴扫过毛茸茸的发顶，睡蒙了的鹿呦将他当作了取暖器，侧着半张红扑扑的脸，整个人埋在他的怀里，又缓缓地将重心移到他肩膀。

程梓星保持着这个姿势整整一分钟。

他僵硬地偏头，眼巴巴地看了眼被丢在大门口的黑色文件包。《恋爱法则》被放在了第二层的夹层，可惜他现在大概是不能走过去，临时抱佛脚学习这种情况下该如何行动。

手机疯狂地振动。

程梓星稳了稳快要崩了的心神，伸出一只手把电话接通。

那边的人十分惶恐地问他人在哪里，为什么转眼工夫不但人不见了，手机还关了机？

他过去的跑路事迹实在太过辉煌。

“在飞机上调了飞行模式，现在刚到家。”程梓星抢在对方发疯前轻声解释，“我保证会在明天的见面会开始前准时出席，不耽误你们的原定计划。”

程梓星轻轻捂住鹿呦露在外面的一只耳朵，压着声儿说：“抱歉，我家小孩子生病了，我不放心，回来看一眼。”

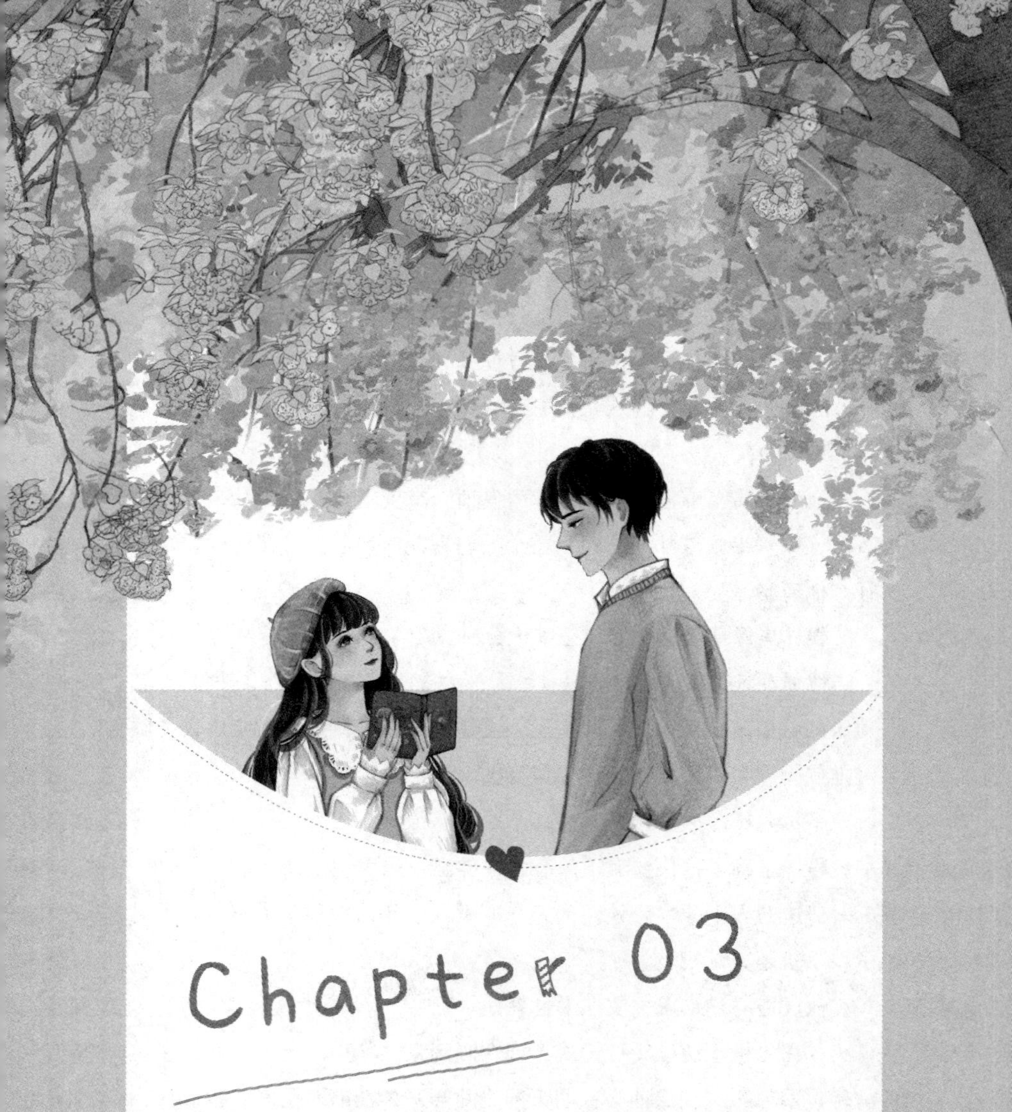

Chapter 03

请你等一等，等到我足够好，
等到你终于发觉，我有多么喜欢你

01

翌日。

鹿呦睁开眼，发现自己躺在床上，四周静悄悄的。

被子盖得严实，遮光窗帘也挡住了大半的亮光。

顶着一头乱糟糟的发型，她坐起身子，不情不愿地抬了一下眼皮，有些迷茫地揉揉额头，环顾四周。

这地方有那么一丝熟悉。

直到她的视线下移，与床头柜的相片——程梓星那张冷冰冰的脸对上眼，鹿呦才猛地从头到脚彻底清醒过来。

一个侧翻，她光脚从床上摔到冰凉的地板上。

什什……什么路数，她不是躺在沙发上了吗，难不成昨晚梦游躺到老板床上了？

鹿呦靠着墙，好半天才冷静下来。

还好还好，老板现在远在另外一座城市，不知道自己玷污了他宝贝的床。

把床铺好，她心有余悸地从房间走出来，想着赶快把昨晚的泡面碗给洗了。

可刚踏入厨房半步，鹿呦仿佛是看到什么不得了的东西，愣在原地。

临安市。

高密站在路口，每隔十秒钟就拽一下他的领带。

作为与程梓星合作的总负责人，他现在内心是极度崩溃的。

程梓星名气大、实力强，深受前辈的喜爱，又因为长得实在好，年轻粉丝也不在少数，有他在的地方自然就不用担心流量问题。

但唯一的一点：这位主儿从来就不按套路出牌，想到一出是一出。

昨晚开会，他一直盯着手机不撒手，盯着盯着就买张机票跑回去了。

跑就算了，每次跑还都悄无声息，等他们吵完就看见一张孤零零的椅子，愣是一个工作人员都没发现。

头疼。

头生疼。

不远处一辆白色轿车缓缓停在路边。

程梓星摇下车窗，露了个脑袋出来："上车。"

高密真真切切看到活人才彻底长舒一口气："程老师，你总算是回来了。"

"距离见面会还有几个小时，不耽误。"

高密看了他一眼，有些担忧道："你不会是昨晚一整夜都没睡吧。"

"在飞机上稍微眯了一会儿。"

程梓星语调平和，瞥了眼亮起的手机来电后，嘴角破天荒地扬起了个轻微弧度。

他戴上蓝牙耳机，说了句"嗯"。

"老板，你老实告诉我，你家有装监控不？"

鹿呦抢先开口，十分认真地问。

程梓星顿了一下，没反应过来，古怪道："我家为什么会有这种奇怪的东西。"

"我觉得你家进贼了。"鹿呦凑近手机，捂着嘴神经兮兮地说，"而且，我怀疑那贼有神经病，啥也不偷，就摔了一个泡面碗。不对，还把你厨房里所有的好碗都给摔了，锅也给砸了个洞，好可怕！我寻思是不是从哪里出来报复社会的……可他光摔碗不劫色也是奇怪了，欸，你说我们要不要顺便报个警。"

她叽叽歪歪说了一大堆废话。

程梓星沉默片刻，直接把通话给掐了。

高密坐在副驾驶，全程见证他从心情不错到心情很好，转瞬间笑脸又彻底烟消云散。

高密忍不住问："怎么了？"

"没事，骚扰电话而已。"

程梓星平静无比，双手稳稳握着方向盘，目不斜视地盯着不远处右边的岔路，然后毫不犹豫地打开左转向灯。

"……"

高密憋住笑，打趣道："怎么着，程老师是想迷惑一下后面的敌人？"

空气顿时陷入了饱含尴尬的宁静之中，程梓星瞟了眼斜后方正加速向前的白色大众。车主是个长得稍许潦草的肥腻男子，骂骂咧咧的，一脚油门踩下去超了他的车。

好极了，今天诸事不宜。

程梓星彻底将脸垮下来。

02

鹿呦的感冒没几天就好了，虽然她依旧没弄清自己到底是怎么跑到老板床上的。

上完半天课程，庄晨照例去蹭雕塑课，其他三人决定去食堂补充一下能量。

周洛洛啃着猪蹄没好气道："和你们说个笑话，一个八百年没找过我的高中同学今天突然联络我，和我扯了一大堆有的没的，最后才委婉地要借两千块钱。"

鹿呦皱了一下眉头："这么多？"

周洛洛嗤笑："你知道他怎么开口的吗？我昨天刚换了个杰尼龟的头像，哎哟喂，这孙子说你看，我问你借钱，你就只能说杰尼杰尼，因为我是杰尼龟啊。"

鹿呦忍俊不禁，问："那你怎么回的？"

她冷哼一声："我说他认错了，我其实是杰尼龟的妈妈——杰尼妈。"

邹佟笑得喷饭了。

鹿呦语重心长道："有时候我总觉得你这怼人天赋和程梓星相比有异曲同工之妙。"

"不敢当不敢当，怎能和男神相提并论，还得再修炼几年。"

几人正说说笑笑着，有两个男生端着饭盒经过，路过鹿呦的时候，忍不住多看了好几眼。

"哦，就是她……"

声音有点大。

周洛洛把筷子往桌上敲了两下，扯着脖子没好气道："看什么看，没见过美女啊！”

那两人灰溜溜地坐在她们后面三排的位置，瞄一眼手机，又瞄一眼她们。

“现在的小男生莫名其妙的。”周洛洛斜着眼使劲瞪他们，“难不成咱们长得实在是太过闭月羞花、美貌惊人？”

“做个人吧，周洛洛小姐，活了二十年还没有彻底认清自己吗？”邹佟打击道。

周洛洛准备撸起袖子怼回去。

正巧，手机响了。她瞥了眼手机，接了：“小庄晨，半小时不见如隔三秋啊，打电话给我是想我了吗？”

她又一副不正经的样子。

“想你个头。”庄晨语气急促，朝她大吼，“看手机了吗？”

“没有啊，在食堂吃饭呢。”

“记住千万别让鹿呦看QQ，一定要阻止她！想尽办法阻止她，她被人黑了，群里她的照片满天飞！”

周洛洛被吼蒙了，她呆呆地盯着鹿呦，嘴唇动了动：“晚了……”

鹿呦已经在看手机，神色好像还算平静。

平日里属于学校的群一加就是几十个，除去不必要的什么同城交友新生交流群，还剩下许多几天没一句话的专业课大小群。

但今天群里分外热闹。

——校内水彩大赛的初赛成绩被人匿名贴了上去。

这本应属于内部通知，可不知是被谁爆料了，关于“唯一一个失败者”的消息，半天时间被转发了无数次。

泽大人才辈出，近几年都没有哪一个在比赛初赛被淘汰。

这画得得有多差。

有人无聊，问鹿呦是谁？

立马就有人回应——PO出应考单上的4寸照片。

鹿呦其实真不上相，刘海夹起来，光溜溜的额头配上一副苦大仇深的表情，有一种说不出的滑稽。

“听说这妹子平时成绩一直垫底。”

“她的导师还挺有名，是曾经校园风云人物程大神，现在微生炀的导师。”

“有点丢人啊。”

“怎么考上泽大的？”

刷屏刷到最后，还有几个故意煽动气氛的给鹿呦P了“衰神附体”四个大字在脑门。

“转发这位大一学妹，期末帮你驱逐所有厄运。”

底下一片哄笑。

“这群人欺人太甚！”周洛洛本来就是一点就爆的性格，四个室友感情深得能穿一条裤子，如今鹿呦被欺负了，什么礼仪道德通通都给抛掷脑后。

恰好这时，后面那两个男生的闪光灯没关，朝着鹿呦的后背“咔嚓”就是一张。

周洛洛抬眼，瞬间找到了发泄点，面色森寒，起身走过去。

“洛洛，你别冲动……”鹿呦站起来想拽住周洛洛的手，奈何对方力气贼大，她一个踉跄差点没拽住。

她用上两只手，回过头想让邹佟帮忙拦住。

然而平日里脾气一向很好的邹佟已先她们一步冲到那两个男生面前，一米八大高个的她黑着张脸大吼了句：“手机拿来！”

其中一人本想装装样子怼上几句，但一抬头看见这虎躯般的女孩比自己还高半个头，身子不由得一抖，双手捧着手机颤颤巍巍地递了上去。

周围人将目光投向他们这里，窃窃私语。

邹佟平日里风吹日晒，女孩子家家练得一身腱子肉。她盯着刚被上传到群里的抓拍照片，双眼快喷出火。

“和我没关系啊，我就图个好玩看个热闹……”男生还有些不服气，弱弱地反驳。

邹佟额间青筋暴起，把手机随意抛在桌上，举起拳头。

男生一边护头，一边尖叫：“你一女的，干吗无缘无故打人！”

其他同学见状不妙，纷纷过来劝架：“行了行了，就是小事，又没杀人放火的。”

“行什么行！他们欺负我朋友！”邹佟扯起对方的衣领抡起拳头。

那男生想跑，惊慌道：“你讲点道理，又不是我干的。”

“邹佟！”

鹿呦隔着几米，猛地大喊一句。

邹佟一愣，咬牙回头看她，拳头离那快吓哭的男生也就几厘米距离了。

“算了。”鹿呦抱着哇哇叫的周洛洛，嘴角努力扯出一个笑，笑得连语调都变了一点。

“算了吧。”

如果此刻身处舆论中心的鹿呦身边没有她们，她或许什么都不会做，如平常一样低头吃饭放好碗筷。即便背后有人指指点点也好，被悄悄拍照上传也罢，她大概只会默默将一切窘迫压在心底，不会辩解，亦不会发飙。

朋友为自己出头的时候，鹿呦其实很感动，但随即脑海里只剩下了一句：打人是要被记过的。

所以周洛洛不能闹，邹佟不可以打人，她的朋友很好，不可以为了自己受到一丁点的牵连。

校内的传言宛如微博热搜，每天换一换。饭后调侃几句，睡个觉起来谁也不记得，就算有人问起，也会满不在乎地说："哦，匿名上传的也不是我，我就跟风转发一下而已。"

反正和我没关系，反正我也不认识那个人。

反正，她难不难过、丢不丢脸，都和我这个旁观者，一点关系都没有。

那天晚上关上灯，几个小姑娘挤在一张窄小的床上，邹佟人高马大，象征性地横了一只脚上去，身子躺在铺了厚厚毯子的地上。

"你今天真帅。"鹿呦对邹佟说，"帅死了，那腱子肉在阳光下闪闪发亮，我要是男生，铁定追你。"

邹佟乐呵呵地笑。她活得肆意，整天没心没肺的，不像鹿呦会在意他人的感受，就算别人总说她没个女人样也依旧我行我素。

"我也帅。"周洛洛贴了张面膜口齿不清，"要不是你拦我，我啃了一半的猪蹄早砸在那死鬼脸上了。"

庄晨戴着一只耳机听六级听力，小声说：“对了，你们作业画了吗？”

“没有，回来光顾着举报群成员了。”周洛洛语带哭腔。

“逃了吧明天，眼不见为净。”庄晨冷不丁地提议。

周洛洛乐了：“哟，这不是你的学霸人设。”

“因为我也没写，回来也光顾着举报了。”

“……”

“英雄所见略同。”

周洛洛把鹿呦揽在怀里：“小朋友，别不开心了。你很好的，你原本就是很好的。”

“嗯。”

“一次不行来两次，两次不行来三次，失败有什么可丢脸的，那些个不敢上却在背地里说别人的才是最丢脸的。”

“嗯。”

邹佟笑道：“你这些大道理莫不是在机场彻夜等你欧巴的时候悟出来的？”

周洛洛叹气：“你说得很正确。”

鹿呦悄悄地把头往被子里埋，听她们有一句没一句地调侃，她倚着周洛洛的肩膀，眼睛闭上的那一刻，突然觉得很安心。

她是幸运的——

哪怕全世界都不爱你，也还有那么一群人，愿意伸手等你。

隔天教授选了个课间，特意把鹿呦叫到办公室，先是感叹一下最近国内经济真是不太景气，股票被套牢啦噌噌往下跌啊，绕了一大圈才进入正题。

“最近学校流言多，你不要放在心上。”

鹿呦点头。

“别管那种无中生有的造谣，咱这搞艺术的必修课，首先就是要学会出淤泥而不染。”

鹿呦继续点头。

“你看啊，每个人都不是完美的，上帝创造出他们的时候都是一个个苹果，只不过有时候看着一个特别红特别香，忍不住就想要咬上一大口。苹果有什么错呢？它只是太好吃了。上帝有什么错呢？他只是太喜欢苹果了。”说完，他又盯着鹿呦，“你懂我的意思吧？”

她心不在焉道：“我懂，我懂。”

其实教授该这么说，你看你虽然是一个被咬了的苹果，但往旁边垃圾桶瞧瞧，还有好多坏苹果烂苹果无依无靠地躺着等死，这样想想是不是好多了。

所以，世界上最好的安慰不是吧啦吧啦地灌鸡汤，而是小手一撑，与世无争，边叹气边骂娘：“难过个屁，爷爷比你还惨！”

03

接受完心灵教育后，她打车去别墅，走到门口发现门没锁。

程梓星回来了。

她探进头，好久不见的某人难得乖乖地坐在客厅的吧台前。他今天穿着纯白色衬衫，袖口仔细挽起，显得年轻不少，像个尚且在校的帅气学长。

鹿呦记得他的衣服几乎是清一色的黑，起初还以为他钟爱这款，可到后来才发现，他不是为了耍帅，就只是单纯地图方便，黑色不容易弄脏。

越接近他，越了解他，越能感受到程梓星其实也是个普通人。

“嗨，小助理，一日不见如隔三秋。”他套用鹿呦之前对他讲的话。

“什么时候回来的？”

“两个小时又三分钟前。”

够精准。

鹿呦视线下移，大理石长桌上摆着一幅水彩，对方坐在那儿这么久没动，就是在打量着画作，低头的时候，长长的睫毛如羽翼般覆盖在眼眸。

水彩画。

她一愣，这是她的参赛水彩画。

鹿呦的声音顿时有些失控：“为什么我的参赛作品在你这儿？”

程梓星抬眼，目光平静：“教授给我的。”

鹿呦心想：完了，他知道了，他知道自己是泽大美术系的耻辱，可能也知道了网上那些关于自己的羞人评论和照片。

“还给我！”鹿呦攥紧拳头，咬牙道。

也不知道为何，就是不希望程梓星知道这件事。

谁都可以，程梓星不可以。

“不还。”

“……”

“我简单点评一下。”

程梓星无视她，慢条斯理地点评：“表达不清，花里胡哨。”

鹿呦咬了咬嘴唇，故作置若罔闻，转身拿起鸡毛掸子背对他，闷头给柜子扫灰。

程梓星看着她的背影，依旧滔滔不绝，跟故意似的：“小助理，你知道你的画为什么会落选吗？”

鹿呦的手顿了一下。

“配色、构图、结构比例哪一点都是极其重要的，下笔时，你要把画作当成一个敏感纤细的女人，捕捉她流动与融合的色泽。我以前就说过，你画画的时候经常心不在焉，没有学会把自己的感情注入进去。

“画感受，不要画事实；画深入，不要画清楚，打动人心的往往不是你绘画技巧有多完美精湛，合格的作品最看重的一点，是画中人是否走入看画人的内心。”

程梓星的点评向来犀利不留情面，有一说一有二说二。他仔细端详着画，缓缓说：“这么多年，你在这方面一直没有长进。”

他这话耐人寻味，但鹿呦的关注点明显不在时间线上。

“我不太明白……”她垂下手，语调染上一点冷意，“程梓星，我不太明白，你从来就没有参与过我的过去，怎么知道我有没有长进？”

程梓星下意识地皱起眉，怎么这个语气，难不成他话说重了？

也还好吧，忠言逆耳，每一个字都真真切切，她不是应该感激自己给予的正确指导吗？

程梓星不是情场老手裥子轶，纵使智商奇高，却从没有处理过任何面对女生这个状态该如何哄的问题。

所以，他非常符合人设地蒙了几秒。

就这么一两分钟的工夫，旺财不知从哪里蹿出来，顺着他的袖子熟门熟路地爬上他的肩膀。他垂眸，用眼神示意这位不速之客："你看，女人心海底针。"

旺财没理他。

程梓星清了清嗓子："我其实……"

鹿呦猛地把鸡毛掸子摔在地上。

"我学得怎样是我自己的事。"她转身静静看着对方，并未哭出来，只是眼眶红了一点点。

"我太蠢，你太聪明，你可以不费吹灰之力得到所有的东西，我不行，我一个也做不到，也不知道这辈子能不能做得到。"她顺口气，压下那一点哭腔，"所以，能不能不要总摆出一副高高在上的样子，随意批判我的作品。"

我用了无数个日晚才完成的作品。

我真的很努力了。

很努力地迎接自己每一个注定的失败。

她想起了高二时，自己鼓起勇气做出决定学美术，爸妈当场就炸了，联合七大姑八大姨，轮番对她进行爱的演讲，内容是赚钱多么不易，核心主题是美术当作兴趣就成。

"你文化课不错，为什么就非得学那东西呢？"

"从小到大都乖得不行，怎么到关键时刻就是转不来这个弯！"

"能不能为你爸妈考虑一下，能不能为自己的前途考虑一下！"

……

发酵到最后，就连她那八百年见不了一次面，见面必打一架的亲哥哥也幸灾乐祸地劝她趁早放弃。

那段鸡飞狗跳的时光距离现在并不远，可仔细回首，又遥远得仿佛已经相隔许久，被遗忘在滚滚记忆银河。

她这辈子最喜欢的东西，在过去曾被贬低得一文不值，所有人都让她放弃，所有人都站在她身后将她赶往他们认为的光鲜亮丽的大路。

无数次背着画板颜料匆匆走过空无一人的学校，她逆风前行，泼墨般漆黑的天空，包裹着一颗虽不起眼，却依旧蠢蠢欲动的野心。

S 曾对她说：“你信命吗？”

她说不知道，在学美术的这条路上，她像是咿呀学语的孩子，尚且不谙世事，颤颤巍巍踏出第一步。

“我从不信命，也希望你不信。”S 说，“我会一直陪在你身边。”

“不好意思，我还有事，先回学校了。”

鹿呦看也不看程梓星，伸手使劲揉了揉发红的眼角，低头夺门而出。

程梓星没有叫住她，直到大门“啪嗒”一声紧闭上，他依旧缄默不语。

唯独指尖轻轻划过画稿。

04

接下来的一个月，鹿呦都没有和程梓星说一句话。

一是临近期末，二是程梓星忙得不着家，两人的时间刚好错开，低头不见抬头也不见。

气消了后，鹿呦知道自己说重了，但说出的话宛如泼出去的水，她拉不下脸，也一直没什么机会找程梓星道歉。

程梓星一点错没有，还实事求是地帮她指出错误，可她居然无厘头地朝程梓星发脾气。

鹿呦，你是笨蛋吗？

她垂头丧气地想，这段日子她上课总爱走神，有时候坐在画室握着笔杆都能莫名发个十分钟的呆。

等她发完呆一抬头，就能瞅见前排的两个同学在讨价还价，其中一个用自己的拿坡里黄换别人的纯白色。

但对方毫不犹豫地拒绝，啥都可以，白色不可以，白色颜料神圣不可侵犯。

她顺手扭紧自己的颜料盒。

“鹿呦，随便借我一支铅笔。”旁边的同学眉头紧锁，看起来是卡画稿了。

鹿呦好奇地递过去一支，只见他接过去后，双手举过头顶，闭上眼嘴里念念有词：“笔仙笔仙，你是我的前世，我是你的今生，若想与我续缘，就在我的板子上添加一个场景。光影线条记得要柔和不能杂乱，最好顺便上个色。”

这种拜大神的举措在画室随处可见，鹿呦一言不发，默默埋下头，专心画自己的。

周五下午就一节体育测验。

说起来体育永远是首个考试科目，鹿呦选修的是羽毛球，她提前穿好运动鞋带上球拍，和邹佟去签到、排队、抽考试序号。

轮到她时，体育老师老林竟然给她指了个男生对打。

那男生水平一般，但毕竟性别不同，力气总归大点。邹佟在一旁不乐意了，叉着腰质问道：“老林你不厚道啊，女生对男生算什么考试公平？”

老林慢悠悠地看向鹿呦：“打完给你加鼓励分。”

炽热的阳光下，鹿呦的鼻尖冒出一点汗珠，但神色不变，握紧球拍说：“没事，都一样。”

那男生是个理科生，又高又壮的，他看着对面鹿呦瘦瘦小小的样子，默默收了一点力气。

但打了几个来回后，他也顾不得什么绅士风范，全力以赴。他气喘吁吁地想，这小妮子怕是受什么刺激了，进攻猛得跟自己欠了她几百万似的。

就在他分神的刹那，鹿呦直接发球得分。

战况无比激烈，打到最后，鹿呦也就比男生少两个球。

老林吹了哨子。

邹佟见鹿呦下场立马给她递水。鹿呦喘着气，扭开瓶盖灌了两口。她全身被汗水浸湿，衣服粘在后背不太舒服，心里却是说不出的畅快，就像是埋在心底的那点郁闷得到了释放。

老林嘴角一勾，给她打了个98分。

“回寝室啦，她们俩早就考完了。”邹佟和老林交换一个眼神后，大大咧咧地搭着鹿呦的肩膀走人。

刚走进门，就能听见周洛洛爽朗的笑声。

“摩西摩西，洞拐啊，我是洞幺，你嘎哈呢，还在现场等抽奖呢？我？我抽好啦，对对对，特等奖，哎哟都是运气。下次见面咱大排档见，请你整个串儿，拜拜，回见！”

鹿呦和邹佟：“……”

庄晨在一旁见怪不怪，捧着她从雕塑班顺的书看得津津有味。

周洛洛站在凳子上搔首弄姿，满脸写着“整个世界老娘最嘚瑟”几个大字。

“哈喽 Baby。”

邹佟没忍住，问她：“站这么高是打算跳下去一了百了？”

“我也想一了百了，可是我了不起。”周洛洛从凳子上跳下来，“咱寝室今天网络不好，我找信号呢。”

她新做的指甲捏着一张薄薄的纸。

“各位，知道这是啥吗？”

两人摇头。

她“啧”了一声，说：“我们同城粉丝群弄了个抽奖，姐妹我的手气真不是吹的，直接就把大奖一锅端了。就是那个矿泉水卖 88 元一瓶的皇巢 KTV 知道不？我搞到了超大豪华包厢包夜券，还送酒水加爆米花，咱们终于可以扬眉吐气，享受一次上流社会的生活。”

“洛洛，天上掉馅饼了？你不会被骗了吧？”邹佟大呼小叫地凑过去检查那张券，摸来摸去似乎做得还挺逼真。

“别瞎闹，就今天晚上，四人一个都别少。”

周洛洛指尖一转，冲着正走神的鹿呦嚷嚷：“尤其是你这个小朋友，最近跟丢魂了似的，今晚不醉不归啊。”

“你们去吧，我留下来看门。”鹿呦兴致缺缺地拒绝。

“看什么门，寝室穷得就剩咱这几个人了，丢不了啥流动资金。”周洛洛瞪圆了一双眼，“听我的都听我的，不许不去。今天周五不查寝，我查了星座，天时地利人和，你这巨蟹，今日有桃花！”

05

哄闹的包厢，裯子轶伸手点歌之际，特意瞟了一眼对面沙发上的程梓星。

嗯，没跑就好。

现在站在前面一展歌喉的叫苏黎，长相颇具港式女明星的味道，一个眼神就能迷死一大片男人。

具体表现为那四个出版人凑在一起，边欢呼叫好，边激动地鼓掌，眼中的热切宛如燃烧的火焰快把房间给整个点着了。

反观程梓星，与那群人格格不入，手搭在沙发边正垂眸盯着手机。一个小时时间除了上了一次厕所，就是安安静静本本分分地坐在原位上，不能说是面无表情，但裯子轶该死地在他脸上看到一个词——

浩然正气。

这事怨他，虽然知道程梓星这人不喜欢在外面应酬，但无奈这几个出版人的身份确实不低，为了拿下今年这场跨地区合作画展他们青睐已久的场地，他咬咬牙，威胁外加游说了三天，最终拖着一脸不高兴的程梓星成功赴宴。

到的时候才发现，苏黎这个同样有名气的美女画家也在。

两人一见面，苏黎的美眸顿时泛出一丝惊喜，说话间也直勾勾地盯着程梓星。

裯子轶精得跟猴似的，脑子一转知道这位怕是对程梓星有点意思。

“梓星，好久不见。”

“好久不见。”

程梓星和苏黎握手，语气一如既往的平淡。

旁边一人问：“苏小姐认识我们程大画家？”

“同学。”程梓星言简意赅。

“大学的时候相处过一年，梓星是我们那届中国学生里，期末考试唯一一个满分的。”

苏黎笑得很斯文，毫不掩饰语气里的赞赏与亲昵。

两人确实算得上同学，当初一起前往巴黎美院的交换生里，一个是程梓星，另一个就是苏黎。

消息公布的时候，好多人在背后嚼着两人的八卦，说程梓星就算不会见色起意，也抵挡不住异国他乡的孤独感，对苏黎日久生情，除非他是个和尚。

事实证明，他真的是个和尚，24K 纯的。

程梓星回国后，褟子轶曾不止一次旁敲侧击他对苏黎的想法，而这位主仿佛是第一次听到这个名字，在短暂思考后，认真且诚恳地反问，苏黎是谁？

不能怪他，两人第一次碰面是在去学校报到的机场休息室，苏黎那时特腼腆地向他打招呼：“你好，程梓星同学，我叫 Alison。”

没人告诉他相处一年的同学 Alison 等于苏黎，而且他在国外一直遵循师训，潜心研究国外艺术，除了上课，与苏黎单独见面的次数一个手掌都能数得过来。

何其暴殄天物。

褟子轶要不是后来知道这货心里一直惦记着谁，差点怀疑他的性向了。

一顿饭下来，褟子轶几乎是把这一个月能说的话都在今晚说完了。

程梓星则乖巧地坐在一边，听对方吹牛似的描绘出一整个宏图大业，然后在结尾故作高深般点个头。

其他要做的就是跟着起身敬个酒，必要时帮苏黎挡个酒。

反正程梓星酒量好，禤子轶是这么想的，难得拥有一项优秀技能就得发挥它的最大价值。

酒过三巡，不知是谁首先提议去 KTV 飙歌。

酒桌壮人胆，唱歌笼络心。众人谈论话题也逐渐轻松起来，有个人借着劲头凑过去，使劲拍了一下程梓星的肩膀套近乎。

“程大画家，最近咱这行业实在是不景气啊。”

程梓星点头：“现在出版的重心，大多选择快餐文学。”

出稿快来钱快，也更受年轻消费群体的喜爱，利润很大。

“我认识一画家，说实话画得有那么一点意思，但就是获不了奖出不了名。”对方叹气，“艺术家心气高，我劝他转型至少能养活自己，他偏不，非要闷头画自己的艺术，现在吃饭都是个问题。”

程梓星想了想：“画传统艺术画惯了的人，大概短时间内接受不了其他类型的快节奏。”

那人瞅了一眼这位心气儿更高的主，顺便提了句：“欸，你应该没画过少女漫画吧？”

在他的印象里，程梓星出名的路跟坐火箭似的，顺畅无比。

但程梓星回答得干脆又出乎意料：“画过。”

“……”

“真的假的啊？”

程梓星又不说话了。

和一个在国际上获奖无数的画家谈悲惨过去确实有些不妥，那人咳嗽一声，也不好奇了，搭着他的肩膀将话题一转。

“说起来，程大画家年纪也不算小了，不打算找个女朋友？”

程梓星不太喜欢别人碰自己，于是不动声色地往旁边挪一点：“嗯，正在努力。”

说着话，手上也没闲着，程梓星从刚刚开始就一直集中注意力看着鹿呦的朋友圈。

两人闹了不愉快后，少到可怜的交流直接跌为零，他见不到鹿呦，能了解对方的就只剩下了这玩意儿。

关于“刷新鹿呦微信”这一举动俨然成为他近日的习惯，吃饭前刷一下，睡觉前刷一下，裀子轶瞅着他那心酸样，难得没给他泼冷水。

刷着刷着，小朋友更新了一条动态，照片里是她和室友们的搞怪自拍，后面桌子上一堆空酒瓶。

她喝酒了。

程梓星目不转睛地盯着照片，打开，放大，再放大。

地方有点熟悉。

“喜欢哪种类型的，苏小姐这种？”对方一听有八卦可聊，顿时来了兴致，想和程梓星深入交流一番，故意挤眉弄眼，“啧，咱懂，男人都喜欢漂亮、有风情的。”

程梓星收起手机，抬头不紧不慢地看着对方饱含期待的样子，目光如炬，温声道：“喜欢的人，在隔壁。”

“？”

程梓星丢下一句“失陪”后起身，直径走向对面 748 号包间。

进去前，他想，这数字挺吉利。

他推开门，里面酒气冲天，四个“二百五”在桌子上跳着热舞。

定睛一看，还有一个神经兮兮的人蹲在角落举着把不知从哪里捡的伞。

画面十分诡异。

他想也不想，几步上前把伞拿开，低眸看着蹲在那儿的鹿呦。她眼神飘忽，嘴里念念有词。

“说什么呢？”

程梓星凑近，这才听见那句含混不清的“嘘，我是一只可爱的蘑菇”。

“……”

像个智障。

鹿呦慢慢抬头，冲他十分友好地打招呼：“嗨，小哥哥。”语调有点轻佻。

程梓星眯起双眼，伸手将她整个脸掰过来与自己对视：“你看仔细一点，我是谁？”

鹿呦盯了他好久，才缓缓地吐出一句：“嗯，看仔细了，是我的大老板。”

程梓星这才收回略显冰冷的视线。

“为什么要喝酒？”

“难过啊！”鹿呦特乖地举手嚷嚷，“我可爱的室友说了，难过时就得喝点小酒、唱点小歌才不枉在人间走一趟！”

“歪理。”他反驳，“一个女孩子在外喝什么酒。起来，带你回家。”他戳了一下她软绵绵的脸，“能自己站起来？”

鹿呦双眼重新聚焦，随即绽放出一个又傻又灿烂的笑容，朝程梓星张开双臂，声音软糯地说：“抱。”

程梓星：“……”

还没等他回答，鹿呦已经欺身而上，像是演练多次一般，无比自然地撞进他怀中。

程梓星微怔半秒后，下意识地就一把接住对方软绵绵的身子。

淡淡的酒气萦绕在鼻腔。

鹿呦神志不清的时候喜欢瞎撩人瞎抱人，程梓星想，还好自己来得及时。

他转身刚踏出一步，一双不知从哪儿伸来的手突然一把抓住他的裤脚，大有誓不松手的架势。

是萧影。

这货死皮赖脸，以保护周洛洛为名非要跟过来，结果是个一杯倒的主。在四个女生兴致勃勃地晒自拍的时候，他就已经“光荣牺牲”，不过现在看来，大概是短暂的回光返照。

他半躺在地上蠕动，龇牙咧嘴地冲程梓星露出一个狰狞的表情。

“人贩子。”

“……”

程梓星默默看着对方伸出一根手指，颤颤巍巍地指着自己。

“你，要、要把我兄弟带，带哪儿去？”萧影红着脸，顺了两口气说完，打了一个酒嗝。

哄闹的环境，剩下三个跳嗨的人依旧十分敬业地充当手舞足蹈的背景板，而程梓星抱着几乎是攀附在身上的鹿呦冷冷盯着萧影。

腾不出手。

他低头想了三秒，然后毫不犹豫地把瞎嚷嚷的萧影轻踹到一边，走了。

裲子轶刚巧出来抽烟，他攥着打火机站在门口，莫名其妙地看着程梓星从对面的包厢走出来：“你这咋还串上门了？”

他视线下移，眼睛瞪圆：“你串门也就算了，还公然拐卖少女！”

程梓星把鹿呦的脸掰过去。

裲子轶“哎哟”一句，笑了：“这不是你心心念念的新任小助理吗？缘分可以啊，唱歌都能碰上。”

“她比照片上好看太多了。”裲子轶故意凑过去打招呼，“嗨，小妹妹。”

程梓星默默地把鹿呦的头又按回自己怀里。

裲子轶眉头一皱，不高兴道：“干吗，我又不吃了她。”

“你敢。”

裲子轶瞬间㞞了：“你说对了，我还真不敢。”

程梓星的语气很欠揍：“里面还有四个醉鬼，记得处理一下。”

“哈？”

他从一脸蒙的苦命助理身旁走过，又保持着被八爪鱼似的鹿呦抱住的姿态，嘚瑟地进门和出版人们说再见。

包厢里正播放着不知谁点的《纤夫的爱》，高昂的歌曲中，几个出版人面面相觑。

程梓星不是不近女色吗？

程梓星不是个活了半辈子都找不到女朋友的钢铁直男吗？

怎么他刚出去几分钟就抱上了？

苏黎举着话筒隐在角落，脸色说不上好。

那个女孩只能算得上小家碧玉，但论长相、身材、气质，每一项都比不得她。

太稚嫩也太普通。

“梓星。”

在那个身影即将离去的前一刻，苏黎终于开口叫住了他。

程梓星转过头。

“是她吗？”苏黎扯出一个勉强的笑容，“在巴黎，我有一次看到了你摄像机里的SD卡。”

几百张风景图中，唯一一张穿着校服的女孩的背影。

程梓星看着她，眼中原本化不开的冷然渐渐变得柔和。

“Alison，我不喜欢别人随便动我的东西。”

06

昼夜温差大，风吹在身上，激起一阵瑟瑟的凉意。

鹿呦喝完酒后，情绪十分激昂，吼了半路的革命战歌。

“听话，别吵。”

程梓星瞥了眼周围投以目光的路人，轻声呵斥。

歌声戛然而止，鹿呦从他怀中抬起头，把嘴巴一鼓，迅速攀着程梓星的肩膀，手脚并用地爬到了他的后背。

“老板！”鹿呦把头靠近对方的耳尖，轻声喃喃，“我告诉你一件事哦。”

程梓星刚转过头，对方就猛地圈住他的脖颈。

“虽然你动不动就炸房子，还动不动就在大早上使唤我，但我还是要和你说，我就是你成功路上的狗腿子，坚定不移地走唯程梓星主义路线不动摇！”

后半句话鹿呦一只手握拳，昂头十分有气势地吼出来。

程梓星脚下一顿，差点没站稳。

纵使喝得烂醉，鹿呦依旧将“随时随地恭维老板”这个指令贯彻得彻底，宛若应激反应般尽职尽责，十分对得起每月按时打在账上的工资。

“我有没有和你说过我当初为什么学美术？”

程梓星抓着她纤细的脚，把她往上提了提。

“没有。”

他低眸片刻，又说：“你什么都不告诉我。”

他说的是实话。

程梓星漂亮的眉眼如冰雪般生冷，他不爱说话亦不爱笑，又被冠以“天才”的称号，给人一种不食人间烟火的疏离感。

鹿呦虽有时被他气到也会与他争论，但绝大多数时间，还是有点怕他。

更不用说像普通朋友那样说些掏心窝子的话。

但她现在显然醉得神志不清，就算身下是刚灭完贞子的伽耶子小姐姐，估计也能兴致勃勃地拉着对方讨论几句人生。

她埋在他的脖颈上蹭来蹭去。

有点痒。

程梓星眼眸暗下几分，捏了一下她的手：“鹿呦，别闹。”

这句刚说完，鹿呦却得寸进尺，倾身用额头贴着他的半边脸颊。

滚烫撩人的气息霎时扑面而来。

四周无人，程梓星停下脚步，面容依旧白皙如常，耳尖却早已红透。

“那我告诉你呀。”

鹿呦此刻完全没有什么自知之明，非常放肆地占他便宜：“因为我高一时崇拜上一个画家，一个比你还要厉害的画家，他叫作‘星’。我是为了他才决定要当艺术生的。”

说完，她又自顾自叹气：“可我天赋不好，曾在美术班连续五次作业获得 D-，被批为前无古人后无来者，水平低得，四舍五入可以马上卷铺盖走人。

“对了，那时我们班还有一个特爱嘲讽我的男生。如果不是他欺负的频率太高，我早就该怀疑他是不是看上了我。

“但圣诞节过后他就收手了,还趁上课偷摸塞给我一盒手工饼干。嘿嘿，这么一想，他没准是真的看上我了。”

程梓星突然小声问：“饼干好吃吗？”

鹿呦认真地思考了一下，有些茫然地挠挠脑袋：“啊，不记得了……”

她脑袋一歪。

“我还没说完呢，虽然我天赋不行，但我运气好啊！”

她感叹道：“校考成绩出来，我的小伙伴都惊呆了。我拿了泽大的录取通知书就好比买了一张两块钱的刮刮乐，然后一刮就刮出个大奖来。”

“你懂那种感觉吗老板？”鹿呦说，“唉，算了，你那么强，肯定理解不了我们这种学酥的感受。”

“为什么这么想？”

“我从来没看过你失败啊！你天生就是被上帝眷顾的人，也是我一直都遥不可及的光。”鹿呦嘟囔道。这句话是他们美术系共传的一句，自己顺手就用上了。

她说我是她的光。

程梓星阅读理解能力上线，麻利儿地从前半句提炼出这几个字。

她崇拜我，四舍五入等于她喜欢我。

像是末梢神经突兀地被扯了一下，那张没有表情的脸宛如初雪消融，透出一丝淡淡的暖意。

“我理解的，鹿呦。

“我从来没说过自己一直顺风顺水，我也受过白眼，也被别人批得一文不值。机遇是一种很奇妙的东西，我确实是比别人多了那么一点幸运。”

鹿呦趴在他的背上，一眨不眨地盯着他帅气的侧颜。

“对不起，我这个人不太会安慰女孩子。”程梓星接着说，“我之前不小心惹你生气了。”

鹿呦听乐了，眼睛弯成月牙：“我没听错吧，你是在道歉吗？”

“嗯，给你道歉，可以原谅我吗？”

她点头，点得非常爽快：“唔……那我也给你道歉，我不该朝你发脾气，不该给你甩脸色。我以后会好好帮你打扫卫生，无怨无悔的那种。我错了，你不要不理我。”

“好。”

末了，他又加一句：“你说的，都好。”

这难得的自我批判若是被禤子轶听了去，必定会大跌眼镜，以辞职作威胁指着对方的脑门大呼重色轻友。

“鹿呦，我最近在看一本关于少女的碎碎念日记。”

“啊……我还以为你只会看欧洲艺术史这种纯英文版本的……”

程梓星眨了一下眼：“怎么这么想？”

“你给大家的感觉大多是严肃的呀，严肃的人不是都该看严肃文学吗？”

“和书的内容没关系。”程梓星淡淡地解释，“只是换个思路找灵感，我还曾两天两夜没出门，坐在电视机前看完了《海绵宝宝》和《花园宝宝》全集。”

鹿呦：“……”

“书名叫《芒果街上的小屋》，里面有一句话我很喜欢。”

程梓星自黑完开始回忆起那本书的内容。

“它们在地下展开凶猛的根系，它们向上生长也向下生长，用须发样的脚趾攥紧泥土，用猛烈的牙齿噬咬天空，努力从不懈怠。”

他的嗓音很好听，是现在女生很爱的调调，低沉、撩人，认真说话时带着一种特有的慵懒味道。

大概是联想到禤子轶那幼儿园水平的阅读理解水平，他特意问：“你听得懂吗？“

“听、得、懂。”鹿呦闷闷地说，“好老套啊，老板，我最不喜欢听大道理了。”

“不是安慰你，”良久，他侧过脸，瞥见少女靠在他的肩上已经闭上了眼，“是在哄你。”

对方哼哼唧唧一声。

嗯，有点可爱，也很乖。

他眼底顿时柔得不像话，启唇呓语，又似是惋惜：

“小孩。”

狭长的路口，两边的楼房透出点点朦胧的灯光。程梓星曾无数次独自走过这样的寂静小道，比起在熙攘环境里和他人一同欢乐，他更乐意独自待在家度过每一个漆黑深夜。

从不否认自己天生感情淡漠，对待周围一切都报以索然无味的态度，有一对满世界跑的半吊子父母，有一个重要的朋友裲子轶，有一个看起来前途还算不错的自由职业，除此之外，他记不得过去上学那些同班同学，也记不起每次搬家时隔壁住的是男是女。

这个世界很无聊。

不喜欢和别人共享自己的生活。

但是对鹿呦，不讨厌。

程梓星偏着头看了很久才缓缓收回目光。

昏暗的路上偶尔传来一声野猫的呜咽，他背着女孩，一步一步，朝着前方走去。

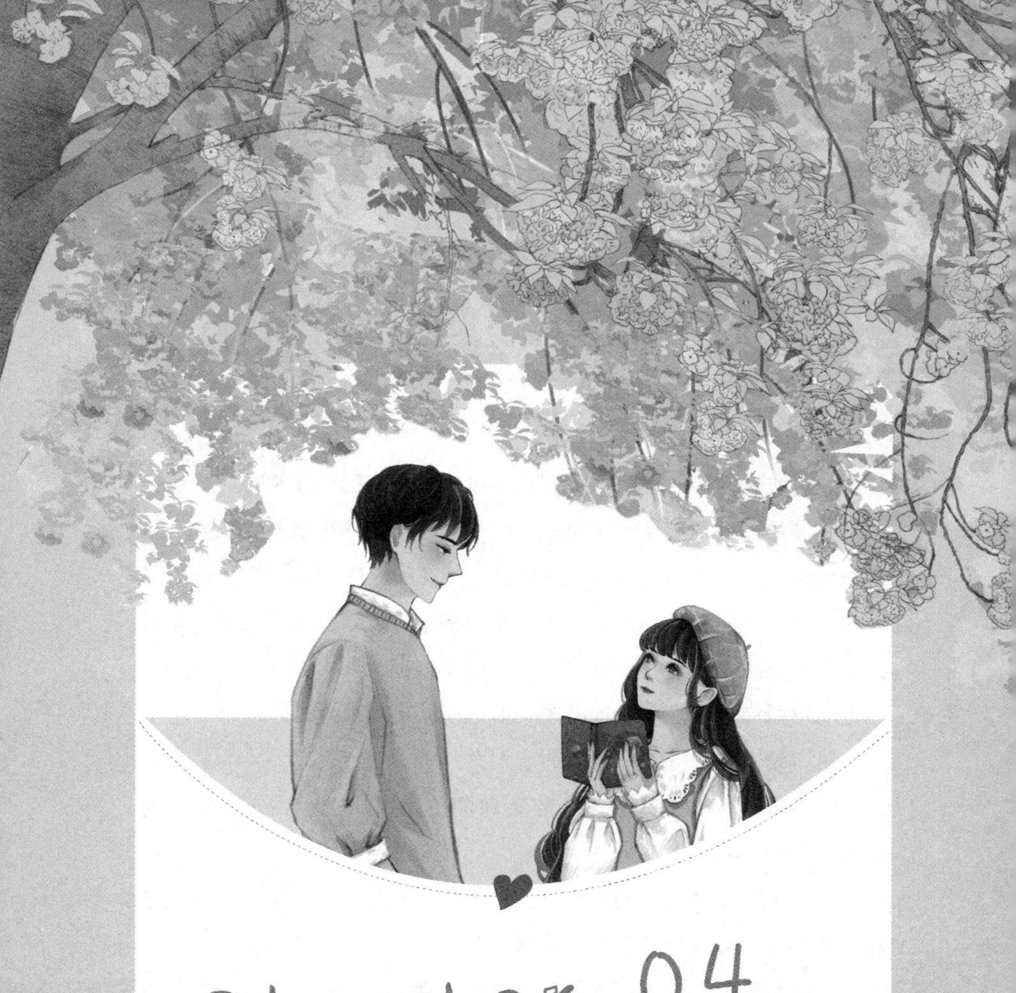

Chapter 04

披星戴月，随处而栖。
所谓坚强，全靠硬抗

01

春夏交替之际的气温很是宜人，市中心交叉路口非常神奇地连接本地最繁华的农贸市场，于是每当上班高峰期，这里就会出现非常诡异的一幕——一条人行道上全是穿着光鲜亮丽、踩着高跟鞋、拎着名牌包包的白领精英，一条人行道上全是穿着人字拖棉麻衫赶着买菜打太极的大爷大妈。

人声鼎沸，川流不息，两拨人给这座城市带来生机。

路口站着两个提着菜篮子的老太太。

一个叹气："要死哦，今年猪肉的价格快飙过牛肉了，吃不起了哦。"

另一个附和："哎哟，你可别说了。我刚买了个苹果，那小伙子和抢钱似的，一上秤要了我六块钱！"

总而言之，广大老百姓的现阶段矛盾是工资增长水平完全跟不上物价增长水平。

程梓星人在车里，瞟了眼望不到尽头的长龙，一边听老太太们抱怨，一边听着电话那头自家妈妈过分活泼的声音。

"儿子在做什么呀？"

"堵车。"

"那你猜猜我和你爸在做什么呀？"

"不想猜。"

"猜猜吧，猜对了有惊喜哦。"

“挖坟盗墓。”

“……”

“臭小子，我和你爸那是正规考察，相关部门领导亲自批下的发掘申请书。”

“哦，知道了，还有事？”

“妈妈就是太久没见你想你啦。我和你说我昨天碰到我一老朋友，她有一个特别好看的女儿，她……”

“没什么事我就先挂了。”

还没等对方说完，程梓星便兴致缺缺地按下挂断键。

很好，世界一下子清净了。

他头靠在椅背上，切换屏幕，准时准点开始刷午间新闻。

高密为了“日月星辰”画展，特意请命调来本市分公司，昨晚刚到，今天一大早就把他招来公司谈论细节问题，结束时已接近中午。

阅读完新闻，他垂眸稍微估算了一下鹿呦的作息，现在她大概刚刚起，肯定还没吃饭。

对，吃饭。

他肃然挺直了腰背，伸手从副驾驶下的抽屉里掏出《恋爱法则》的复印件。这玩意儿他提前复印了十几二十份，放在所有他能碰得到的地方，以备不时之需。

翻了半天，程梓星发现书上没有给出任何详细的指导说明。

他打电话给褟子轶。

电话接通，对方刚说了一个“喂”，他开门见山就问：“女孩子平日里喜欢吃什么？”

褟子轶一愣，顺着他的话回答：“奶茶、蛋糕之类的甜点吧。我当初上学哄我那些个前女友，就是一手蛋糕一手奶茶，我告诉你，一送一个准。”

褟子轶年少不懂事时，零花钱全部贡献给那些逝去的爱情。

程梓星一字一句全部默默记在心里。

褟子轶假惺惺地问：“怎么，你终于和尚熬还俗，想起买礼物哄你家可爱的小助理了？”

程梓星没回应。

“哑巴了你？”

褟子轶疑惑地看向手机屏幕，上面的大字显示已被挂断了。

褟子轶顿时黑了半张脸，他又挂电话！

活该你单身。

这边长龙队伍终于结束，程梓星把车停在前面，打开鹿呦以前给自己下的 APP，成功搜索出附近一家评价不错的甜品店。

离得不远，大概一公里。

而且那地方附近正好有个露天停车场。

真是完美。

驱车几分钟路程，程梓星拔钥匙停好车，长腿一伸，淡定地从那条少女心十足的粉色旋转走廊走上去。

店里的生意明显很不错，好几个女孩子正拿着手机自拍，有的瞅见程梓星，还拿起手机偷偷拍了一张。

他目标明确，目不转睛地径直走向收银台。

店员难得大白天在店里看见这样俊朗光鲜的男人，眼睛一亮，忍不住摆出一个标准的笑容，温声询问他需要什么。

程梓星低眸，简略扫过一排甜品柜，努努嘴，眉头蹙了又蹙。

不巧，他根本就不知道鹿呦喜欢哪种。

大概是看出对方眼底些许的迷茫，店员刚准备彰显一下热情服务，表示自己可以逐一介绍每种小蛋糕的口味之际，程梓星突然伸手，从右到左指了指面前一堆花花绿绿的糕点，语气透着浓浓的土豪加欠揍意味。

“每种一块，全部包起来，谢谢。”

店员：“……”

“那个……先生，我们家的甜品种类比较多，您确定要每种都来一块？”店员汗颜，心想天公不作美这帅哥估计脑子有病，但还是勉强维持着脸上的标准微笑。

“哦，感谢提醒，差点忘记了。”程梓星眉头舒展开来，指尖敲了敲玻璃柜。

“顺便将你们店里每一种奶茶也帮我打包一份。”

他愉悦地说完，还不忘补充一句“谢谢”。

02

鹿呦两眼一睁，映入眼帘的又是好久不见黑白色极简风的房间。

“……”

一定是自己醒来的方式不对。

她闭上眼，深呼吸后睁开，正好瞟到床头柜上的相片里那个面无表情的人。

鹿呦脑袋生疼。

她最后的记忆是昏暗灯光下，周洛洛扭曲又通红的大脸。

又梦游了？

她颤颤巍巍地打开手机，映入眼帘的是二十四个未接来电，同时蹦出一堆跟机关枪似的微信语音。

——鹿呦，邪门了，鬼打墙了，我们四人居然躺在本市第二贵的庄梦酒店的套房里。

——你说，我们是不是昨晚喝嗨了，直接刷信用卡开了间房。

——不过，我寻思着我也没信用卡啊。

——等一下，你人呢，咱消费的时候把你丢大街上躺着了？

——死了？

——真死了？

“……”

昨晚零散的记忆缓缓涌入内存不足的大脑中，搜刮整理后，她也就记得两段碎片：一是自己要死要活对着老板耍流氓；二是自己掏心掏肺，觍着脸给老板道歉。

脑中还一晃而过萧影躺在地上努力竖起的中指。

我完了，她想。

鹿呦沉默片刻，把手机一丢，呈“大”字形躺下装死。

“不行。”

她从床上滚下来，虽说人生自古谁无死，早死晚死都得死，但她觉得还可以拯救一下。

浴室里有烘干机，鹿呦洗完澡又把衣服烘干换上。她回到房间，跪在床边捧着躺了一晚上的被子嗅了好久。

好像有那么一丁点的酒味。

她立马抱着被子扔进洗衣机里销毁证据，程梓星这厮要是睡觉前闻到异味，没准真能大半夜把她从寝室里叫来帮他洗被子。

做完这一切，鹿呦长吁一口气，摸出响个不停的手机。

一看到来电显示，她下意识地打了个战，差点把手机丢出去。

她颤颤巍巍地接起电话。

“喂。”

“醒了？头还疼吗？”

程梓星清冷的声音从电话里传来。

“一点都不疼，老板。我现在正非常卖力地帮你打扫家里卫生。”鹿呦拔高了几度音量，语气带着些许遮掩的慌张。

毕竟，莫名其妙地冷战好几天又莫名其妙地在几小时前主动和好。

“我昨晚喝多了。”鹿呦抢先说，“我没说什么胡话吧？”

程梓星沉默了三秒：“没有。还有，你出来一下。”

“？”

“我回来了，在家门口。”程梓星似乎心情不错，他抬头，看着湛蓝的天空，“有东西给你。”

“哦……”

古古怪怪的。

程梓星身子后倾，双手抱胸靠在车边。

他抬眼看见鹿呦打开门，迈着小短腿向他飞奔而来，微微叹气道：“三分四十一秒，真慢。”

鹿呦自动忽略他这句话，十分好奇地凑上前：“你要给我看什么呀？”

程梓星挑眉，按了下手里的车钥匙。随着“哔”的一声，后备厢的门缓缓打开，露出堆满了整个空间的奶茶和蛋糕。

鹿呦：“……”

她看呆了。

程梓星伸手，十分淡定地把其中一盒快要掉下来的蛋糕往上塞了塞：“喜欢吗？我稍微多买了一点。”

“无糖，三分糖，半糖，全糖，加珍珠的、加芋圆的、加红豆布丁的。”他绕口令似的一一介绍，“焦糖盒子，芒果拿破仑，提拉米苏，抹茶双层芝士……”

“等……等一下，老板。”

鹿呦捏了捏眉心打断对方，只觉脑门前的刘海在风中无比凌乱。

程梓星低眸，期待地望着她。

鹿呦斟酌片刻后，问：“那什么，是不是最近行业竞争激烈压力大，你打算转行，搞批发？”

后备厢的门又缓缓合拢，对方目光陡然冷到冰点，丢下不知所云的鹿呦，一言不发地甩手回家了。

03

鹿呦走的时候，程梓星在二楼死活不下来，就发了一条微信：

“车钥匙在客厅，把那堆甜不拉几的玩意儿处理了，我不太想看见它们。”

我又惹他生气了……鹿呦心想，我离“被打一顿扔进垃圾桶闷三天三夜再卖去东南亚做苦力”的日子又近了一步。

所以他买这么多甜品做什么？是想砸死她这个小助理吗？

一后备厢的蛋糕、奶茶自然是无法全部处理，鹿呦装了两大袋子带回去孝敬室友，其余的也没舍得扔，放进程梓星家的冰箱和橱柜里存着。

每次去他家时可以顺一点吃。

鹿呦回去的时候，只有周洛洛在，其他两个出去买中饭去了。

鹿呦把大概是程梓星付钱的事实一说，周洛洛这才拍拍胸脯惊魂未定道：“吓死了，我生怕服务员给我贼长一账单，差点就卷起被单做麻绳从二十四楼一跃而下。”

鹿呦故意问：“程梓星要是不付钱，你咋办？”

周洛洛一脸大无畏的表情：“没关系的，萧影心甘情愿地押在酒店洗盘子抵债。”

鹿呦捂脸：“你就从了他吧，他是真的喜欢你。”

周洛洛也捂脸：“送你送你，我不喜欢他。”

庄晨和邹佟回来时就看见这两人一脸傻样面对面坐着发神经。

庄晨给鹿呦递了个快递：“喏，放门口的，我顺路拿了。”

“我没在网上买东西啊。”鹿呦掂量了一下，还挺重，收件人也确实是她的名字。

“打开看看呗。”周洛洛建议。

鹿呦三下五除二拆了快递盒，里面居然放着五十支炭笔，以辉柏嘉为主，掺杂着包装花里胡哨的米娅，还有几支碳素结合的 14B。

“哟，是哪个圣诞老人知道你没笔用了，送你的豪华大礼包？”周洛洛打趣道。

鹿呦在看到辉柏嘉炭笔时，大概就知道这是出自谁的手笔，于是干巴巴地说：“不是圣诞老人，是阎王。”

她悄悄地给程梓星发了一条微信。

“笔是你送的。”她用的是句号。

过了好一会儿，那边才回了一个字：“嗯。”

“你干吗送我笔？”鹿呦又小心翼翼地试问。

“用了吗？”

“……”

“刚在纸上试了一下。”

“好用吗？”

“嗯……还行。”

程梓星的话里明显夹杂着一丝嘚瑟：“所以我说，你早该相信我的判断，用这些手感稍好的牌子，便可达到肉眼可见的事半功倍。”

鹿呦心底刚燃起的小火花瞬间被灭个彻底。

她突然明白了什么。

像程梓星这种不达目的誓不罢休的24K纯直男，一定是那天自己对于绘画工具的嗤之以鼻的态度刺激到他那该死的胜负欲，于是就算相隔数日之久，也要用实际行动证明自己的理论是绝对正确的。

鹿呦把手机丢在床上，没忍住勾了勾嘴角，程梓星真是够了！

“说起来，你应该不知道你家程老板还有一个超级后援会吧。”

自从得知程梓星替他们付了一晚上豪华酒店房费后，周洛洛对他的印象瞬间一百八十度大转弯，勉强可以划为其脑残小粉丝。

鹿呦沉默片刻：“我还真不知道。”

周洛洛说：“我也是认识里面的一个妹子才略知一二。他的这个后援会，俗称‘四有’程家后援会，由一位非常牛的神秘会长统筹管理，众人皆传，有才有钱有时间有长腿。”

“啥长腿？”

“女生入会标准，身高不低于一米七，腿长不低于一米。”

“……”

鹿呦默默看了一眼自己勉强一米六的身高和几十厘米的小短腿，心想这后援会的终极目的就是给程梓星开后宫动漫番的吧。

“等一下，他又不是明星，不该会有后援会这种存在啊！”

“非也，单凭程梓星这脸面，丝毫不比那些小鲜肉差上分毫，再者在无数国内外奖项光环加持下，巴黎留学时他就十分受欢迎。”

庄晨一板一眼地补充：“据不完全统计，大学期间平均每隔一个月就有一人向他表白。”

“那他谈过恋爱吗？”邹佟难得八卦。

周洛洛心痛地拍拍鹿呦的肩膀，故作深沉道：“所以啊小朋友，如此重任就交付到你手上了。”

鹿呦拍掉她的手，惊恐地问：“你啥意思啊？”

“字面意思。”

喝酒从不忘事的周洛洛露出一个看破不说破的眼神。

04

下午有设计课，几人瓜分完甜点就夹着书踩点进了教室大门。

庄晨：“设计老师进教室了。”

邹佟：“‘地中海’进教室了。”

周洛洛：“同志们，‘安眠药’进教室了。”

其实这位视觉传达系的老师人特有意思，一直风雨无阻坚持每周末去人民公园念爱情诗，说是现在的人相亲啥都谈就是不谈爱情，差点把周洛洛也给鼓动得一起去了。

不过，他上课的语气实在太温柔，像催眠曲。

“叮咚”一声，微生炀破天荒地给鹿呦打来电话。

她瞅了眼讲台上沉迷于艺术的老师，低头压着声儿接通：“师兄，找我干吗？”

“也没什么大事，就和你说一声，你初赛过了，沈澜依的评审结果无效。”

“……”

“乐傻了？”

“可我早已经被……”

“我说了，她的评审结果无效。我也挺好奇她这种水平怎么进入年级前三的。”微生炀的语气微冷，大有向程梓星看齐的架势，“就这事，你好好上课吧。挂了。”

鹿呦还想说什么，电话里却只剩下忙音。

挂电话的速度也挺向程梓星看齐的。

什么情况。

天降喜讯？

“鹿呦，外面有人找。”

同班一男生戳了一下她的肩膀，小声说。

鹿呦尚且飘忽忽的，刚一出教室就看见沈澜依站在走廊上，她脸色不好。

自己的信息被流传出来时，鹿呦猜测那个匿名爆料者就是沈澜依。

只有沈澜依才能这么轻易地看得到比赛成绩。

“有事？”鹿呦虽惊讶于她的出现，但面上的神情颇淡。她和沈澜依的交集几乎为零，所以她一直不太理解，对方为什么会突然针对她。

沈澜依抿唇，憋了好久才憋出一个“对不起”。

鹿呦以为自己出现幻听了，一秒钟破功，下意识地“啊”了一句。

“对不起，初赛时是我偷懒，没有认真评画就直接淘汰了你，特别抱歉。”沈澜依豁出去了似的，低眸说，“鹿呦，原谅我吧。我大四得申请出国，这次要是被记过写进档案，我绝对受影响。”

她是真的害怕了。

鹿呦看着她的眼睛：“就只是偷懒？”

沈澜依眼神躲闪：“嗯，就只是因为偷懒。”

天晓得为什么微生炀突然从外地杀回来要重审原稿，还顺带招呼来一群老师一起审。当他们把鹿呦的作品挑出来摆在沈澜依面前时，微生炀那张从来都是冰冷的脸第一次带着怒意。

他惜字如金，只丢下一句：“你去和鹿呦道歉，她要是想追究的话……”微生炀勾了勾唇，眸色更冷，“你就完了。”

泽大推崇学生参与教学，被选作校内比赛的初赛评委是一件值得炫耀的事，但相对应的是，权力越大，责任也越大。

而美术系更是讲究谨小慎微，沈澜依以权谋私是大忌。

如果有人看过原稿，稍微一想便知道她是故意的，几百幅作品就只筛一幅。

还偏偏是一幅在大一组里质量算不错的。

之所以这样做，是因为她喜欢微生炀。

这位从来不会为任何女生驻足的少年，最近总是爱跟在鹿呦后面。

所以她根本无法不把两者联系在一起，于是就想借此教训一下鹿呦，让微生炀离鹿呦远一点。

微生炀不喜欢成绩不好的女生。

沈澜依平日里骄傲惯了，能言善辩，专业成绩也好，别人都捧着她，加上以前她也不是没做过类似的事情，所以起初没想那么多，还玩笑般匿名 PO 了照片在群里引导诋毁鹿呦的舆论。

结果彻底翻船。

沈澜依忍不住多看了好几眼面前这张平凡无奇的脸，怎么也想不通，为何他偏偏如此看重鹿呦。

“不原谅你。”

沈澜依一听这话，眼泪都快飙出来。

鹿呦慢吞吞地说：“但也不会告发你，你能不能出得了国和我没有一丁点关系，我们以后桥归桥路归路。沈学姐，你以后不要再做这种事了。”

“好的，谢谢，谢谢你。”

沈澜依的眉头一下子舒展开来，丢了微生炀事小，前途要是没了，她爸妈还不知道会把她怎样。

沈澜依把手里的进口巧克力塞在鹿呦的手里：“学妹，我下次请你吃好吃的！”说完也不管鹿呦收不收，一溜烟跑掉了。

鹿呦瞧了眼巧克力，刚一转身，就看到三个室友趴在门边宛如深夜潜伏的游击队员，直勾勾地盯着她。

“我刚刚是不是很尿？”鹿呦歪头，举着巧克力若有所思道，“沈澜依那么欺负我，结果她假惺惺一道歉，我这么轻易就原谅了她。”

鹿呦一直羡慕周洛洛的爽直，也羡慕程梓星、微生炀的璀璨星光，所有人都无比鲜活，而她独自站在他们对岸，既懦弱又无能，是最不讨喜的性子。

她们相互对视一眼，一齐笑嘻嘻地上前将鹿呦抱住，什么也不问，什么也不追究，就说了一句：“可是这才是我们认识的鹿呦。”

会害怕，会胆怯，但也会为了喜欢的人和事不顾一切。

四个女生你侬我侬好一阵。

“巧克力丢了吧，那女的送的，我嫌弃。”庄晨推了下眼镜。

“等下等下，挺贵的，丢之前让我尝一口。”日常零用钱都贡献给胶卷、路费的周洛洛眼尖，看到牌子轻声叫道，“不吃白不吃哇。”

“没出息的，你是蛋糕没吃够吗？”邹佟直接把依依不舍的她给拖走了。

“不上课了？”鹿呦从庄晨怀里露出个头。

“上个鬼，老师在放爱情老片，腻歪死了！”

05

教师办公室。

禤子轶推开门，就听见一句“任务完成”，然后迎面撞上微生炀，对方一副欣喜又夹杂失望的样子。

“禤助理，下午好。”微生炀瞅见他，缓缓收起情绪，敷衍道。

“下午好。”禤子轶打量微生炀，“程梓星叫你来的？”

微生炀点头，然后走了。

禤子轶若有所思地摸了摸下巴，推门进去，从他这个角度，正好看见程梓星面朝窗户，握着手机，坐在教授最喜欢的扶手椅上晒太阳。

还挺会享受。

禤子轶咳嗽一声，反手关上门。

“你认识微生炀？”

“我和他是相处非常愉快的工作伙伴。”禤子轶笑嘻嘻地道，“还说我，你那么多画稿不处理，却专门来管闲事，挺有闲心的。”

程梓星面不改色道：“只是稍作提醒。”

虽然他并不是很开心看到情敌。

“又是拜托体育老师，又是把微生炀从外地叫回来重审这种小比赛，联系一大圈还不放心，非得自己亲自过来，做这么多麻烦的事，实在不像你的作风。”禤子轶搬了个凳子坐在对面，眼巴巴地盯着他。

“我应该什么作风？”

禤子轶忍不住说：“怎么说呢，就是凭借你的地位人脉，想要一个女孩得到一个机会并不是一件难事，不是吗？”

程梓星的眼眸抬起：“哦，你要我给鹿呦开后门？”

对方挑眉，算是默认。

程梓星十分干脆地拒绝：“她自己的路，该让她自己走。”

“哟，你舍得？你不是宝贝死她了吗？”禤子轶跟个大爷似的，跷着二郎腿，诧异地问。

程梓星这种闷骚的大男子主义个性，居然会做这种事。

“这不像你啊。”褶子轶嘟囔，“咋回事啊，我的大兄弟。”

“你不懂？”

“我该懂？”

程梓星手心抚过手机磨砂壳，语气里听不出情绪：“短短十年而已，翻盖机更新成智能机，自媒体几乎取代传统纸媒，路变了，道窄了，如今想要活得比别人好，就必须把自己打磨成市场需要的样子，即便违背本心。”

他忆起过去那些跟在别人后面低声下气的日子。

“每一行有每一行的规矩，以前我们瞎撞乱闯好歹还有一丝生机，但现在的新人想要出头，单凭一腔热血，实在是难。”

程梓星在媒体面前表现得一向很佛系，几乎等于闭门不见，采访什么的也是能推就推，甚至有人在网上故意黑他傲慢不懂规矩。

实际上他看什么都很透。

褶子轶陪了他这么多年，看着他一步一步登上同龄人难以比肩的高度，却依旧没有染上半点浮躁之气。

他像是一根芦苇，清冷又孤立。

“想要真正融入这个社会，唯有两条路可以走：一是够硬的关系，二是万里挑一的才能。”

程梓星骨节分明的双手交叠在一起：“其实还有第三条路……我并不否认天赋比努力要重要得多，但有时候，其实努力真的可以创造出不可思议的奇迹。”

褶子轶敷衍地移开双眸，他对这个话题有些抵触，坐在那儿沉默良久。

“我就想要鹿呦明白，这个世界尽管非常不公平，却依旧遍布无数可以抓住的机遇，所有曾经失去的，都会以另一种方式寻来，留给早已准备充裕的人，一跃而上。”

程梓星说：“子铁，我也想要你明白。”

那点别扭早已消失不见，褟子铁又变回那个能把猪吹上天的天才辩手。他把手枕在后脑勺，吊儿郎当道：“哎呀呀，说归说，你别带上我啊。我年纪大了，配不上‘梦想’这两个字。”

但他又说：“其实我挺佩服鹿呦的，真心话。”

程梓星双脚抵着凳子，将自己旋了九十度，透过那扇落地窗，目光追寻着英语角下的四个少女。

群鸟贴着玻璃无声地横渡，阳光和煦。

“她确实很了不起。”程梓星顿了顿，“可惜，她从来都不知道。”

半晌，褟子铁觉得自己铁定眼花了，面前这张脸似是被摇曳的光晕冲淡了原本倾覆的冷气，一瞬间变得出乎意料的柔和亲切起来。

06

“这结局皆大欢喜，不如咱们再抽个时间庆祝一下？”周洛洛人来疯，抓住一切可以玩乐的机会，“这周天天闷在寝室改画稿，我身上都要长毒蘑菇了。”

“吃个饭，唱个 K。”庄晨点头。

“不不不，还是不唱了，别又喝醉了，我不想再在莫名其妙的地方醒过来。”鹿呦猛地摇头。

“想吃烧烤。”邹佟提议。

“啊，我想吃火锅。”庄晨说。

几人叽叽喳喳地讨论，都还是半大的孩子，对吃吃喝喝总归是更有兴趣。

周洛洛回过头看向鹿呦，笑嘻嘻地问:“小朋友，你想吃什么？”

“我都行。”

鹿呦逆着光线，咧嘴露出一个甜甜的笑容。

发自肺腑的。

微生炀说出这个好消息的那一刻，鹿呦突然就明白了一件事。

自己根本就不需要许下愿望就能实现的阿拉丁神灯，念出一个咒语，变成绘画天才，遥不可及的东西通通变得唾手可得。

那有什么意思，那样一点意思都没有。

“我想要的”之所以让人无比渴望，正是因为深知其艰难才更让人珍惜，是即便清楚地意识到我是在透支生命，可依旧甘之如饴。

她一直需要的，其实只是一句“我相信你啊，你能做到的”这样简单的鼓励罢了。

那时，如果有人这样对她说，她会瞬间满血复活，宛若打了鸡血一般拼命朝前奔跑。

因为前方，一定有人在等着她。

鹿呦掏出手机，想马上告诉友人 S 这个好消息，然而对方早已发来一条——

“无论如何，在我心中，你是最棒的。”

她低眸，嗅着空气里清冽的花香，嘴角忍不住微微扬起。

以前身边有他，现在身边有很多朋友。

她不是一个人。

我想要成为海里的浪，风中的云，但我还只是小小的我。有一天我要长出自己的身躯，我要摇晃天空，像一百把小提琴。

——《芒果街上的小屋》

Chapter 05

生来骄傲之人，不肯折腰半分，
但若来人是你，我愿千百次低头

01

白川机场。

鹿呦下飞机后没急着走，拖着行李靠在出口走廊打“消消乐”耗时间。

从第一关打到第十二关，身边的人都快走得差不多了，她打了一个哈欠，顺手打开第十三关。

头顶伸来一只手，把她的手机给拿走了。

鹿呦一回头，看见一高个男孩杵在自己面前，笑嘻嘻的没个正经样。

她愣住，下一秒开口轻骂：“鹿以鸣你个浑蛋，终于舍得回来了。”

“是啊，我终于舍得回来了。”他漫不经心地将手里的黑色鸭舌帽扣在鹿呦的头上不松手，后者视线被遮盖，大叫着要他松开，而他嘴角上扬，笑得有点痞。

鹿以鸣是她哥，亲生的，在国外念书，难得回来一趟。

她高二那年，鹿以鸣一声不响地带着行李独自前往国外上学。一晃两年过去，他好像长高了，也稍微黑了点。

兄妹俩眉眼相似，但鹿以鸣生得更加精致，头脑也好。在鹿呦为那些枯燥复杂的数学题抓耳挠腮时，他就已经轻轻松松拿到了某大学的保送名额。

鹿呦总说鹿以鸣抢走了自己所有的智商和美貌。

“你知道为什么吗？”

鹿呦一脸天真地问："为什么啊？"

"我的傻妹妹，你是从垃圾堆里捡来的，当然笨啊！"

鹿呦反应过来，要扑过去打他。

他蹦到一边，嬉皮笑脸道："打一架？"

两人瞪着瞪着干脆真的上手开打，结局往往就是被父母罚去墙角站一个钟头。

"哥……"鹿呦伸出手，想给鹿以鸣一个拥抱。

鹿以鸣斜睨她一眼，松开帽子有些嫌弃地退后，叹了口气："你怎么还是这么矮。"

"……"

鹿呦收回所有的感情，二话不说，掉头就走。

"行了行了，不就跟你开个玩笑嘛，你看你还和小时候一样。"鹿以鸣连忙揽过她的肩膀，非常不要脸道，"你哥我都两年没回家了，四舍五入已经认不得路，你把我甩在机场，我要是迷了路，你得负全责。"

"得了吧，你要是能迷路，我表演生吞遥控器。"鹿呦没好气道，"街坊邻居只要是个人你都能称兄道弟的，这么逆天的交际能力，我建议你可以顺路泡个妹子。"

鹿以鸣被这么一怼，好半天才憋出一句："鹿呦，这么久不见，嘴皮子功夫渐长啊。"

"低调，也就稍微比你强了一点而已。"

"真心没个女孩子样。"鹿以鸣叹气，"开学之后还没回过家吧。"

鹿呦"嗯"了一声。

“现在和爸妈关系怎么样了？”

“还行。”

他皱眉道：“还行是多行？”

鹿呦回道：“比很好差一点，比不行好一点。”

“诡辩。”

他们的行李都多，于是干脆直接搭了出租车。

今天交通拥堵，每个路口都堵了十几分钟，等到了家门口，已经是两个多小时之后。

“带钥匙了吗？”鹿以鸣问。

“带了。”

鹿呦想起以前放学总是会忘记带钥匙，妈妈干脆把门留一条缝。以前住的小矮房周围邻居都熟悉，也不担心会有小偷。

早年家庭不富足，甚至称得上拮据，鹿家夫妻俩携手来大城市打拼多年才终于有了起色，从窄小的出租房搬到了如今光线极好的高级公寓。

大约也正是因为经历过大起大落，对于鹿呦和鹿以鸣，他们看管得比别家更严厉一些。

“妈，我想死你啦。”

鹿以鸣一开门就凑上去，和以前一样把妈妈整个抱住，一米八的个头撒起娇来丝毫没有半点不好意思。

鹿妈“哎哟”一句：“你这孩子，都长这么大了还腻歪得要死，以后有女朋友了岂不是让别家看了笑话。”

“我抱我自己妈妈，谈不上笑话。”鹿以鸣咧着嘴笑，“是吧，老妹？”

“你还不如你妹妹！”鹿母虽是责备，脸上却洋溢着散不去的喜悦，“呦呦，路上累不累啊？”

鹿呦摇了摇头。

“快坐一会儿，马上就开饭了，我们一家人难得坐在一起吃一顿饭。”

鹿妈今天还化了一个淡妆，面色红润，穿戴不俗，而鹿爸向来古板严肃，坐在沙发上闷头看报纸。

鹿以鸣和爸爸打了个招呼就拖着行李进房收拾，鹿呦则抱着靠枕，坐在爸爸边上玩手机。

父女俩一言不发，只听见厨房里的炒菜声。

“学习怎么样，吃力吗？”

鹿爸冷不丁地开口，视线依旧放在手里的报纸上。

“还好。”

“泽大气氛好，你要多向其他好学生学习，不要以为上了大学就可以随心所欲了。”鹿爸自顾自地说，“你那个专业，不好好学没有出路。”

“知道了。”鹿呦有些不耐烦。

唉，每次都是这几个问题来回地问，四级过了吗？六级过了吗？期末考得怎么样？对工作有什么打算？

鹿呦用余光打量爸爸，在看到他鼻梁上的眼镜时，才惊讶道：“爸，你不是不近视吗？”

她记得寒假回来时还没见他戴过。

鹿爸的脸上总算有了些表情，无奈道：“你这孩子，我这把年纪哪里来的近视，这是老花镜。”

“哦……”鹿呦心里嘀咕，“已经到了要戴老花镜的年纪了吗？”

在她的印象里，她爸还是那个可以在冬天脱了衣服下河游上三圈不歇息的人，亦是叉着腰，中气十足梗着脖子骂她任性妄为的人。

这样的人，原来也会老。

“吃饭了，吃饭了。”鹿妈端着最后一盘菜上桌。

鹿以鸣立马循着香味出来，伸手就想夹一筷子往嘴里送。

“这么不讲卫生，快去洗手。”鹿妈打掉他的手，笑骂道。

“欸，不干不净吃了没病，我在国外和其他同学都是这样的。”鹿以鸣洗完手还在嘀咕。

“怎么就没把你吃出胃病！”

“我身体好啊，再说就算出个什么事，爬也要自己爬去医院。有次我们班有个人低血糖晕倒在教室，老师刚准备打电话叫救护车，那同学瞬间就被吓醒了。”

鹿妈好奇道：“为什么啊？”

“贵啊。”鹿以鸣一边扒饭一边说，“一朝被蛇咬，处处闻啼鸟，去一趟医院几个月生活费没了，一命抵一命啊。”

鹿妈笑得都快喘不过来气。

鹿呦坐在鹿以鸣身旁，很安静地吃着碗里的菜。

她和鹿以鸣在饭桌上也是相反的性子，鹿以鸣是话痨，吃一口饭得说半天的废话；而她像她爸，往往只是充当旁听者，偶尔附和一句。

鹿爸问他：“以鸣，学业结束后打算回国发展吗？”

“当然，家在这儿。”

“回来好，爸妈好歹还有点关系人脉。”鹿妈感叹，“像你妹妹学画画，我们以后都不知道怎么帮她。”

鹿呦顿了一下。

“鹿呦以后可以和咱家楼下那个怀才不遇的画家合作。”鹿以鸣故意硌硬道，“你画他卖，一本万利，非常划算，成本费都省了。”

“你别打趣你妹妹。”鹿爸皱了下眉。

鹿以鸣懒洋洋道：“我道听途说，历史上有名的画家都是死后才能出名的。”

鹿爸对鹿呦说：“你现在要是还想和你哥一样学金融，我去打个招呼，暑假去你李伯伯的公司实习，你觉得呢？”

鹿呦缓缓将头抬起来。

小的时候过年，亲戚们会故意问她好多令人讨厌的问题，什么爸爸妈妈离婚了你跟谁？什么你爸你妈你哥掉进水里你救谁？

当时自己是怎么回答的来着？

好像什么都没回答，只是脸一垮鼻子一酸使劲地哭，哭伤心了就没人逼着她做出选择。

她莫名就觉得很伤感，小孩子想逃避的时候就会号啕大哭，可她已经长大啦，长大就意味着不能再继续行使小孩子的特权了。

面前的三张脸像三张不同的面具，带着期待的目光，齐刷刷等着她开口。

这一刻，她陡然生出一丝说不出的迷茫。

“我会坚持下去的。”鹿呦低眸，“我不会放弃画画。”

她突然就没了胃口，将碗和筷子放下，说：“我吃饱了，你们慢吃。”

吃完饭，爸妈就携手散步去了，鹿呦坐在阳台上，打开手里的速写本。

鹿以鸣从客厅蹿出来：“老妹，画画呢。”

鹿呦点头：“有事？”

鹿以鸣拍了下她的脑袋：“没事，就是给你道个歉，哥今天说的玩笑话，你别当真。”

“我知道，我是这么小气的人吗？”鹿呦哼了声。

“这才是我亲妹。”鹿以鸣笑道，“你喜欢画就画呗，大不了哥养你一辈子。”

鹿呦嗤笑：“你先养活自己再说吧。”

“小没良心的。”鹿以鸣哀叹。

“对了，借我一块肥皂，浴室没了。”他又说。

“我房间里的第二个柜子里有，自己拿。”鹿呦聚精会神地速写，打发了他一句。

鹿以鸣哼着歌进了她的房间，在柜子里翻到肥皂刚准备走人时，桌上她的手机响了起来。

鹿以鸣没看来电显示，顺手接了。

“谁啊？”

那边的人沉默片刻，低沉的声音缓缓反问一句：“你是谁？”

鹿以鸣狐疑地看了一眼来电显示，就两个字：阎王。

什么鬼？

那边的人又问：“鹿呦呢？”

鹿以鸣心里霎时“咯噔”一声，各种想法如麻绳般缠绕在一起缓缓汇聚成一句：妹妹可以啊，小小年纪刚步入大学没几天就敢在外勾搭来路不明的陌生男人。

“你问鹿呦啊，她刚睡着。”鹿以鸣关上房门，懒洋洋道，“真是不凑巧。”

“你是做什么的？”

“我是来借肥皂的。”鹿以鸣实诚地说，“我要洗澡，浴室里没肥皂了。”

那边的人语气顿时不好了，带着一丝刻意压下的森森冷意：“那你和鹿呦什么关系？”

“从小睡一张床还一起洗过澡的关系。”鹿以鸣笑了，故意问道，“还需要我帮忙转告什么吗？”

“不用。”电话那头的人说，“等她醒了，让她直接回电话给我。”

“哦，看我心情吧。”鹿以鸣哼笑。

对方“啪嗒”把电话挂了。

鹿以鸣嘴角一勾，冷哼一句“小样儿”，顺手把通话记录给删了。

此刻身在临安市的程梓星将手机毫不心疼地砸在桌子上，目光微冷。

他看了眼时钟，七点三十七分。

你见过哪个画画的七点三十七分就睡觉的。

“你说说，这个把你送来的小孩是不是太不听话了。”

程梓星一只手捧着旺财，指尖轻轻摩挲过它并不锋利的尖刺。它翻了个身，露出圆滚滚的肚皮。

“背着我，干坏事。”

02

禤子轶接了高密过来，路上随意地问了一句：“你看到梓星这次带来的作品了吗？”

高密摇头道：“他用私人邮箱给我传了一份打印版，不过，我还没来得及看。”

禤子轶说：“那你可得好好看看，《七月四的风》这幅画，他画了三年。”

“三年？能让程梓星画三年的画真心少见。”高密露些许期待，“关于什么内容？”

“希望。”

“希望？”高密重复一遍，疑惑道，“我记得程梓星以前擅长的风格，向来是凌厉冷然的，就像是……”

“就像程梓星这个人，我就知道你要说这话。看过这幅画的人不多，但是看过的都会这么说。”禤子轶补充完耸了耸肩，“可能是难得情窦初开，爱情的力量向来伟大。”

高密被逗笑了：“他在办公室吗？”

“嗯，我让他在那儿等着。”

“不会又跑了吧？”

禤子轶信誓旦旦地保证：“这你放心，我走的时候把门给锁死了。除非他会飞檐走壁，从十几楼跳下去。”

他脸上的笑意未曾退去，摸出钥匙欲开门的一刹那，他低头看着被撬掉的锁，心里猛地“咯噔”一下，紧接着门被推开。

他的目光落在只剩下一只宠物刺猬的扶手椅上，脸上的笑容消失。

两人与一刺猬相对而望。

“……”

“你刚刚说他除非什么来着？”

傍晚的街道特别热闹，程梓星很少在这个点出门，就算出门，也只会出现在某个适合绘画的地方，静静看着逐渐发白的山头，又或是皓月当空的宁静夜色。

所以，他难得看到这么多谈笑风生的路人，许多年轻的情侣卿卿我我，手牵手十分腻歪地从他车前慢慢走过。

他面无表情地观察完一对对情侣后心想，鹿呦这个年纪，应该也会喜欢这样的调调。

和心爱的男孩子一起轧马路。

其实他也不大，刚大学毕业没多久，在那些德高望重的老艺术家面前他甚至还算是孩子。别人尚且算个刚出茅庐的愣头青，他却早已独揽几乎所有荣耀。

但程梓星向来活得像个老人家，除了必要的运动保持身体健康之外，对其他浪费时间的事情从不感兴趣。

他踩下油门，柏油路两边高大的樟树随着加快的车速而变得模糊不清。

手机响了三下。

程梓星腾出手，点了一下接听键。

裯子轶咆哮的怒吼立刻从耳边的蓝牙耳机里传来，带着一股歇斯底里的绝望：“程梓星，我去你大爷！你不要告诉我爱斯穆特星人又把你抓回母星喝茶去了！”

“这次不是。”程梓星的语气无比坚决，态度非常诚恳，“这次是去抓奸。”

“抓你大爷的奸，你以为你是武大郎？”

“武大郎谈不上。”程梓星将通话音量调小，“你别急着发火，反正我的原定行程里，也是要去白川一趟。”

03

鹿呦做了个好长的梦，梦见自己穿越到抗战时期。那个时候民不聊生天天死人，她为了活命，跟着其他村民一起连夜挖地道。

她拿着铲子挖了一晚上，累得腰酸背痛，就在大功告成马上就可以钻进去避难的时候，一颗手榴弹骨碌碌滚到了她的脚边。

爆炸的一瞬间，她醒了。

但下一秒她觉得，自己可能还没醒。

小熊维尼和它的朋友们手牵手地在鹿呦的大脑里载歌载舞，须臾间思绪万千，最终慢慢汇聚成一句破碎的话语。

“程，程，程……”鹿呦的每一个音调都在发颤。

程梓星悠悠醒来，此刻他侧着脸，纤长的睫毛垂在眼前，语调带着一丝刚睡醒时的沙哑低沉。

“早上好啊，小助理。”

鹿呦瞬间把被子全部卷过去。

“好你妹啊，你为什么会出现在我家？为什么会出现在我的床上？”她忍不住低声吼道，下意识地默念——

我不想看见他。

我怎么才能看不见他？

于是，她脑袋一抽，被子一掀，以迅雷不及掩耳之速度伸出一只脚，将丝毫没有防备的程梓星一口气踹下了床。

眼不见心为净。

下一秒，她清醒了。

她清醒地意识到自己距离“把我打一顿丢垃圾桶里闷三天三夜然后卖到东南亚做苦力”的日子又近了不少。

等鹿呦从外面抱着一堆水果和面包进房门锁好门时，程梓星已经穿戴洗漱完毕，此刻坐在椅子上非常愉快道：“准备一下，带你去个地方。”

“去哪儿？”

“郊区附近，车程三小时又二十五分钟。”

“……”

“我们去干吗？”鹿呦硬着头皮问，难不成他一时兴起打算下乡视察一下我国的大好河山？

程梓星说：“处理工作。”

鹿呦看那口型，怎么看怎么像是在说“毁尸灭迹”。

“可我在放暑假。”鹿呦不满地控诉，“哪有放假时间陪老板处理工作的员工。”

程梓星附和地点头表示理解，转而伸出三根手指。

“三倍工资。”

鹿呦双眼放光，有那么一丁点的心动：“可，可，可是……”

“四倍。”

“……”

“可我想留在家里。”鹿呦坐在床上，把被子抱得更紧一点，诚恳地建议道，“老板，楼下有个摆了好几年摊立志要攒够车费回家的画家，有机会我介绍给你认识。”

她一直压着声儿，生怕把其他人给吵醒。家人要是看到她和一个男人躺在一张床上，她大概可以卷铺盖走人，彻底消失在鹿家祖传的家谱上。

“真不去？”

鹿呦无比坚定地拒绝：“不去。”

废话，用脚趾想也知道不会有什么好事等着自己。钱财虽好，但小命都要没了要钱何用。

程梓星也不急，看向窗外，轻描淡写道：“唉，不知为何，突然就想起我书柜上从拍卖会淘来的那个青花瓷瓶了，碎了挺可惜的，你觉得呢？”

鹿呦缓缓将视线移到天花板上。

鹿呦怀疑他在威胁自己。

“老板，吃早餐吗？”

鹿呦呼出一口气，露出标准的狗腿讪笑：“郊区那么远，我们不吃点早餐怎么行。”

两人鬼鬼祟祟地出了房门，楼下正中央停着一辆无比扎眼的大红色桑塔纳，造型古板，门把手下还有好几道长长的划痕。

鹿呦左看右看，不解地问他：“你的车呢？”

程梓星目不斜视，指着桑塔纳说：“前面十米处，看不见吗？”

鹿呦：“……”

他一张高冷脸，一身高级名牌货，和这么娘里娘气的车搭在一起，居然有那么一丝诡异的合拍。

鹿呦上车系好安全带，看着对方发动车辆的瞬间，桑塔纳发出叫嚣的轰鸣，尘土四起。与此同时车载音响非常贴心地开启，高唱草原的洪亮美声顿时充斥整个车内，唱得鹿呦以为自己一路飙到了黄土高坡。

“老板，原来你的口味这么清奇。”鹿呦颠得脑袋生疼，“话说你那辆低调奢华有内涵的路虎咋不开了？”

“我之前在临安出差，走得急没带钱包，口袋里的钱就够租一辆桑塔纳。”

临安距离白川也就几个小时车程，鹿呦说：“老板你别开玩笑，不是可以手机支付吗？”

程梓星看也不看她：“我平日使用现金。”

“为什么？”

“我容易丢手机。”

“……”

禤子轶的原话：程梓星这种一个月掉三次手机的人，不配使用支付宝。

真符合你毁天灭地的人设，鹿呦重重一声叹息，将脸挪到窗边，任凭凉风将她吹成一个凌乱的疯子。

“你怎么进我家的？”鹿呦百思不得其解，“我家是密码门。”

程梓星淡淡地答：“你家在二楼，我爬的窗户。”

“我睡觉前关了窗户！”

程梓星耸耸肩：“那又如何，我会开锁。”

鹿呦震惊了：“你还会这个，你老实告诉我你以前是做什么的。”

“你多虑了，只是学过一点皮毛而已。”

鹿呦也不太想问他是怎么找到她家的，怕心脏受不了。

她咬牙，心想，老天无眼，你爬窗户的时候怎么没巡逻的保安路过，到时候漫天的报道都是某著名画家深夜造访小助理住处，爬墙欲行不轨之事。

一路无话，直到车远离市区，往荒无人烟的小道上前进，她才开始有气无力地继续扯闲话："你这车加过油了吗？你说我们会不会开着开着就没油啊。"

程梓星还没来得及回答，"嘭"的一声，二手桑塔纳十分给力地一震，车尾排气孔开始"咔咔"冒黑气，随后又是"轰"的一声。

车子直接原地熄火不动了。

"咋的了，咋的了？"

鹿呦吓了一跳，下意识地伸出头。道路两边全是茂盛的野草，往下看是几只蹦跶的野兔子，往上看是好几座连绵不绝的大山和涓涓细流。

这种生态环境很好的地方，除了人，好像什么猛禽都能有。

"真没油了？"鹿呦要哭了，"不关我的事，我随便说的。"

程梓星还算冷静，拉下手刹，尝试打了几遍火。这辆桑塔纳非常争气，也非常对得起"二手"这两个字，深刻地演绎了什么叫"风雨不动安如山"。

"我想，可能是车坏了。"程梓星摸了摸下巴得出结论，"发动机的问题。"

鹿呦将希望寄托在他身上："开锁匠，你会修吗？"

程梓星反问："你见过哪个画家会修车的？"

那你见过哪个画家会开锁的？

他发自肺腑地感叹："果然便宜没好货。"

“老板，现在不是感叹的时候啊。”她掏出手机，仔细看了看，连一格信号也没有。

鹿呦一脸苦瓜样，瘫在座位上念叨：“完了，我俩都是偷偷跑出来的，天王老子也想不到我们发神经，开辆小破车被困在这鸟不拉屎的地方。”

她说着说着，从包里掏出一桶康师傅方便面。

程梓星皱眉：“你干吗？”

鹿呦撕掉外面那层塑料，一本正经地道：“老板，我还不想年纪轻轻就饿死在荒郊野岭。就算死，也要做一个饱死鬼。”

程梓星也掏心掏肺道：“这种防腐剂超标的东西吃多了，相当于慢性自杀。”

鹿呦把头转过去，表示再和他说一句话自己就是头猪。

程梓星伸手，从后面拽了一个黑色的大包：“别吃了，下车吧，地方就在前面不远。”

程梓星没骗人，走了十分钟的路程就远远地看到了一户人家，而且手机也有了信号，看来这户人家通了网。

屋前用篱笆围成了一个不大不小的院子，四周种了各种小菜。鹿呦正跟在他身后好奇地打量，后方冷不丁传来一阵刺耳的叫声。

鹿呦闻声看去。

“我的妈啊！”她吓得瞬间跳到了程梓星身上，后者眼明手快地扶住她的腰，将她托起。

两只不知从哪儿蹿出来的大白鹅在下面瞪着她。

鹿呦紧紧地揽着程梓星的肩膀，欲哭无泪道：“它它……它们追我做什么？”

程梓星说：“可能把你当成偷菜的贼了吧。”

“那为什么不追你？”

“可能我长得比较像好人。”

鹿呦怒了：“我长得跟‘贼眉鼠眼’这个词有一毛钱关系？”

04

“哎哟，梓星回来啦。”

听到动静，屋内走出来一对老夫妇。老奶奶走在前面，穿着淡色的裙子，长得和蔼慈祥；老爷爷别着手走在后面，佝偻着背，穿戴随意。

“这次带了个俊姑娘回来。”老奶奶笑道，“难得。”

程梓星低头对鹿呦说：“喊人，这是周奶奶，后面那是霍爷爷。”说完又向他们介绍，“她叫鹿呦。”

鹿呦立马乖顺地喊：“周奶奶好，霍爷爷好。”

周奶奶顿时笑得合不拢嘴。

霍爷爷也说：“小丫头叫我霍爷爷就好，别人都这么叫，规矩的叫法显生分！”说着，还把大白鹅赶到篱笆外去了。

鹿呦这才得到解救般长舒一口气。

程梓星说：“舒服吗？”

鹿呦没反应过来。

程梓星看着她，又说：“抱我抱得舒服吗？”

“……”

“对，对不起。”鹿呦连忙从他身上下来。

周奶奶打趣道：“呦呦是梓星交的女朋友？”

鹿呦连忙说："不是哈，我是他的助理，陪他过来工作的。"

程梓星说道："嗯。和往年一样，过来给你们画像。"

周奶奶笑："有心了。"她看了眼鹿呦，"先不着急，你们正好留下来吃饭。梓星先带你的助理四处逛逛，这附近的风景还不错。"

这话提醒了鹿呦。

之前误打误撞进入学校的水彩画复赛，下一次的比赛时间定在开学初，中间隔着一个暑假。明明算是宽裕的时间，但她直到现在都完全没有半点头绪。

程梓星说过，一幅画最能打动人心的一点，是画中人是否走进看画人的内心。所以无论是构思、线稿还是上色，都要精细地捕捉画面的色泽，一气呵成。

鹿呦自知她的灵感不如旁人，很多时候都是匮乏贫瘠的，也不知道在这里能不能找到些许创作的灵感。

她正想着，程梓星伸手把手机放在她耳边。

"禤子轶找你。"

鹿呦抬眼问："谁？"

"禤子轶，我的工作助理。"程梓星不太乐意地说，"不过你接归接，不用太在意他说的话。"

"为什么？"

"不为什么。"

周奶奶拿着针线过来，喊程梓星过去帮忙。

程梓星也不多说一句，撇下她挪步过去。

"嗨，鹿呦。"

"禤助理你好。"鹿呦第一次和正牌助理打电话，不由自主地紧张起来，但和程梓星冷冰冰的没有起伏的语调不同，对方的语气非常亲切。

“别紧张，我就和你打个招呼。”褶子轶柔声道，“之前我们在皇巢 KTV 见过一面，但我想你大概不记得了。”

鹿呦回忆了一番不堪回首的往事，很糗地说：“不好意思啊，我喝多了。”

褶子轶笑道：“对了，程梓星没给你惹麻烦吧。”

“没有，他挺好的。”

鹿呦睁眼说瞎话，没忍住揉了揉太阳穴。

“得了吧，这货就是典型的惹祸精。我们这做助理的，本职工作就是跟在他后面给他擦屁股。”褶子轶丝毫不给程梓星留半点面子，“让我想想，他是不是想到一出是一出，跟绑匪似的莫名其妙地出现，又二话不说把你带去一个四面环山的地方。”

鹿呦：“……”

太棒了，全中。

“他一直这样吗？”她破罐子破摔，权当承认。

“程梓星画画没有头绪的时候，便会做一些令人匪夷所思的事情。比如把自己关在房子里没日没夜地看一些多愁善感的外国小说，偶尔也打些单机游戏，虽然水平烂得可以。”

“……”

褶子轶越说越来劲：“你知道吗？有次我找不到他急个半死，最后才知道，这厮在游乐场包了一下午的旋转木马。一个大男人木着一张冰块脸，在欢快的儿歌声中抱着小马驹坐了整整二十多圈，小朋友都围着护栏眼巴巴地望着他。”

鹿呦哭笑不得：“真的假的，这么‘硬核’？”

“你可别告诉程梓星，他记仇，没准哪天就把我派东南亚某个乡镇去谈个把月的画稿。”褶子轶特意叮嘱。

“褶助理，你放心，我口风最紧了。”鹿呦十分上道。

“不过，虽然他真的很麻烦，随便说一句话都能把人给气个半死。”褶子轶语气软下来，“但和他相处久了，你要是真心对他好，他能十倍二十倍地还回来。”

鹿呦说：“你好像一个老母亲，不遗余力地向人介绍自己不争气的儿子。”

褶子轶说：“那可不，我还靠他挣钱养家攒老婆本呢。”

鹿呦抬头，这个角度正好可以看见那个高大身影坐在窄小的板凳上，慢慢地将细长的线穿进针孔，眼底没有丝毫不耐烦。

阳光正好，风也温柔，像一幅美好的画。

生来骄傲之人，不肯低头半分。

但骄傲从不和温柔相斥。

褶子轶的话落入耳边：“所以鹿呦，对他好一点，他是真的值得。”

“我知道了。”鹿呦说，“你放心。”

鹿呦挂了电话去找程梓星，后者接过手机追问：“褶子轶和你说了什么？”

鹿呦故意奚落他：“让我死命盯着你，别又突然玩消失。”

“多此一举。”程梓星冷哼一声，低头继续穿针。

周奶奶和霍爷爷都去忙午饭去了。鹿呦撑着脑袋，也搬了个小板凳，坐在他对面看着天空发呆。

她的视线总是不由自主地落在程梓星身上。

程梓星嫌热，早早地把薄款风衣脱在一边，里面就穿着一件白色衬衫，手臂肌肉线条流畅匀称。就算坐着也是挺直了腰背，看来那些放在客厅的健身卡还是发挥了它该有的作用。

鹿呦一眨不眨，视线顺着他的手臂线条往下，啧，腰也细，腿也长。

一直没注意，他居然又穿了白色衣服。

程梓星将手里的动作停住，抬眼开口道："为什么看我？"

鹿呦将目光移开，有些语无伦次："谁看你啊？"

程梓星盯着她："你把口水擦擦。"

鹿呦下意识就伸手用袖子使劲地抹了几把。

程梓星露出得逞的笑容："显而易见，不打自招。"

鹿呦顿时羞得差点挖个洞跳进去。

周奶奶此时正好从屋子里出来，喊他们回屋吃饭。

进门是个半大的客厅，家里的装修很简单，却十分规整干净。

周奶奶做的菜又香又下饭，鹿呦坐在桌前，两位老人都争着给她夹菜，把她的碗堆成一座小山。

她端着碗筷舔舔嘴唇，忍痛拒绝了递过来的第二碗饭。

"按照正常的成年人一餐的摄取量，你还可以继续吃一点。"程梓星说。

鹿呦羞答答地回答："老板，仙女不吃晚饭，都是喝露水的。"

程梓星思考片刻，疑惑地问："你是仙女？"

鹿呦忍不住扬声道："我就一比喻！"

程梓星说："我看过一条新闻。"

鹿呦心里暗想不好，一般这句话后面接着的都不是什么好话。

果然，对方缓缓道："新闻上说，有的精神躁狂病人，总会错认为自己是仙女。"

"……"

周奶奶敲了敲筷子，救场道："梓星你可少说两句吧。我们呦呦长得这么好看，本来就是小仙女。"

这话把鹿呦说得不好意思了："奶奶你可别蒙我。"

程梓星这时倒是想起了还在田野间的二手桑塔纳："来的时候车坏了，霍老爷子你顺手帮个忙吧。"

霍爷爷给周奶奶使了个眼色，悠悠地说道："今天修不好，这地偏，明天我开个拖车，拉去我那老朋友那儿修。"

鹿呦一愣，明天？

意思是今天她和程梓星都得在这儿过夜？

"我我……我没带换洗衣服。"鹿呦说。

周奶奶拍了一下手："那没事，呦呦可以先穿我的，奶奶这里衣服好多，也留了几件时髦款式的，不老土。"

她又对程梓星说："你之前放在我这儿的衣服，都给你好好收着呢。"

"谢谢。"程梓星算是默许。

周奶奶说："呦呦，多留一天？"

答不答应都没车回去了，鹿呦叹气，只得用手机给爸妈发了个信息，说是和高中同学约着去玩，明天才能回家。

吃完饭，程梓星拿出他随身携带的黑色大包，里面全是颜料画笔。

鹿呦一双手颤抖地将那些颜料画笔挨个摸了一遍，不愧是有钱人，这么一套她得给程梓星打多少年工才能换回来。

霍爷爷破天荒地换上了一套考究的正装，但他个子不高不太撑得起。周奶奶穿的暗红色旗袍很合适，衬得她年轻不少。

“坐这儿可以吧。”周奶奶拉着霍爷爷，指了指屋前。

程梓星说可以，撑起画架，抽出一张画纸仔细地夹上。

鹿呦站在一旁帮他摆好炭笔和颜料：“老板，你以前也来过吗？”

“每年会抽时间来几次。”

鹿呦疑惑道：“你为什么过来？”

程梓星接画稿全凭心情和今夜有没有闪啊闪的小星星，可他居然会跑到这么远的地方，不计报酬地给周奶奶、霍爷爷画像。

程梓星在画架下铺好一层报纸：“我只会画画，而他们于我有恩。”

“这么说，老板你以前也来过白川啊。”鹿呦打趣道，“没准我们以前还见过噢。”

程梓星淡淡道：“也许吧。”

他此刻凝神认真地作画，落笔极快，线条流畅。

这是鹿呦第一次看程梓星工作，像是一个神奇的魔术师，转瞬间在画纸上描绘出细腻、通透而又灵动的人物。

落一笔而定全局，作为职业画家而言，天赋固然重要，但鹿呦能看得出，程梓星这种熟练程度，以前必定是极其努力才能保证每一笔都尽精刻微。

“老板，你有喜欢的画家吗？”

“有。”程梓星说，“Steven Hanks.”

“这人我知道。”鹿呦美滋滋地说，“美国顶级水彩大师，毕业于加州工艺美术学院。”

“既然知道，那你就该学学大师的手法。”

程梓星慢慢地教她：“鹿呦，你记得，每一次落笔前都要考虑好画这一幅画的意义，为什么要画人物？为什么要排线？为什么要画山水？而不是一股脑抬笔就落，就算你每天都练一张速写，增进的也只会是没有灵魂的技巧罢了。”

“明白了。”鹿呦点头。

等到程梓星真正画完，一下午的时间已悄然过去。

“画得真好。”周奶奶看着画忍不住感慨，“我听说梓星在这个行业很有威望啊。”

“不是什么很有威望的人，只是一个普通画家而已。”程梓星边说边把画卷起来。

霍爷爷活动了一下筋骨，叼了根烟冲他招手。

程梓星把东西交给鹿呦，刚过去，霍爷爷就神神秘秘说：“怎么着，对那小丫头有意思？”

程梓星远远地看了眼鹿呦：“是她对我有意思。”

霍老爷用看智障的眼光盯他，叹口气道：“要我说，你就该学学我年轻时追你周奶奶的法子。”

“年轻人的事情你瞎掺和啥。”周奶奶从后面走过来笑骂他。

霍爷爷一听，立马撇嘴，有些不高兴道：“这不是看着干着急嘛。”

周奶奶不理他，转身对程梓星说：“没事，梓星，慢慢来，别听他的。”

“得，你就惯着他吧！”霍爷爷又开始和妻子杠上。

鹿呦站在原地收拾画架，一抬眼三人都回来了。程梓星非常有自知之明，将残局丢给鹿呦一人，周奶奶过来帮着收拾：“呦呦，你觉得梓星怎么样啊？”

鹿呦想了想：“挺优秀的。”只要不炸房子、不说话，其他方面都挺优秀的。

周奶奶顿时笑得高深莫测。

鹿呦见她那样，觉得哪里不对劲。

这种不对劲一直延续到傍晚鹿呦从浴室出来，和程梓星在同一房间打了个照面。

她后退几步，看了眼对面早已紧闭的房门，这才突然意识到周奶奶家只有两个卧室。

鹿呦瞬间如雷轰顶。

孤男寡女，共处一室。

不对，昨晚就已经处过了。

孤男寡女，又……又共处一室。

鹿呦当即转身，她去睡客厅沙发好了，结果走了几步才突然发觉，这个家里压根儿就没有沙发。

鹿呦硬着头皮，挺直腰背悲凉地再次走进去。程梓星此刻坐在床边，正低眸浏览手机里的晚间新闻，瞧都不曾瞧她一眼。

“老板。”鹿呦在门边站了好一会儿，终于忍不住开口，“你看，这房间只有一张床。”

程梓星：“噢。”

木头，一点反应都没有。

她跺脚，气呼呼地说：“一张床怎么睡啊？”

程梓星这才慢悠悠地抬眸，看了眼鹿呦，又看了眼床：“够大，够睡。”

鹿呦：“……”

她缓缓地凑过去，若有所思道：“老板，你和我说句实话，我一花季少女躺你边上，你难道就没有那么一丝丝的冲动？”

程梓星面无表情地和她对视，想了又想，非常果断地摇头。

鹿呦咬牙。

很好，程梓星说没冲动就是没冲动，果然一开始他就没把自己当女的看。

于是，她迅速爬上床，大手凭空在中间画出一条三八线：“看到没，不准过线。”说着就掀开被子钻了进去。

程梓星没说话，继续刷新闻。

“我觉得你今天早上对我的态度不好，又是威胁又是冷嘲热讽又是爱搭不理的。”鹿呦忍不住又说，“老板，我到底哪里惹到你了？”

程梓星缓缓地回头，目光很冷：“我昨天给你打了一个电话。”

鹿呦疑惑道：“什么时候，我没接到啊？”

程梓星又说：“是个年轻男人接的，他说你睡着了，而且他还过来找你借肥皂。”最后三个字他特意加重了语气。

鹿呦想了想：“哦，那应该是鹿以鸣接的。”

“鹿以鸣是……”

“我哥，打一个娘胎出来的亲哥，刚从国外回来不久。”

程梓星握着茶杯，如卸下包袱般呓语：“原来是哥哥。”

05

夜深，鹿呦玩了会儿手机，抬眸见程梓星起身关上了灯。

霎时眼前漆黑一片，只有身边传来窸窸窣窣的声音。床确实够大，躺下第三个人都绰绰有余。

“睡觉，晚安。”程梓星说。

“我还没问你，你不是向来不喜欢和别人共处一室吗？”鹿呦把头埋在被子里，闷声问，“昨天晚上你干吗翻窗进我家，还爬上我的床。”

她心跳有点快，在静谧的环境下尤其明显。黑暗里，她看不清楚程梓星的表情，唯有声音浅浅传来：“我在白川市里，就认识你一个。”

“而且……”他慢慢道，“你不是别人。”

你、不、是、别、人。

鹿呦一愣，老板这话什么意思？

难不成……

莫不是……

鹿呦连忙抑制住心底龌龊的想法，不对不对，自己不能用正常的思维理解程梓星的意思。

他也曾默许旺财入住他家别墅，甚至旺财趴在他的肩膀上打盹他也丝毫不在意。

这么一想，“你不是别人”这句话，深入剖析一下，就是非常直白地告诉她：在他眼底，她不但不是个女人，甚至可能连个人都算不上。

程梓星侧过头，说：“鹿呦，我……”

“你闭嘴，别说话。”鹿呦一个翻身背对他，非常悲伤地感慨，“我现在不想和你说话。晚安，好梦。”

程梓星默默地把头转回去，盯着乌漆漆的天花板一分来钟后，从怀里抽出了《恋爱法则》的复印版，借着手机光亮认真地默读。

《恋爱法则》第十二条：合格的情侣往往选择亲密无间的接触方式，包括晚间休息。

嗯，连续睡了两天，大致没什么差池。

《恋爱法则》第十三条：一定要强调对方的唯一性和特殊性，区分她和别人在自己心中的地位。

程梓星十分苦恼，这一步他完全照搬，按理来说没什么问题，可她为什么一点反应也没有，还有点生气。

太难了，程梓星叹息。

女人心，果然是海底针。

第二天清晨，鹿呦醒来时程梓星已经不在了。

她揉了揉眼，掀开被子下床。床边放了一杯凉白开，杯底压着一张字条，写着“早起记得喝水”几个漂亮大字。

鹿呦一口气喝完。

乡下的空气特别好，晨间屋外还有叽叽喳喳的麻雀嬉闹声，完全没有城市里的闷热。鹿呦洗漱完毕，正好看见程梓星从屋外回来。

他依旧穿着干净的白衬衫。

“你领前的扣子没系好。”鹿呦眯着眼，隔着老远指了指他的衣领。

程梓星不在意地摸了一把。

鹿呦低声感叹，觉得此刻的自己宛若老妈子附体，干脆走上前说：“身子低一下。”

程梓星双手插在裤子口袋，盯着她，真的乖乖弯了一点腰。

他们离得近，鹿呦能闻到对方身上淡淡的沐浴露味。

和自己身上一样的味道。

她把注意力全部集中在扣子上，暗暗吞了一下口水，默念两遍社会主义核心价值观。

程梓星十分坦然地看着她，看着看着冷不丁低声问：“小助理，你为什么脸红？”

鹿呦手顿时一抖，下意识地拽着他的领口往自己这边扯了一下。

“嘶……”

鹿呦回过神，连忙道歉：“对不起啊，弄疼你了。”

“嗯。”程梓星柔声说，“你稍微轻一点，我还年轻，还不想永垂不朽。”

周奶奶进来的时候，正巧就看见这么和谐的一幕：女孩踮着脚，脸颊微红着缓慢地给男孩系扣子；男孩弯腰低头，同样认真地低眸盯着女孩。

周奶奶笑着敲了敲房门：“出来吃饭啦。”

霍爷爷一大早就出门了。饭桌上，周奶奶对程梓星说：“你今天带鹿呦去后山转转，别总闷在家里。”

程梓星应了。

鹿呦好奇地问：“后山很好玩吗？”

周奶奶说：“梓星知道，各类花几乎开遍山野，香味混杂着树脂的气息，有野兔有松鼠，还可以摘果子。不过，这个季节没熟，不太好吃。

鹿呦来了兴趣，偏头问程梓星：“去吗？”

程梓星将碗筷摆在她面前：“先吃饭。”

吃完饭，周奶奶把他们送到门口。鹿呦蹦蹦跳跳地走在前面，嘴里还哼着歌。

“你很开心？”程梓星问。

“开心啊！”

鹿呦笑着说：“虽然和周奶奶才刚刚认识，却难得有说不完的话。而且我讲什么她都听得很专注，让我觉得很舒服。”

程梓星点头：“我看你之前和那个男孩说得也挺起劲的。”

鹿呦想了半天，才知道他指的是微生炀。

“不是啦。”鹿呦无奈道，“我这人其实挺慢热的，不太懂如何去讨好别人，在家也是一样。比如，每次吃饭时，我哥都特会活跃气氛，但我就只会埋头吃饭。”

程梓星不解道：“吃饭就该安安静静，为什么要说话？”

鹿呦心想你懂个毛线，你家就你一个，你想说也只能对着空气自言自语。

她后退几步，挨着程梓星说：“你知道我最怕我爸妈说的一句话是什么吗？”

程梓星摇头。

“我最怕我爸妈说的一句话是，‘我们做的一切都是为你好’。”鹿呦的语气有点忧伤，“可只有我知道，他们那样做我不会好，以前不会，现在不会，以后也不会。对于一个慢热还胆小的人来说，这种话是说不出口的，只能憋在心里，可憋着憋着，没准哪一天就爆发出来了。”

“小孩。”程梓星感叹。

鹿呦瞬间不乐意道：“程梓星，你比我大不了多少。”

“大五岁，也就是五年，也就是1825天，43800个小时。”

鹿呦：“……”

他们顺着小山坡继续往前走。

“老板，你谈过恋爱吗？”

“没有。”

“你为什么不谈恋爱啊？”

学校里的女生偶尔会谈及程梓星，说他条件优越无比，颜值上乘的后援会撇开不谈，想要和他在一起的女生能从泽大大门排到她们寝室门口。

程梓星将目光投向她：“你不是最清楚吗？”

你又不主动和我表白。

鹿呦被这个反问弄得有点蒙。

关我什么事？

等一下，他这个眼神，是在嫌我多管闲事，还是嫌我的万年单身体质往外扩散，阻碍了他的桃花运？

得到这个结论的鹿呦郑重地拍了拍他的肩膀，安慰道：“没关系的老板，先成家再立业，路漫漫其修远兮，反正你现在还年轻，不要发愁，一定会有人被你超凡的气质吸引。”

一定会有人瞎了眼看上你。

“不是。”程梓星开口反驳。

“嗯？”

“不是因为事业，也不是因为长路漫漫。”

他认真道：“我不谈恋爱的原因，是因为周奶奶和我说过，不要随便招惹一个人，但若是真的招惹上了，就一定要负责到底。”

鹿呦愣了愣，没忍住“扑哧”一下，笑得前仰后合。

他默默盯着对方发神经，面无表情地问：“你笑什么？”

好一段标准的玛丽苏男主表忠心宣言，鹿呦抹了抹眼角笑出的泪花，说：“没有没有，我就觉得你爸妈一定是特别有趣的人才能教出你这么有志气的钟情才子。”

程梓星纠正：“和我爸妈没关系。”

鹿呦投给他一个疑惑的眼神。

“我爸妈是考古学家，很入迷的那种，生下我不久就恢复工作满世界飞。”

鹿呦忍不住竖起大拇指：“老板，你爸妈真厉害。”

“很厉害？”

鹿呦点头：“难道不是吗？不是谁都能当满世界跑的考古学家，这样很酷。”

程梓星想了想：“是挺酷的，像超人一样，今天在国内某个小山村勘察，第二天就拖着行李跑到国外某旮旯里。”

“天天飞来飞去，却偏偏挤不出时间和我打一通电话。”程梓星敛了敛眸色，继续道，“我以前总是跟在禤子轶后面去他家蹭饭，他妈妈做的菜很好吃。”

而且，看着禤子轶朝禤妈撒娇的时候，他很羡慕禤子轶。

很羡慕，家里还有别人。

“没人管还不好吗？”鹿呦说，“考得不好都不用给家长签字。”

程梓星摇了摇头：“签试卷很可怕，但没人陪更可怕，所以我小时候最讨厌的就是开家长会。”

没人会关心你的排名，全班只有他一个是单独坐在座位上的。

那么多年里，他每每放学回到家都只有自己一人。

一个人吃饭，睡觉，写作业。

听起来是蛮惨的，鹿呦甚至可以想象到黑夜降临时，那个叫程梓星的小男孩，捧着保姆做好的饭站在阳台边，寂寞地望着川流不息的马路发呆。

程梓星见对方低着头一言不发，说：“想什么呢？”

她脱口而出：“想你啊。”

“……”

“想你从小就坚强独立，怪不得如今成为一个画画鬼才。”鹿呦集中生智，把话给圆了回来。

程梓星反问：“那你又为什么非要选择画画？”

鹿呦说：“怎么解释呢？我小时候很乖的，大人让我往西我就往西，让我直走我就绝对不会拐弯，总之就是严格按照爸妈精心规划的道路稳稳地走。可有一天，我路过学校门口的书报亭，花了三块钱买了一本装订很烂的盗版杂志。”

她勾出一个浅笑：“课间无聊时，我打发时间翻了几页，看到了一篇连载绘漫，作者叫作‘星’，漫画名叫《小芳你大胆地朝前走》。”

程梓星的眉梢微微上挑。

“不许笑，我知道你程大画家看不上这种调调的连载。”鹿呦生怕对方说出什么诋毁的话，抢先解释，“欸，你别看名字挺二，其实真的很好看。”

“我没准备笑。”程梓星十分诚恳道，“你别诬陷我。”

鹿呦继续说：“老板你有没有听过《小芳》这首歌？”

程梓星摇头。

“村里有个姑娘叫小芳，长得好看又善良，一双美丽的大眼睛，辫子粗又长。”鹿呦轻声哼唱，“谢谢你给我的爱，今生今世我不忘怀。谢谢你给我的温柔，伴我度过那个年代。”

鹿呦越唱越心虚：“说实话，单看这非主流的故事背景，完全抓不住沉迷于霸道总裁的女孩们的眼球，可作者就是借了这首接地气的情歌，画了一个特悲伤的爱情故事。”

程梓星捧场道：“讲的什么？”

鹿呦说：“邻村一个有钱男人看上了漂亮姑娘小芳，可小芳一点也不喜欢他。她真正喜欢的人早早去了大城市打工，在离她很远很远的地方，说要努力赚钱，给她最好的生活。

“所有人都让她嫁了吧，爱情这种虚无缥缈的东西顶不住生活啊。生活就该好歌好酒，左手一枚闪闪发光的几克拉钻戒，右手甩出几张写着女人名字的房产证。”

鹿呦问：“是不是很真实？”

程梓星说：“嗯，真实。”

“但小芳偏偏不乐意啊！漂亮姑娘就该傲娇地撕掉房屋合同，把钻戒丢在他的脸上。”鹿呦嘿嘿地笑，“所以在经历很多事情后，小芳在一个夜晚收拾好行李，义无反顾地逃去城市找她最心爱的人了。”

程梓星问：“后来呢？”

“没有后来，后来这本盗版杂志停刊了，连载也停了。”鹿呦遗憾道。

“那你岂不是没看到结局。”

鹿呦说：“连载那段时间，我一直和‘星’通信呢。说起来，我以前也给别的什么知名作家、画家寄过信，可‘星’多好啊，是唯一会给我回信的人。”

“或许是因为他不出名，约不到画稿才会有闲心。”

鹿呦摇头道：“不是，我说不上来，就觉得他和别人都不一样。他很真实，真实得让我能够感受到他对于作品的热爱和真诚。”

“即便他画乡村非主流？”

鹿呦反驳：“农业是支撑国民经济建设与发展的基础产业啊！老板你不能歧视乡村非主流。”

“……”

我没有这个意思。

程梓星思考了一会儿说：“我明白了，所以你被你的偶像感染，继而选择了画画。”

鹿呦狡黠地摇头：“我觉得是画画选择了我，它的存在告诉我，如果我当初没有执笔，我一定会无比后悔。”

“后悔被科学技术钻了空子，成为我国的第一生产力？”

鹿呦满眼惊喜道：“老板你高中政治背得很溜啊！”

她说完，瞬间又灰头土脸道：“可我从来都不是谁翘首以盼的希望，我固执、浅薄，甚至不听话，把自己的路走得乱七八糟的。”

好比年少时成绩很烂的你某一天突然奋发图强，玩命般熬夜学习。

到了期末，自己依旧排在末尾，依旧追不上平日里总爱打闹睡觉的聪明人。

老师质问你为什么不好好学，但你一句话也反驳不了。因为你真的有很努力很努力地往前奔跑，可是跑了几步就一头栽下去疼得再也爬不起来。

你甘心吗？

看着老师失望的眼神，你知道自己是不甘心的。

但好像也没有任何办法可以改变，你没有天赋，力不从心，所有的精力投入都仿佛白搭，看不见前方，亦看不见结局。

所以，那次程梓星评析画时，她会爆发会乱发脾气，归根结底，与其说她是和程梓星置气，倒不如说是和心里那个胆怯弱小的自己置气。

“你说得不对，鹿呦。”

程梓星反驳：“这个世界没有完好无缺的人，正因为是人，所以会犯错误，会闯祸，会有冲动，会义无反顾地选择一件事情。这是我们的本能，所以你不要总觉得自己不好。

“这只是一项成长必修课，课程教给你的是不断磨平锋芒的棱角，再慢慢打磨成圆滑的样子。”

程梓星说话习惯性放缓语速，鹿呦有一瞬间，心“扑通”了一下。

“老板，你说话的语气，很像一个人。”

“我像谁？”

“说不清楚。”她笑，“像我恩人，鼓励我的人都像我大恩人。”

这话其实不好笑，程梓星却破天荒地勾了勾唇。

他平时虽然总爱冷着一张脸，但只要笑起来就很有味道，仿佛冰雪消融般，十分温柔。

他有一双漆黑眸子，明明该浓得似深夜，却依旧弥漫着勃勃生机，与光同尘。

之后的无数日子,鹿呦觉得第一次真正意义上认识程梓星的那刻,不是源于别人的羡慕话语,不是杂志网络上的篇篇特别报道,不是高高在上,不是清冷无情,而是今天,在这个平凡无奇的小土坡上,他们席地而坐,谈及过去尚且幼稚的自己,谈及自己的初心,他有理想,有自己必须坚持的路。

他眼里有光。

“你笑起来真好看。”

鹿呦盯着他,几乎是下意识地脱口而出。

和自己熟识的绝大数男孩不同,程梓星渐渐褪去属于少年的青涩,气质介于男人和少年之间,像可以倚靠的高大峻山,又像陈年琼浆,悠悠散发些许醇厚的香气。

鹿呦自然而然就想到昨天早上睁眼时,他侧身对着自己说早安,呼吸喷洒在自己面颊,滚烫而又撩人。

后颈有点痒,她伸手去摸,只摸到一点点薄汗。

“那我是你见过的笑起来最好看的人吗?”半晌他才开口,像执着要糖的小孩,此刻追着鹿呦要答案。

对了,骄傲的程梓星,重视自己的脸如同重视自己的职业。

心底那点燥热渐渐褪去。

“是啊。”鹿呦笑嘻嘻地说,“我老板宇宙无敌第一好看,不容反驳。”

程梓星喜欢用一本正经的语气说话,不论是谈及绘画技巧,或者只是单纯地表示今天家里的阿姨做的菜实在不敢恭维。

怎么说,不仅不高冷,还有点傻,有点可爱。

程梓星伸手，突然覆在她的头顶，轻轻拍了一下。

“回头看，小助理。”

鹿呦听话地回头，此时天色渐晚，云絮浮动，天际从中间向两侧裂开几道狭长缝隙，一点一点吞下太阳的灼灼余晖，慢慢晕染出暗红的色彩，与地面划分出一道鲜明燃烧的分界线。

人间烟火往往最能抚平内心的焦躁，对于创作者而言，这无疑是大自然给予的最美风景。

“好漂亮！”鹿呦忍不住感叹，“你怎么找到这个好地方的？”

“以前我偶尔会来这画画。”

程梓星站在鹿呦身后，盯着对方的背影，极快地拿出手机，无声又迅速按下了相机的快门键。

“老板，这小坡后面还有其他人家吗？”鹿呦回头问，语气染上些许兴奋。

程梓星说：“应该是没有。”

“那就好。”

鹿呦顺了口气，将双手拢成喇叭状。

“知道我不够好！”

她对着山头使劲吼道：“我会一直努力画到不能画为止，终有一天，我会被我爸爸妈妈认可，我会被所有人认可。我会成为最棒的画家，比老板还要厉害的画家！

“还有，我想见到我的偶像，我要亲自告诉他，我做到了。我可以选择我想走的路，我没有辜负我的理想，没有辜负他对我的期望！”

鹿呦一口气喊完，边喘气边笑：“我好像一个傻子。”

程梓星说：“古人言：‘傻人有傻福。’”

鹿呦头一歪问：“哪个古人这么眼瞎？”

程梓星努努嘴，想了半天，没想出来该怎么回答。

“老板，我突然知道自己水彩复赛的稿子该画什么了。”鹿呦打破寂静，惊讶道，“好神奇，刚刚脑回路转了转，突然就灵感乍现。”

程梓星轻声“嗯”了一句。

他低头瞥了眼傻笑的鹿呦，隐去眸间转瞬的欣喜，轻声说：“祝贺你。”

06

原路返回到屋子，周奶奶正拿着饼铛摊肉饼。

二手桑塔纳被霍爷爷的小拖车慢悠悠地拉去修了，略大的院子就剩下两只嗷嗷叫的大白鹅扑棱翅膀。鹿呦一路小跑着冲过篱笆，尽量减少和看家好手再度接触。

“奶奶，我们回来啦。”鹿呦嗅了嗅，“哇，好香！”

她特好奇地凑上前。

周奶奶将饼铛放下，笑得眼睛都眯成一条缝：“快尝尝，碗里有几个刚炸好的还热乎着，蘸着酱味道最好！”

鹿呦摸了摸瘪下去的肚子，撒欢过去了。

程梓星的手机响起，他用余光看了眼鹿呦，转身出了房门。

“喂，子轶。”

“是不是我不打电话给你，你就永远都不会打给我了呢。”禤子轶幽怨道，“‘武大郎’你捉个奸一去不复返，大概是和良人私奔去了。好意思吗？让我远在他乡独守空房。”

“说人话。”

“你兢兢业业的助理友情提醒，二人世界要结束咯，要开始工作赚钱泡妹子喽。”

程梓星霎时默不作声，那头的人却自顾自地调侃。

“两天一夜啊，我的好兄弟。”裼子轶说，“如此大好机会，程大画家终于鼓起勇气和我们可爱的兼职小助理抒情完了？”

程梓星非常坦诚道：“没有。”

“……”

“你别骗我。”

“我骗你有什么好处。”

裼子轶瞬间奓毛：“喜欢就说啊，失败了就死皮赖脸继续追啊，拖拖拉拉的，你不会是打算拍个800集狗血剧，经历一遍车祸、失忆、恶毒女配作妖后才献上大结局吧？”

程梓星皱眉道：“这都什么跟什么。”

裼子轶乐了：“霸道总裁小说的标准套路，所以我们从头理理，为什么不直接抒个情呢？”

他小心翼翼地追问：“情趣？”

程梓星发出轻蔑的感叹，在一阵大笑声中熟练而果断地掐断通话。

“老板，周奶奶喊我们回屋里吃炸肉饼。”

鹿呦趴在门边探出半个头，嘴里嚼着食物，含混不清道：“你一个人在外面做什么？”

“接电话，裼子轶的。”

“噢……”鹿呦点头表示理解，“那我在屋里等你。”

她欲转身时，程梓星在背后叫住她。

就叫了她的名字，声音低沉又含蓄，和平日有些不同。

她回头，程梓星却抿唇什么都不说了，只是无声地盯着她，盯得她心里发毛。

“有事？”

程梓星垂眸：“就提醒你一下，不要再往我的那一份里挤沙拉酱，我不喜欢那种黏糊糊的东西。

鹿呦嘀咕一句“矫情”。

“吃完我们就该回去了。”程梓星又说，“我早点送你回家。”

鹿呦把嘴里的东西咽下去：“这么快啊，我还没有和周奶奶聊完呢。”

“那就吃饭的时候抓紧时间聊。”程梓星非常不解地问，“你怎么总和别人有那么多的话要说？”

“你别诬陷我，我在家话可少了。”

她做了个鬼脸，一溜烟跑了。

他却依旧喃喃：“要是每天和我有这么多话说就好了。”

暮色渐浓，程梓星站在原地看了眼快要完全落入山头的霞光，白色外衫被风肆意吹起衣袂。

从白天到黑夜，日子一天天地重复，又一天天地变少，记录下他们所有的喜怒哀乐。他们如同太阳，从愣头愣脑到盛势而绽，刻下不可磨灭的一枚金色勋章，而后又渐渐归于沉寂，献上此生最美妙的交响尾音。

之前一个人时总觉得一生漫长无趣，可现在看来，生活好像变得有那么一点鲜活短暂起来。

鹿呦问过他：“我一花季少女躺在你边上，你难道就没有一丝丝的冲动？”

他说没有。

其实他说谎了。

第一晚一夜未眠。

第二晚在后半夜做了一个梦。

在梦里，一个叫鹿呦的小孩走过来牵住他的手，抓得特别牢，甩都甩不掉的那种。

可他一睁眼，小孩就消失不见了，抓也抓不住。

程梓星有些烦躁，随手在树梢摘了一朵花，放在手心把玩。

他想到很久以前，自己好像也是站在这样的花树下，只不过那时正值冬日夜晚，花都败了，独留一大截干枯的树干。

漫天大雪倾泻而下，一窗之隔，他独自听着电话那头撕心裂肺的痛哭声。

像是一把利剑，一寸一寸狠狠地插入他的心脏。

无数未接来电像是疯了般冲入他的手机，所有人都在问，属于他的庆祝宴为何单单少了主角一人。

他拂去雪渍，挑出禤子轶的号码拨了过去，接通的那刻，就说了一句：“子轶，你知道吗，她哭的时候，我有点心疼。”

究竟在等待着、期待着什么，连他自己都说不清楚。

教授说他傻，禤子轶劝他早点表白，霍爷爷笑他不懂如何追女孩子，周奶奶安慰他心急吃不了热豆腐。

他将揉碎的花瓣抛向空中，随风吹拂到脚边，沾上些许湿润泥土。

你看，全世界都知道我喜欢你，可独独你不知道。

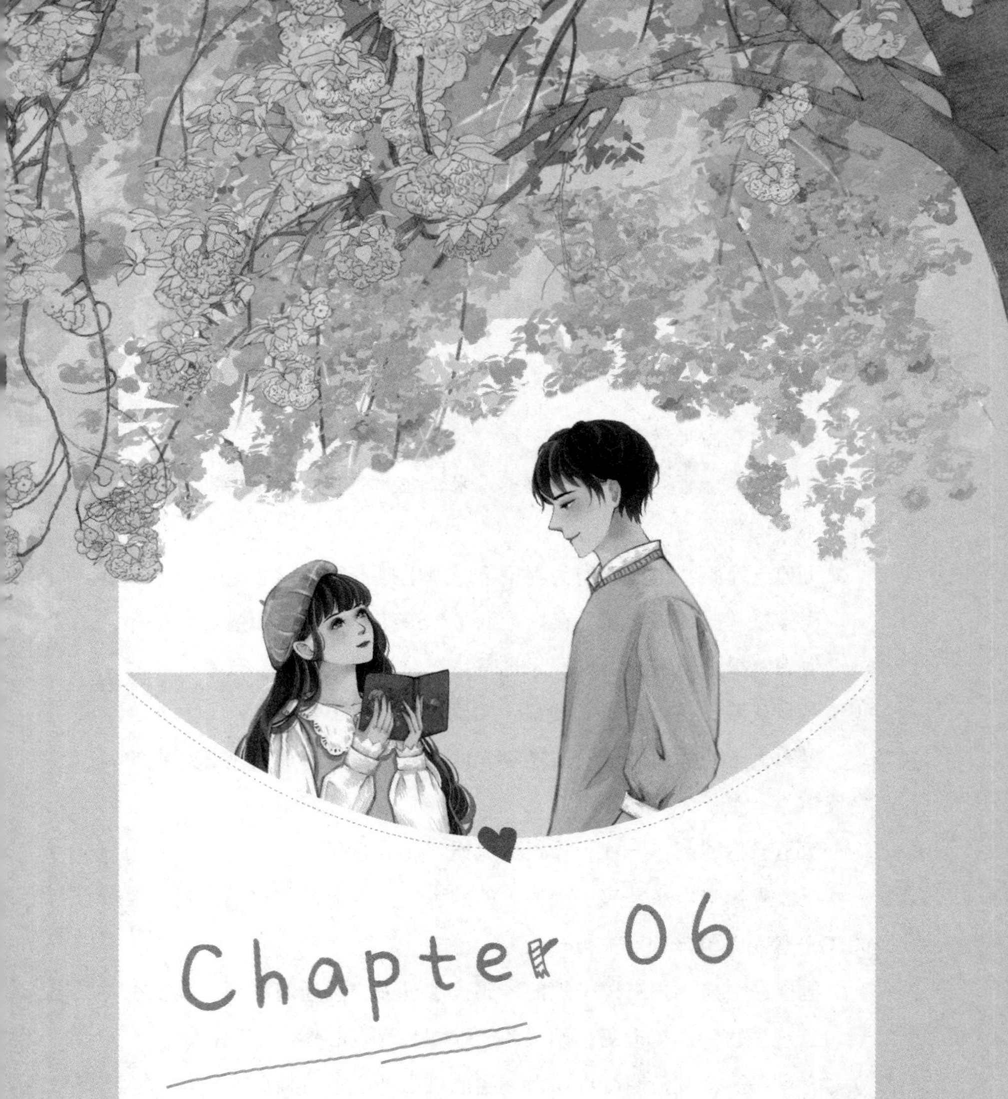

Chapter 06

程梓星：我见青山多妩媚，
料青山见我应如是

01

鹿呦的暑假是在反复改画稿和与鹿以鸣拌嘴中度过的。

那天程梓星送她回到家，一进门，她就瞧见她哥满脸怀疑地盯着她追问去哪里了。

鹿呦说和朋友去采风找灵感，鹿以鸣表示不信。

然后，他念了她一个多月，说她女大不中留，说她抛家弃哥，该当死罪。

鹿呦实在烦不过，抱起他的电脑，说是再多唠叨一句，立刻永久性删除他所有数据，包括学校课件资料和标有“五年高考三年模拟”的可疑文件夹。

鹿以鸣彻底闭嘴。

天气变凉一点的时候，鹿呦开学了，大二第一个学期。

爸妈出差了，鹿以鸣亲自把她送到机场，也没说什么想念的话，就拍了一下她的头，告诉她：“你要是谈恋爱了，就和你哥我说一声，哥替你把把关。”

鹿呦哭笑不得：“你为什么执着于这个？”

“因为我们是亲兄妹，心有灵犀。”鹿以鸣开始扯淡，“我的傻妹妹，我妹夫要是太弱，我会忍不住想打人。”

鹿呦笑骂道：“歪理。”

等到鹿呦消失在登机口，鹿以鸣才淡淡地自言自语：“不过也不能太强，不然我怕自己保护不好你。”

盛夏的炎热渐渐褪去，泽大为了迎接新生，特意把校门口的路重新修了一下，又不知从哪里运来一个两米多高的“思考者”雕塑放在正中央。

鹿呦拖着行李到达时，首先是被非常高大显眼的雕塑震撼了好几秒，接着又被蜂拥而至的热情学长们认成新生，簇拥成一个圈，争着要帮忙拿行李。

直到她把学生证甩在他们面前，那群人才失望地离开。

只有新入“狼群”的懵懂学妹才是他们不可撼动的第一动力，同为大二学生且熟悉校园套路的鹿呦，于他们而言已没有任何吸引力。

鹿呦回到寝室简单地整理了一下内务，就火急火燎跑去教学楼，将画稿交给教授。

他倒是蛮惊讶，赞叹道：“小呦这次画得挺快的，我还以为你得拖到时限前一天才交上去。”

她虽然勤奋，但不代表有效率，通常都会在某一阶段开始纠结到底是用冷色调还是暖色调，抑或是昨天看着特好看的画作，第二天起床再看，已经丑得自我怀疑，忍不住重新再来。

鹿呦满腔慷慨热血，此刻拍了拍胸膛向教授发誓：“从今天起，我所有的画稿作业全部按时按量上交，绝不出现漏交迟交现象。我要是有半点懈怠，教授你就把我逐出师门，无须留任何情面。”

她难得积极，教授也十分激动道：“哎呀，也没有这么严厉，你有这份心就好。艺术这种东西靠的就是你这种浇不灭的激情。”

他将目光转向画稿："取名字了吗？"

鹿呦点头："写在背面，《Gnomeshgh》。"

教授重复一遍，说："名字……挺有趣。"

"暑假看了一次很美的日落。"鹿呦说，"那时突然就想到了这个单词，是外教上课时偶然提的，译为'某人愿在第一时间与你分享有趣的事'。"

依旧是她擅长的水彩，画中的女孩侧身站在窗口，手里捧着一朵娇艳欲滴的香槟玫瑰，面前是一团火红的夕阳。

她并没有用厚重的色调去强调水彩的特质，笔触清淡，女孩清新优雅，纯白透亮，而夕阳景色蓬勃繁华，两者相撞融入一体却没有半点烦琐之意，相反这样一来，让人感觉耳目一新，光影效果处理得着实很棒。

教授知道，鹿呦的色感不错。

她的绘画水平在泽大学生中不算高，高考也属于超常发挥，但只有在练调色的时候，教授总会眼前一亮。

练写实色彩的过程相当于和固有的认知较劲，它违反感知，所以尤其不好掌握。例如阳光下的一盆绿植，因为早中晚的光线不同，所呈现的色彩也大不相同，普通人看来就只是绿色，而美术生执笔上色时，却必须判断出到底是绿色、黄色还是紫色。

有些人感觉系统不起作用，色彩科目只能靠死记硬背。

但鹿呦不同，她在这方面得心应手，几乎没有磨合期。

教授盯着画思考良久，久到鹿呦忐忑无比地扭开水杯，以为自己又画砸了。

对方抬眼，若有所思地问："鹿呦，你是不是谈恋爱了？"

鹿呦一口水差点喷出来。

教授见那副她窘样，哈哈大笑道："我开个玩笑，怎么反应这么大？"

"我看起来很像谈了恋爱？"鹿呦咳嗽半天，心想一个两个怎么都这么问。

教授眼中的笑意未减："只是突然觉得你的画给我的感觉与以往不同，就瞎猜了一个理由。"

他仔细将画稿卷好放入画筒里，没说合格也没说不合格，就一句话打发她："耐心等结果吧。"

02

刚出办公室，邹佟就给鹿呦发短信，让她不用回寝室了，直接去302教室上班会课。

一进门就瞅见萧影瘫在第一排唉声叹气。

"今天的我，体温正常，呼吸正常，血压正常，生命体征基本正常，就是没得灵魂。"

鹿呦敲了敲桌子："你魂丢了？"

庄晨打趣道："如果洛洛是他的魂，那他的魂的确是丢了。"

鹿呦疑惑地问："洛洛没来？开学第一堂班会不上课，她以前都来得特勤快啊。"

邹佟放下书，非常淡定道："周洛洛请假回家了。"

鹿呦惊了："不是刚开学吗？"

邹佟说："她比我们提前一天到学校，结果晚上做梦梦见小学一年级的她，脑袋被从五楼扔下的玻璃瓶砸伤，进医院缝了七针的事，所以她很想回家再看一眼。

“……”

“她说的这是人话吗？”

“我说的怎么就不是人话了，字字发自肺腑。”周洛洛从后面探出个头搭在鹿呦肩上，顶着黑眼圈满目幽怨道。

鹿呦吓了一跳：“你不是回家了吗？”

周洛洛轻描淡写道：“回不去了，我妈掐了我的资金链，说我是神经病。”

鹿呦附和：“你妈干得漂亮。”

萧影一瞬间活了过来，他凑到周洛洛身边问东问西，说自己这么久没见到她，差点就得了相思病什么的，烦得周洛洛翻了一个白眼，单方面和他怼了起来。

看着看着热闹，鹿呦才发觉，她和程梓星，也接近两个月没有见面了。

自上次一别，两人偶尔会在微信上聊一两句，聊的都还是非常没营养的画画技巧。

她有次和友人S闲聊：“程梓星这样的，也不知道以后会对怎样的女孩动心？”

友人S：“你觉得呢？”

小鹿有点甜：“漂亮，优秀，身材好。”

比如他那神秘的一米七大长腿的后宫团。

友人S：“你这么以为的？”

小鹿有点甜：“男人不都喜欢这样的吗？说句实话，我要是男的，我也喜欢。”

友人S：“我不喜欢。”

友人S：“我喜欢可爱又有趣的。”

鹿呦懂了，这厮原来如此贪心，不仅想要好看的皮囊，还想要有趣的灵魂。

“小朋友，你看微博了吗？”周洛洛将手机抵在鹿呦鹿呦面前，“祝贺你，你老板被骂上热搜了。”

程梓星本人没有创建微博账号，他的爱好向中老年人看齐，活跃在国内外各大新闻APP上，不仅是黄金会员，看的内容还得是纯英文或法文版。

鹿呦打开微博。

各大博主纷纷转发一条：#实锤实力派画家程梓星冷嘲同行#

点开来看是程梓星很久之前的一段采访截图，内容东拼西凑的。

记者问，如何看待“新风尚艺术节”中人气仅次于他的周思邈，程梓星想了想，端着他那张冰坨子脸非常冷淡地说：“画得很烂。”

典型的程梓星式直白。

而后又是其他为数不多的采访，程梓星惜字如金，却偏偏一针见血。

鹿呦转身问周洛洛，周思邈是谁？

“也是画家，长得没有程梓星好看，但团队营销手段好，相比于程梓星爱搭不理的性子，他经常活跃在自己的各大粉丝群里，挺能吸粉的。”

鹿呦没由来地不太喜欢这人：“又不是明星，一个画家不以创作为重，这么抛头露面？”

周洛洛漫不经心道："有人捧着多好，流量高，接的稿子和广告就多，躺着就把钱给赚了。

"而且，这两人据说不对盘好多年了，营销号转一转，水军一股脑骂一骂，不明真相的吃瓜群众最喜欢见风使舵了。"

周洛洛好歹也是混在饭圈第一线的人，天天打榜、刷数据，对于这样的常规操作不要太熟悉。

底下的评论果然有人跟风，说程梓星人品不行还极度自负，作品质量也并没有对得起奖杯荣誉，要不是因为入行早、名气大，自己随便画画就是他这水平。

键盘侠说话跟不要钱一样。

鹿呦把手机一丢，不想看了。

这学期新开设了不少课，鹿呦又恢复了一周熬一次夜，一次熬五天的日常。

周六晚上，鹿呦念及不久才在教授面前夸下的海口，非常负责地打开画板，掏出炭笔。

然后，她硬生生地盯着白纸发了一个小时的呆。

她非常气愤地把笔狠狠地摔在地上，三秒钟后，又非常认命地俯身捡笔。

禤子轶不知从哪里要来了鹿呦的微信，在成功加上好友后十分痛心地告诉鹿呦，程梓星为了赶画稿已经一天一夜没挨过床了。

鹿呦十分理解外加十二分的感同身受："黑夜给了我们发现美的眼睛，咱们画画的，熬夜是基本技能之一。"

"并、不、是。"禤子轶悠悠地道，"他之前好长时间的作息都规律得像个六旬老头，因为最近网上骂他的人多了，才突然开始重拾熬夜这一技能。”

“他不会是被骂得自闭了吧……”

禤子轶十分无辜道：“不知道，他电话也不接，啥也不跟我说，还天天和我玩失踪小游戏。”

对方越说越心酸：“我怀疑他再这样熬下去的话，没准什么时候一口气没上来——猝死在画架前了。”

鹿呦沉默了老半天。

“那什么，我这有急事走不开，你帮我去看一眼呗。”

“我？”鹿呦看了眼时间，现在并不算早。

“帮个忙，你不用对程梓星客气，只要能让他睡觉，用家用灭火器把他敲晕也不是不可以。”禤子轶在电话那头边拍大腿，边豪气地鼓舞，“尽管放手去做，出什么事哥给你兜着！”

她觉得禤子轶是在忽悠她。

然而结尾，禤子轶随口提了一句“梓星好像快要过生日了”。

“什么时候？”

“一个多月后吧。”

那我是不是得买个礼物？鹿呦想，他给自己带来了灵感，教了很多绘画技巧，他俩还在小山坡上进行了一次愉快的交谈。

那我怎么说？说我看你挺顺眼的，买个礼物给你，咱们以后就做好朋友手拉手一起进步一起奔小康？

鹿呦挂了电话，一边思考，一边换好衣服挎上包准备出门。周洛洛瞧了她一眼，随口问：“去哪儿玩？”

“去看一眼程梓星有没有死透。”

周洛洛乐了："难得，我以前看你去男神家，都是一副随时准备英勇就义的样子，今天怎么这么开心啊？"

鹿呦一顿。

她下意识地摸了摸脸，不可置信道："我表现得很开心？"

周洛洛点头。

经由周洛洛这么一点破，鹿呦惊恐地发现，不知什么时候，去见程梓星这件事已经变得不让人讨厌了。

奇怪。

太奇怪了。

走之前鹿呦特意打了一个电话过去报备，不过和预想的一样，铃声没响两下就传来冷冰冰的女声，欢迎她转到语音信箱。

手机对于程梓星来说，就是移动新闻阅读电子书，再不济添上一个"砸核桃"选项。

别墅的备用钥匙她一直随身带着，屋内好像没开灯，黑漆漆一片。

茶几上还摆了好几盏看上去年代久远的烛灯，也不知道他从哪里拿来的，正隐隐透着亮光。

天气不冷，鹿呦却打了个寒噤。

有点阴森。

也没见到程梓星的身影。

鹿呦喊了几声，依旧没人应。她从玄关走到客厅，冷不丁被个东西稍微绊了一下。

好像是个铁桶。

她摸出手机打开照明，定睛一看，不仅整个客厅乱得惨不忍睹，她面前的地板上还染了一大摊血红色液体，自己的鞋底蹭了点，落下一排浅浅的红色脚印。

“……”

我去，这莫非是人血？

鹿呦慌了，手机都差点没拿稳，程梓星该不会真是出意外了吧。

这时，后院传出一点轻微的响动，她抄起客厅中散落的黑色画筒，小心翼翼地沿着墙挪过去。后院皓月当空，隔壁还透着未熄灭的灯火。

鹿呦鬼鬼祟祟地左顾右盼，打起十二分的精神。

只要察觉一丝不对，她便可以立刻全身而退，撒腿就跑。

“你拿着我的画筒是准备丢入泳池让它葬身池底吗？”

身后传来没有起伏的音调，鹿呦猛地回头，手机的照明灯晃过一张十分狰狞的鬼怪面具。

她没忍住，一声尖叫顿时划破天际。

对方伸出一根手指，轻轻抵住她的唇。

鹿呦呆呆望着“鬼怪”。

“别叫，我还不想让保安来我家找麻烦。”

“鬼怪”从她身边走过，看上去非常淡然非常安详。

鹿呦哆哆嗦嗦地放下画筒，有些不确定地喊了一句：“程梓星！”

程梓星点头。

“你在 COS 古堡惊魂？”鹿呦拍了拍胸口，惊魂未定地说。

“显而易见，我是在找灵感。禤子轶之前在不问我意见的情况下，擅自给我接了一期万圣节主题的插图，让我挽回在我看来没有丝毫作用的人气。”

程梓星将鬼怪面具摘下放在一边，身子躺在柔软的真皮小沙发上，闭眸念叨：“科学验证，亲身体验比想象的效率要高接近一点二五倍，推荐给你。”

鹿呦没好气道：“我谢谢你啊。”

程梓星客客气气地回了句：“不谢。”

他穿着浴袍，露出大片漂亮精致的锁骨。鹿呦有些别扭地将目光移开：“你是不是把什么东西打翻了，我刚刚看到客厅地板上有一大摊血红色黏糊糊的东西。”

程梓星坦然道：“油漆。而且不是打翻的，是我特意泼上去的，研究一下色彩的流动性。”

鹿呦眼角微抽，好半天才问：“你是打算拿油漆当墨水研究《清明上河图》？再说你泼就泼，为什么泼在地板上，地板不可怜吗？你忘记几个月前家政人员才刚在你家抛头颅洒热血了？”

两人对视片刻。

程梓星真诚道：“为艺术献身，是它的荣幸。”

好一个感天动地的大无畏奉献精神。

鹿呦汗颜：“我拜托你做个人吧。禤助理现在还没把你半夜打昏丢下水道里，对你真是真爱无疑。”

程梓星冷哼：“这是他的工作，他乐在其中。”

鹿呦想，他乐在其中个鬼，他只不过是担心攒老婆本的摊子被程姓货品砸得血本无归。

不过，程梓星完全没有任何自知之明，于他而言“间歇性失踪”不过是因为有了非常要紧的事必须去处理。就好比唐僧西天取经，就算在半路上对漂亮有钱的女儿国国王动了心，也只得忍痛离开，挥挥手不留下一片云彩。

而且出版社的高层们看起来都非常好说话，人到中年脾气都磨合得温柔不少，无数催稿不得始终后和他的聊天交涉都必以“梓星说的全是对的”作为结尾。

当然这种皆大欢喜的局面往往是“襁·交际花·子轶”提前在高级餐厅大摆宴席，晓之以理，动之以情，一边开瓶好酒，一边从昨日的我们如何悲凉谈到如今的我们容光焕发奔小康，才终于忽悠得一众人开开心心地等着程梓星从西天取经归来。

“对了，你怎么来了？”程梓星此时此刻终于意识到今天是周末且她刚开学的事实，“我记得你说过，放假期间天王老子来了也不接待。”

鹿呦心想自己还不是担心你看见那些评论不开心，一不开心就去做饭，一做饭就炸了厨房，一炸了厨房，最后还是得找自己过来灭火。

她边打量对方脸色边问：“你上网吗？”

程梓星点头。

“最近网上有一些关于你的……”鹿呦想着措辞，“不实言论。”

他继续点头：“所以？”

“怕你想不开。”

程梓星嗤笑一声，问：“小助理，听过阿基里斯悖论吗？”

他补充：“古希腊数学家提出的著名悖论。”

鹿呦摇头，非常坦诚道：“我高中数学成绩常年处于班级平均线水平。”

“真遗憾，那我们跳过原理来讲结论。”

程梓星执着于向别人科普稀奇古怪的知识点：“乌龟在阿基里斯

前面 1000 米开始和其赛跑，设时间为 T，阿基里斯的速度永远是乌龟的 10 倍。如若以此类推下去，阿基里斯永远只能继续逼近乌龟，但绝不可能追上它。”

鹿呦半天没反应过来：“等一下，你这是形而上的诡辩论吧？你见过哪个手脚健全的人跑不过乌龟，除非它基因突变！”

程梓星说：“全凭数学思维计算，确实是这个结果。不过，我和你讲这个结论不是为了和你探讨那只乌龟的基因问题。”

“那你想证明什么？”

他继续淡定道：“你大可不必担心我会因此受影响，那些在网络上自喻画技过人，甩了我几十条街的众‘阿基里斯’，一辈子都追不上他们口中慢吞吞的‘乌龟’，也就是我。”

鹿呦：“……”

不过他们搞艺术的，生平最大的优点就是坚定不移地跟上前者思绪，一股脑叫嚣着开创新世界。

于是，鹿呦反问：“你知道秃头悖论吗？”

程梓星难得愣住，他默然三秒，最后遗憾地耸了耸肩。

鹿呦指了指自己的脑袋：“今天掉一根头发，没事；明天掉两根头发，也没事；但是日复一日长此以往，一根根头发持续掉下去，秃头就出现了。”

程梓星：“……”

鹿呦盯着对方眼底的青色，掏心掏肺道：“这个理论告诉我们，量变引起质变，和你以前给我讲的睡前故事相辅相成。你看天色已晚，你再不早点休息就真没几根头发见人。所以我们能不能别站在外面继续喂蚊子了，你乖乖回房间睡觉，我安心回寝室躺尸。”

程梓星瞥了她一眼，略微失望道：“你过来就为了这事？”

鹿呦心里挺想骂人，我坐了一个多小时的车过来，被满目狼藉的“凶案现场”差点吓出心脏病不说，现在这个罪魁祸首还一副“你看你来了也只是添乱”的丑恶嘴脸。

“我不管你了。”鹿呦气不打一处来，转身欲走，“你爱咋的咋的。”

可就在转头的一瞬间，她的面前投下一片阴影，一个与她个头差不多高的白色不明物低着头与她面对着面，飘逸的黑色发丝几乎快扫在她的面颊上，在黑暗里显得越发诡异，甚至发出清浅而沙哑的嘶吼。

“……”

“我的妈呀，活见鬼啊啊啊啊啊……”

鹿呦瞬间往后倒退一步，她方向感不好，退的时候，脚下一个打滑，眼看就要跌入泳池。

程梓星见状，飞快地起身，长腿向前一步，手疾眼快地抓住鹿呦的一只胳膊。

惯性作用下，他并没有完全抓牢对方，反而被带着往前滑了一跤。

三秒钟后，两人双双跌入泳池，激起一大片的水花。

鹿呦不会游泳，扑腾了好几下才被一只手揽住腰。求生欲上线，她下意识地环住迎面而来的身躯，一瞬间被带出水面。

水珠顺着他的深邃五官滑入脖颈，程梓星掌心微微收紧，语气难得地透着惊恐：“好极了，我还没来得及叫人来清洗泳池，这水我猜是三天前的。”

全是细菌。

“这不是重点！”

鹿呦抱紧了他。

“噢？”程梓星感受到指尖的柔软，语气带笑道，“重点是什么？”

“重点是我刚刚差点淹死了。”

鹿呦浑身湿透，刘海贴紧额头，扒在对方肩上大喘着气。

程梓星想了想，诚恳道：“那不存在，这水深还不到一米五。”说着他顿了一下，盯着怀里的某人，有些不确定，“你……有一米五吧。”

鹿呦怒了，一巴掌推开他：“老板你这话说的，我四舍五入也是一米六的人啊！”

03

程梓星从浴室出来的时候，鹿呦已经盘腿坐在沙发上。客厅灯火彻亮，她穿着他的新衬衫，正拿着毛巾擦干略微湿润的发尾。

中央空调将室内调到十分舒适的温度，程梓星手握着热牛奶，绕过那摊五颜六色的颜料，坐在她身边将杯子递过去，缓缓开口：“真的，我不是很理解，你平日里总爱用我家电视看一些恐怖片，怎么一个电池驱动假人就把你吓得一头栽进泳池里了。”

鹿呦愤愤道：“用你的话来说，亲身体验比想象的效率要高一点二五倍，恐惧感也是一样。你见过哪部影片的鬼怪会站在我面前朝我龇牙咧嘴的。”

程梓星唏嘘：“挺会学以致用的。”

鹿呦哼了句：“程老师谦虚，是你教得好。”

“对了，你平时有什么喜欢的东西吗？”鹿呦撑着小脑袋问他。

送礼物，也得先打探本人的喜好。

程梓星此刻双腿交叠，闭目养神道：“达芬奇的真迹，《蒙娜丽莎的微笑》和 Steven Hanka 的亲笔签名。”

“……”

鹿呦不死心，循循善诱：“有没有现实一点的东西，简单、明了，最好是我们都能看得见的。”

程梓星十分上道地点头，伸手往落地窗外一指。

鹿呦抻着脖子，盯着窗外闪烁着的小星星，心情无比复杂。

这还不如《蒙娜丽莎的微笑》和 Steven Hanka 的亲笔签名呢。前者她尚且背负着盗窃的罪名放手一搏，星星她该如何搞到手？难不成等以后科技进步，给程梓星报个环太阳系一日游？”

她打开手机百度，查了《蒙娜丽莎的微笑》的售价。

复制品约为 430 万元，真迹远在卢浮宫，约为 60 亿人民币。

两者于她而言没有任何区别，因为她都买不起。

难搞。

她将牛奶一饮而尽，挑礼物果然和赶画稿一样让人费力。

正纠结着，鹿呦突然觉得右肩猛然一沉。

她缓缓低眸，浓密的黑色短发映入视线之内。

程梓星斜靠在她的肩膀上，灯光给他的面庞镶了层淡淡的光晕，像一块奶白色的羊脂玉。上帝是不公平的，即便一天一夜未睡，他的皮肤也依旧好得能掐出水似的。

他闭着眼，呼吸均匀，好像是睡着了。

毕竟没休息好。

鹿呦安静地注视了好一会儿。

他身上的家居服是浅浅的灰色，比起冷冰冰的纯黑，这样的他收敛了锋芒，显得柔和不少。

她手掌扶着对方的半边面颊，稍稍屏住呼吸，抽出自己的肩膀，将他慢慢地靠在沙发靠枕上。

做好一切，她捏了捏有点酸痛的肩膀，转而抬眸，撑着沙发慢慢把头探过去。

第一次坦荡荡地盯着睡着的程梓星。

“我没告诉过你。”鹿呦轻声说，“不知道为什么，我总觉得你很熟悉。你以前在白川的时候，是不是真的见过我啊？”

片刻之后，她又自我否认，语气里带着一丝自嘲：“怎么可能，我在想什么。”

过去她是名不见经传的卑微美术生，而他却是踩着荆棘走向神坛的王。

永远骄傲，永远向前，永远不回头。

她伸手，恶作剧般顺着他的脖颈向上，轻轻挑了一下他的下巴。

“你对我好一点啊，别总是这么毒舌，容易没朋友的。”

“公然调戏自家老板”这件事，鹿呦也只敢趁着他熟睡之时进行。

她的手还未来得及抽回去，程梓星眼未睁开，却在瞬间一把握住鹿呦的手牢牢抓住，引着她隔着薄薄的布料，贴服在自己胸口之上。

掌心温热，手下传来扑通有力的心跳。

对方的力气大得惊人，她惊呼，俯身一下子栽到对方的身上，一手被他带到腰际，一手撑过他头顶，脸庞逼近到鼻尖相贴的距离。

“程梓星？”

程梓星依旧没睁眼，甚至呼吸平稳，连纤长睫毛都仿佛静止一般。

他松开她，随后自然而然地贴上她滚烫的脸庞。

而下一秒，她感到唇间落下一个冰冷湿润的吻，气息清冽而蓬勃，如蜻蜓点水般，甚至于结束之际，对方还伸出舌头，轻轻地舔了一下她嘴角的奶渍。

鹿呦整个人瞬间蒙了。

心像是被MP5冲锋枪扫射了一圈后，又拿C4炸弹炸了又炸，和放烟花似的热闹到不行。

程梓星没醒，尚且在梦乡。

他早已放开她，垂头安静地闭眼，仿佛刚才的一切都只是鹿呦做的一场短暂的梦。

现在，梦醒了。

程梓星亲我？

鹿呦缓过神后慌忙起身后退，一屁股坐在地毯上，差点就沾到红色颜料。

她难以置信地瞪大双眼。

程梓星为什么亲我？睡觉时的应激反应？他他……他睡觉时还会有这种反应？

鹿呦满脑袋的问号，牙齿忍不住地打战。

我要不要叫醒他？

叫醒之后会不会很尴尬？

她满心纠结地捂着嘴唇，径直冲去卫生间，取了烘干的衣服迅速换上后又快步跑出来，看也不看沙发上的人，溜到大门口时还差点一头栽在大理石台阶上。

过了好半天，直到门口彻底没声儿了，那纤长的睫毛才微微颤了分毫，薄唇勾起一个浅浅的弧度。

鹿呦如果仔细盯着程梓星，就会明显看到那耳根边缘，逐渐蔓延而上的淡淡绯红。

“按照书上所说，我标记过了。”

《恋爱法则》第二十六条：亲吻，是男孩对女孩最大的杀伤武器。

程梓星轻轻碰了一下自己的嘴唇：“这一条，书里好像写反了。”

很久没睡，其实不仅只是为了赶稿。

他发现自己失眠了。

失眠的原因，大约是他突然意识到了一个非常严重的问题——鹿呦似乎并没有如他所想的那样，喜欢上自己。

04

鹿呦搭车逃回寝室的样子，据周洛洛后来描述，双眼躲闪迷离，像极了刚刚目睹一场惨绝人寰的凶杀案全过程。

她大惊，连画笔都丢了：“男神真的出事了？”

鹿呦一头栽倒在床上，吼了一句：“他好着呢，活蹦乱跳的，还会咬人！”

那晚她步入程梓星的后尘，愣是一宿没睡着。

一闭眼，她满脑子全是那张禁欲又薄凉的脸，还有唇间未曾消逝的冰凉触感，挥之不去。

鹿呦觉得自己疯了。

疯了的结果是，第二天的早课，鹿呦差一点没爬得起来。

她打着哈欠，翻了翻课程表，嗯，是教授的课。

抱着书包走进教室，鹿呦在看到某个身影后，顿时清醒了一半。

“师兄。”鹿呦眨了眨眼，“你又来蹭课？”

微生炀抬眼，语气冷淡道：“你又熬夜了。”

鹿呦垂头丧气地点头。

对方提醒：“熬夜伤肾。”

鹿呦非常豪迈道：“我不需要那玩意儿。”

微生炀：“……”

旁边有同学插了一句：“今天教授好像出差去了，要好几个星期才回来。”

“那这节课谁上啊？”

“不知道，听说好像是找了个代课的。”

鹿呦戳了戳微生炀：“你和教授挺熟的，知道这堂课谁带不？”

他手里转着笔，盯着鹿呦，语气带着一丝不确定：“你不知道？”

鹿呦指了指自己：“我应该知道？”

话音刚落，教室门被人敲了两下。

“早上好，各位。”

鹿呦随意地往门外望了一眼，看清来者是谁后，惊得差点从座位上摔下去。

众人注视下程梓星夹着课本教案走上讲台，他一手握着粉笔，在黑板上写上自己的大名。

“我是不是眼花了？”

“活的程梓星！我一定是眼花了！”

"教授给大家的福利啊！"

班里瞬间沸腾了，鹿呦瞬间石化了。

程梓星抿唇，双眸简略地扫过底下的同学，在鹿呦那微微停了几秒。

直到看到微生炀，他的神色才逐渐冰冷，开口道："非常遗憾地通知你们，我会替教授暂时带授你们的课程。"

他今天破天荒地戴上金丝边眼镜，黑色衬衫黑色西装裤，给禁欲外表平添一份儒雅。

"好帅啊！"有女生忍不住捂脸说。

鹿呦认为自己可能还在梦里，她狠狠掐了一下自己的脸，瞬间疼得哀号一句。

"你早知道是程梓星来代课？"鹿呦举着课本挡住自己的脸，惊恐地问微生炀，"是他闲得慌，还是缺钱花，居然会答应来教课？"

微生炀挑了一下眉："他来，你不高兴？"

"也不是不高兴，就是有点难以置信而已。"鹿呦支支吾吾，昨晚刚和程梓星莫名其妙地亲了一下，隔了不到十个小时又见面了，总归是有些尴尬。

等一下，鹿呦开始头脑风暴，他亲我的时候还没醒，那他到底是知道还是不知道？

应该是不知道的。

程梓星神志清醒下怎么会亲自己，他的择偶标准应该大于等于乞力马扎罗小于等于珠穆朗玛，她一吐鲁番盆地连凑数的资格都没有。

听着后面此起彼伏的女生尖叫，鹿呦胡乱地想，这到底是她被占了便宜，还是她占了便宜。

虽然有些尴尬，但一节课下来她都听得认真。

不可否认，程梓星确实很擅长教学，语调轻柔，讲解艺术时表述精准到位。

就是看向她和微生炀的时候，他的眼里莫名像是藏了把冒血的刀子。

临近十月。

他们在接下去的几个星期相处得异常和谐，在学校程梓星是兢兢业业的清冷老师，在家时他是毁天灭地，偶尔触发一次火灾报警器的破坏大王。

他没有提过那次平白无故的接吻，她也开始渐渐淡忘那个只有自己知道的秘密之吻。程梓星于她，是老板，是老师，是曾指导过她作品的良友。

对了，还有没解决的生日礼物。

此刻她头脑尚且清醒，于是打开了支付宝余额。

半分钟之后，鹿以鸣接到了鹿呦的电话。

“哥，还在家待着呢。”

鹿以鸣“嗯”了声，他正敲着电脑在赶开学前要完成的调查报告，问她有什么事。

鹿呦立刻狗腿道：“也没什么重要的事情啦，就觉得今天天气这么好，阳光这么灿烂，就想着给我亲爱的哥哥打个电话问候一下。”

“有事就说。”鹿以鸣无情地拆穿她，“你太假了。”

“好吧。”鹿呦像是泄气的皮球，果然形象这种东西总归是没可能在短时间内修复的，“你手头宽裕吗？匀一点出来救济一下你亲爱的妹妹。”

“没钱了？”鹿以鸣语气含笑。

鹿呦“嗯”了一声。

给程梓星挑完了礼物，她这个月怕是只能靠凉水度日。

“我出国前给你留了一张卡，你是不是从来就没有用过？”

鹿呦愣了片刻，她哥确实塞过银行卡给她，不过她倒没太在意。鹿以鸣当时还是个在校大学生，手头肯定没多少闲钱。

“我就知道你一定没查过余额。”

鹿以鸣听着那头的人沉默片刻，叹息道：“傻子，还能找得到吗？”

“当然，我一直放在钱包里的。”

鹿以鸣在电话那头笑：“没钱的卡你还留着干吗？”

“喂喂喂，你给我的东西我要是不收好，你没准又想着要回来，岂不是又得挨你骂。”鹿呦哼了一声，随口问，“里面有很多钱啊？”

鹿以鸣想了想：“也不是很多。”

鹿呦心里“咯噔”一下：“真有钱？”

他轻描淡写道：“我高中竞赛获得的奖金和大学期间的奖学金都在里面，加起来大概勉强支付你四年大学的学费吧。”

鹿呦：“真的假的，我昨天还用它来撬我寝室的锁。”

“不是，你就这么对待我送你的东西啊。”鹿以鸣又好气又好笑，“我建议你现在就去最近的银行试一试，没准连磁都消了。”

“好的好的，哥你的大恩大德我以后再报，未来嫂子进门我一定当亲姐对待，不和你说了，我先挂了。”

她语气欢快起来。

鹿以鸣无奈地摇了摇头。

“你妹妹的电话？”

鹿爸也在家，他放下报纸，轻声问道。

“是啊，找我借钱的。”鹿以鸣打了个哈欠，他瞄了眼神色不变的爸爸，故意在一旁感叹道，“其实你当年问我要这个银行卡号，也是为了每月准时给鹿呦汇钱吧。”

鹿爸没说话。

“唉，这个小妮子是真的倔，也不知道性格随了谁。”鹿以鸣继续添油加醋，“你说她一个女孩子家家的在外面，我们能不管她吃喝吗？画画学不好也就算了，还天天跑出去打工，多危险。”

鹿以鸣特认真地坐他爸身边，说：“她也没踏入过社会，要是在外面遇见坏人了，瘦瘦小小一个扛得住吗？”

鹿爸默默听着自家儿子各种可怕的假设，黑着脸，没忍住“啪嗒”一下把报纸拍在桌子上。

他起身，背对着鹿以鸣，冷着声抛下一句：“那就让她好好学自己非要选择的东西，我们现在不干涉，但不代表以后她走投无路的时候不干涉。”说完就进房间了，进房间前特别扭地说，“她下次没钱，记得和我说一声。”

鹿以鸣憋笑，说了句：“得嘞！”

想关心一下就打个电话呗，一个两个的都憋在心底不说，真不愧是亲父女。

05

鹿呦在纠结很久后，还是决定买一件衬衫。

虽然程梓星的衬衫多得能单独堆满一个房间，但她逛街时偶然路过一家私人定制店，一眼就看中了放在玻璃柜橱的一款。

程梓星钟爱的纯黑色衬衫，款式简约而又大气，领口处有一颗绣上去的星星。

她忍不住就走进去了。

“小姐，有什么可以帮您的吗？”

鹿呦指着那件衬衫，对向她走来的导购说：“可以看一下这一款吗？”

“当然可以。”导购戴上手套，将衣服从模特身上取下递给鹿呦。

“您手上这件是法式纯棉衬衫，铜制领撑，也是我们品牌御用设计师的新款。”导购笑道，“我们店都是纯手工制作的，保证质量。”

鹿呦轻抚袖口，确实触感柔软细腻，很舒服。

她翻了下价格，1200 块。

虽然有点肉痛，但尚且在预算之内。

鹿呦说：“我就要这一款。”

导购说：“我们需要您提供对方的三围信息，方便我们制作的时候更加精确。”

鹿呦愣了，完犊子，她压根儿不知道程梓星的三围。

反正，腰挺细，腿老长，身材蛮好的。

她咽了咽口水，默默给了自己一个巴掌，说了句“等我一下”就转身给周洛洛打电话：“你说的那个程梓星的后宫粉丝会，是不是和你加入的粉丝会那种一样，能把偶像的三围都记录下来？”

周洛洛在那边咆哮：“说的什么话，我那是正经偶像团！”

“所以有没有？”

“有……”

鹿呦一看有戏：“帮我个忙，你不是和其中一个小姐姐认识嘛，帮我问一下程梓星的三围。”

“可以是可以。”周洛洛疑惑道，“但你要男神的三围做什么？”

“急事，江湖救急。”

十分钟后，鹿呦提交了非常精确的数据给导购。据周洛洛所说，是由那位非常牛的神秘会长目测后提供，上下偏差不超过几毫米。

鹿呦心想，这会长妹子估摸着也是个搞艺术的。

“是这样，我们现在做活动，可以免费帮小姐写一张精美卡片放在里面。”导购笑着说，“你这……是给男朋友的？”

鹿呦尴尬地解释：“不是不是，是给普通朋友的礼物。”

导购了然地点头：“好的，想写什么？”

她想了想：“那帮我写一句：祝程梓星，万事顺遂。”

“就一句？”

鹿呦迟疑片刻，说：“嗯，就这一句。”

别墅里。

褚子轶靠在桌边打游戏，顺便娴熟地和一众家政人员拉家常。

程梓星从二楼慢悠悠地晃下来。

“哟，少爷，您终于舍得移步了？”

褚子轶懒洋洋地凑上去：“刚刚他们和我闲扯了一下过来收拾残局的次数，说句实话，要不咱们买张年卡，稍微划算一点。”

程梓星说：“随你。”

禤子轶从口袋摸出一张信用卡，跑去很痛快地刷了。

直到看着对方把家政人员送走，他才悠悠地来一句："对了，告诉你一声，我打算和鹿呦表白。"

禤子轶眨了一下眼，兴奋道："你终于开窍了哇！"

"准备做什么？"

"在家吃饭。"

书上教的，在熟悉的地方表白的成功概率更大，吃饭也是个不错的选择。

"可以可以，你这二层小别墅总得发挥点价值。晚上把家里收拾得温馨浪漫点，提前定好法式西餐外卖，点些小蜡烛，倒好红酒，再买个漂漂亮亮的小蛋糕。"

禤子轶兴致勃勃道："有吃有喝有氛围，身边还有漂亮女孩相伴，是不是想想就很美好，是不是很适合？"

程梓星难得与禤子轶达成一致，满意地点头。

"打算什么时候表白？"禤子轶问。

"今天晚上。"

禤子轶打了个响指："够迅速，不过你邀请女孩子时，记得稍微含蓄一点。"

程梓星认真道："说具体一点。"

"说情话，说情话会不会啊？"禤子轶冲他挤眉弄眼，"现在的女孩子就喜欢矫情的，花里胡哨的，尤其是像你这样帅的人说出来，杀伤力贼大。"

程梓星点头表示理解，立刻掏出手机实践，用八百年不用的微信给鹿呦发了一张白茫茫的雪景图。

过了好久，对方没回。

程梓星叹气道："她好像没看懂。"

裲子轶凑上前，盯着雪景图看了半天，迷茫地问："你这发的啥啊？"

程梓星十分淡定道："春赏百花冬观雪，醒亦念卿，梦亦念卿。意思是，我在想她。"

裲子轶："……"

"对不起，我错了。"

裲子轶拍了拍程梓星的肩膀，痛心道："兄弟，听哥的，你还是直接打电话邀请鹿呦过来吃饭吧，别扯什么莎士比亚式爱情论了。"

程梓星"哦"了声，拨通鹿呦的电话。

"喂。"鹿呦压着声儿，"我上课呢。"

"你没看到我给你发的图吗？"程梓星锲而不舍地问。

"看到了。"鹿呦疑惑道，"你是想去雪山度假？"

程梓星噎了一下。他咳嗽一声："不说那个了。鹿呦，你今晚有空吗？"

"有啊，我下午就一节公开课。"

"我请你吃饭。"程梓星说，"在我家。"

鹿呦奇怪地问："你干吗突然请我吃饭？"

他想了想，说："我……今天心情好。"

鹿呦："别骗我了，老板，你根本不适合说谎。"

程梓星的语气微微有些变化："怎么说？"

"你说谎的时候，第一个字和第二个字之间会隔两秒钟。"鹿呦扬扬得意道，"我说得对不对？"

“你说得很对，不过我现在心情确实不错。”程梓星被揭穿也没有半点窘迫，“下课后，我去学校接你，回见。”

他挂断电话时，裯子轶正盯着他。

“听到什么开心的事情了？”

程梓星点头，嘴角忍不住上扬了一点：“刚刚我和鹿呦打电话，她从我的语气间，准确判断出我在说谎。”

“你撒个谎很自豪？”

程梓星摇头：“不是这个，是她平日神经粗得堪比麻绳，却能察觉出连我自己都不曾在意的习惯性动作。”

裯子轶虚心请教：“这又能证明什么？”

“显而易见，对她而言，我是独一无二的存在。”

网上说得没错，程梓星的自负已经突破天际，直逼浩瀚宇宙与其并肩。

裯子轶揉了揉眉心：“差点忘了告诉你，这次的《VE》杂志，票选出的‘我最喜爱的画家排名’，你又是第一名。”

程梓星不太在乎这个，甚至兴致缺缺，人气不代表实力，这个排名虚得很。

“真心不容易，你最近在网上风评不太好，但粉丝挺团结的。果然粉你的不是颜控，就是心理素质极其强大的有勇之士。”

裯子轶感叹：“对了，你要不要猜猜，第二名是谁。”

程梓星说了句：“不关心。”

“是周思邈，记得不？就是那个总被你压在下面的万年老二。”

程梓星想了想：“记得。”

过去那人特喜欢往他身边凑，还称兄道弟，说要一起赚钱一起撑起现代艺术的天地。

程梓星好几次都不冷不热地回应，对方也识趣，再没找过他。

“我怀疑他最近看你不爽，找人黑你的事估摸也是他做的。”禤子轶提醒，“他的品行在圈子里算是尽人皆知，也就用些花言巧语骗骗那些个单纯小姑娘，没什么必要的时候，你别与他有正面冲突，省得惹麻烦。”

程梓星指了指自己的黑眼圈，不解道：“托你的福，我得赶一堆本该没有的画稿，托我老师的福，我该去代我本不该代的课。你是觉得我很闲，有空和他谈废话？”

禤子轶闻言一笑：“也是，你们八百年见不了一次。”

禤子轶走之前帮程梓星点好了高级料理和一堆布置环境的装饰，他是兢兢业业的老妈子。就如鹿呦所说，看程梓星像是在看快要娶到媳妇的不争气的儿子。

送货员在一个小时后准时送达，程梓星签下快递，裁开纸箱，从中取出一串长长的星星灯，默默地研究这是个什么玩意儿。

门铃响了。

程梓星转身打开门，看见高密笑嘻嘻地站在自己面前，脚边还站着一只吐着舌头，冲着自己傻乐的哈士奇。

他看了看高密，又看了看狗，大约已经知道来者何意，伸手就准备关门。

“江湖救急，真心江湖救急。”高密手疾眼快地临门一脚将门给抵住，“这不是得赶紧回去一趟处理急事吗，我‘儿子’带回去的话，办托运成本太高了！”

“你去找禤子轶。”

“禤子轶他不是在外花天酒地就是在医院表孝心，我‘儿子’这么小这么可怜，铁定会饿死的。”

程梓星默默瞧了眼那个快有半个自己那么大的动物：“距离这里直线五百米处有家宠物店可以寄存，物美价廉买十天送一天，建议你了解一下。”

高密二话不说，把牵引绳和狗粮往程梓星手里一塞，无赖道：“总归就待两天，你家不是有只刺猬吗？正好给它做个伴，给你解个闷。”说着他还往里面瞅了几眼，“欸，你一个人在家干什么呢。手里还拿着根绳，上吊找灵感？”

程梓星身子一斜靠在门边，挡住他的视线，冷冷说了句：“你可以走了。”

下一秒，他使劲关上了门。

他半蹲下，看了眼二哈脖间的项圈，上面就两个字：狗蛋。

程梓星念出声，狗蛋听到自己的大名，特兴奋地冲他“嗷呜”了一声。

高密给宠物取名字和鹿呦一样，不求荣华富贵，但求活得长就成。

程梓星直起身，顺手把爬来爬去的旺财捞起来放在它旁边，双手抱胸，低眸直视它们：“听好了，今晚我要在这儿做一件很重要的事情，不出意外的话，我应该没工夫管你们是死是活还是残。”

狗蛋歪着头看他，依旧狂摇尾巴，也不知道听进去了没有。

“你们稍微乖一点，否则……”程梓星思考了一会儿，冷冷地说，“否则我就不给饭吃，循环播放狗肉汤的做法一整天。”

06

鹿呦在下课的时候收到程梓星的微信，很简洁的一句话：校门口等你。

走过熙熙攘攘的走廊，她抱着课本一路小跑冲过人群。天际渐渐暗淡，但仍余下落日光辉，落下满地的金黄。

她在校门口停下，看到靠在车边发呆的高大身影，一半侧脸隐在昏暗处。

余晖洒在他的肩头，他站在那儿像是老电影里的一道风景，树梢之下，满身明媚。

而她欣赏着那道风景，有一簇闪烁的微光，从内心深处缓缓蔓延开来。

鹿呦觉得，当初选择美术实在是太好了。

能做自己喜欢的事情。

能有一群可以一起欢笑亦可以抱头哭泣的朋友。

还可以遇见程梓星。

“老板，你等很久了吗？”她气喘吁吁地跑过去，冲他傻笑，“我上节课得收手机，回复不了你。”

程梓星摇头：“没有等很久。”

“给你。”

鹿呦这才发现，程梓星手上握着一根圆滚滚的棉花糖，做成粉嫩兔子模样，特别招人喜爱。

“什么时候买的？”鹿呦惊喜地接过。

“等你的时候。”卖棉花糖的人告诉他，女孩子喜欢这个。

别的女孩喜欢的东西，程梓星都想买来送给鹿呦。

程梓星帮她把副驾驶的门打开："进去。"

鹿呦钻进车前，发现座位上有一包烟。

程梓星拾起随意地丢入后座，解释："裀子轶上次丢我这儿的。

"你平时抽烟吗？"鹿呦坐上去，好奇道，"我好像没见过你抽过。"

程梓星只说："以前抽过。"

"不会是为了在女孩子面前耍帅才学着抽的吧。"

他噎住，好半天才无语道："想什么呢，香烟里含有尼古丁的成分，可以促进中枢神经里多巴胺的分泌，在短时间内让吸入者产生一种幸福感和欣快感。那段时间很苦，我需要借助这些撑过去。"

鹿呦有些不解："那段时间？"

"裀子轶的妈妈生了很严重的病，需要钱，我们想了很多的办法筹钱。我那时没有现在的名气，送去出版社的画稿，十张有九张是会被退回来的。"

"活见久，你居然也会被退稿。"鹿呦惊叹，"我以为天才一直都是一帆风顺的。"

"嗯，我是人不是神，遇到挫折很正常，不过都过去了。"他轻描淡写道，"当年还是太年轻，现在细想也不是很难挨的日子。"

鹿呦打断他："稍等一下，以前你讲到这一步就该给我普及名人名言了。"

程梓星点头："不想听？"

鹿呦笑着说："不是，这次换我给你讲一个呗。"

对方表示洗耳恭听。

"大仲马说过，在上帝揭开人类未来的图景前，人类的智慧就包含在两个词中，等待与希望。”

鹿呦缓缓说道：“老板，抛开其他不谈，我其实很佩服你一点。”

“哪一点？”

“无论别人对你的评价如何，你都一直没有半点动摇，这很难得，很了不起。”

梦想之所以被称之为梦想，正是因为它遥不可及，却又偏偏让人心生向往。

在追梦的这条路上，绝大多数人都会在半途陷入短暂的停滞不前。这种短暂的停滞可能是十分钟，可能是一天，也可能是一辈子。

使你动摇的原因，一是看不到希望，二是吃不下那些必须承受的苦楚。

但真正使其彻底破灭的是，当你跌入谷底却没有人愿意帮你。他们站在上面，不理解你付出的一切，反复告诉你就该放弃。在那如毒药般的蛊惑下，心底会渐渐生出一种无法言表的孤独。

比物质生理更折磨人的，是心理上的摧毁，它们在你的身体扎根生长，腐蚀所有。

而这种孤独，不仅会毁了你，还会毁了你最为之骄傲的初心。

程梓星说：“我敬畏时间，相信奇迹，我的成就对得起我的等待。不过对于你说的希望一词，我认为对现在的我来说，并不适用。

“现在不需要了。”

天完全暗了下去，黑夜在此刻来临，街边的小店开始点亮门口的灯光，像一盏盏星火。

鹿呦看向他：“为什么？”

迎面驶来一辆轿车，明晃晃的亮光从车前大灯照射出来，瞬间照亮了狭小空间，程梓星转过头，冰冷的语气开始渐渐消融，露出一丝隐忍的情愫。

“因为我找到了比希望更让人向往沉迷的事。”

他看向她的瞬间，眉梢眼角都带着细腻的温润，熟悉而又亲切。就仿佛是在遥远的记忆银河，他也曾以这样的姿态出现在她面前，相对无言，却又久久对视。

但鹿呦清醒地意识到，程梓星从来不曾参与过她的过去。

心跳，好像悄悄地漏了一拍。

“你要不要尝一口？”

鬼使神差地，鹿呦把棉花糖举在他面前，小声说：“很甜的。”

说完她才幡然清醒。

她懊恼地想，自己说的什么话，程梓星怎么可能会吃自己吃过的东西。

那句“我开玩笑”的解释刚要脱口而出，程梓星却在沉默片刻后侧过身，低头轻轻地咬了一口绵密的棉花糖。

他声音晦涩低哑，如星辰般的眸子荡漾出浅浅温柔。

“好甜。”

鹿呦触电般收回手，感受到两侧脸颊逐渐蔓延的灼热，轻咳一声。

她抓着安全带，低下眸坐直，目视前方：“老板，该走了。”

“好。”

一个多小时的车程后，鹿呦看到了熟悉的别墅建筑。

刚下车，她把手别在后面，笑嘻嘻地问：“我还没问清楚，你到底为什么突然请我吃饭呢？”

程梓星悠悠地道：“庆祝。”

鹿呦不明所以：“你是又获得了什么国际上的奖项了？”

“显然不是。”程梓星从口袋摸出钥匙，“相信我，比那还让人愉悦。”

鹿呦的好奇心被勾起，刚想追问，随即就听见门内传来一阵狗吠，伴随着轻微撕裂的声响。

“你家还有其他人？”

程梓星几乎是下意识地皱起眉：“不，除了你的小刺猬，只有一只狗。”

门“咔嚓”一声打开，狗吠声变得清晰，映入眼帘的是满地的纸屑和东倒西歪的家具。墙边星星灯被扯下发着微弱的光亮，漂亮的鲜花也被叼去了一半。

往前看，桌上的食物被啃得面目全非，酱汁混着红酒染遍了纯白色的桌布。

狗蛋啃沙发垫子啃得很欢，白色鹅毛满屋子乱飞，以行动力证其优良品种，吃不吃饭挨不挨打都不重要，重要的是把气氛搞起来。

画面在此刻倏尔静止。

“这狗哪里来的？”

“我的画展负责人暂时寄养在我家的。”

鹿呦十分佩服：“有勇气，敢放二哈独自在家。”

两人一狗一刺猬继续相对而望。

鹿呦没忍住，笑得眼泪都出来了："老板，你难道不知道哈士奇的传奇事迹吗？"

程梓星眼皮狂跳："什么？"

"警察从来不敢接收哈士奇做训练警犬的原因，就是因为凭借哈士奇的智商，很容易和罪犯达成一致，成为共犯。"

嗯，论起拆家这一能力，和程梓星有异曲同工之妙。

程梓星对宠物狗不曾有过了解。

"我不知道。"他并不太想接受眼前的现实，有气无力地回答。

"它叫什么名字？"鹿呦问。

程梓星几乎是从牙缝中蹦出"狗蛋"二字。

事实上他正打算现在就下载几篇食谱，让这货体验一下什么叫社会主义爱的教育。

"狗蛋！"鹿呦高兴地喊它，甚至伸手招了招。

"这狗不怕生，我建议你最好别这么兴奋地……"程梓星话还未说完，就见那蠢狗从垫子里抬起头，尾巴跟螺旋桨似的，"嗷呜"一声，迈着豪迈的步子就冲他们这个方向奔来。

然后眼睁睁地看它，一脑袋撞翻了身边笑容逐渐凝固的鹿呦。

那一刻，程梓星回忆起自己这二十多年走过的路，大风大浪，风里雨里，满怀斗志和具有打不败的奥特曼精神的他从未在任何事上产生过挫败感。

可在原本能载入自己最春风得意 TOP 榜的今天，在这伟大而又神圣的一天，他因为一只蠢狗，第一次体会到了什么叫无力回天。

Chapter 07

“我喜欢你这句话，你要是喜欢听，
我可以说一千遍，甚至一万遍也可以。”

01

一大早，鹿呦提着三个肉包，把画架搬到第一排，一副恹恹欲睡的样子。

她啃了一口肉包，照例和微生炀打招呼。

“哟，师兄，又来蹭课啦。”

微生炀点头，非常认真地打量了她好一会儿，才指着她鼻尖上的创可贴。

“你鼻子怎么了？”

鹿呦摸了摸微疼的鼻头，叹息：“说出来你可能不信，我昨晚被只哈士奇给拱了。”

“……”

想到昨晚，她被撞翻在地后眼冒金星，恍惚间看到身上趴着的狗蛋异常兴奋地朝她哈气，整张狗脸上仿佛都写着几个大字：一定是特别的缘分，才让你我相遇。

程梓星依旧站在原地，一言不发地盯着自己。

他蒙了，鹿呦飞速地想，这台超级电脑每次中了病毒都会原地死机准备重启。

于是下一秒，她奋力地推开沾着口水的狗脸，憋足气冲他大吼一句：“老板，你再不救我，我就真的会被这只狗给整死在你家大门口了！”

鹿呦瞧了眼时间：七点五十八分。

而在七点五十九分三十一秒时，程梓星踩着上课铃声夹着画册慢悠悠地走进来。

他时间掐得极准，走上讲台的那一刻，正好八点整。

鹿呦心想，程梓星上辈子，没准是个价值不菲的时钟。

总有一人，仅仅只是看一眼就能给人带来极大的震撼，中国文化博大精深，只能用一句“卧槽”才能形容此时此刻的心情。

比如躲在教室窗边窥视的班主任，比如现在拿出上节课作业的程梓星。

“我大致看了一下你们的画。”程梓星开门见山道，“一个好消息，一个坏消息，你们想听哪一个？”

周洛洛十分不怕死地举手：“老师，先说好消息吧。”

“好消息是，相比上次不幸淹没在我家的作业，这次稍微有了那么一丁点的进步。”

鹿呦多了一句嘴：“那坏消息呢？”

“坏消息是，恭喜你们又一次喜提不及格。”

程梓星从中抽出一张素描纸：“我记得上一次我布置的是人物速写。这位署名‘王小胖’的同学能否解释一下，你画了个丑不拉几的奥特曼给我，是想挑战一下我的权威，还是想要突破一下自我的审美？”

众人没忍住，哄笑一片。

“还有这一张，叫什么名我就不说了。”程梓星皱眉，满脸写着“嫌弃”二字，“说句不好听的，这画和被啃过的过期大饼一样，人家满身颜料好歹是做装修粉饰房子，你们这大概就只是在浪费树木吧。”

程梓星好一个怼天怼地的奇男子。

鹿呦摇了摇头，转过身正想和微生炀分享这个神奇结论，奈何人家正满眼放光，拿着本子奋笔疾书。

鹿呦一瞅，密密麻麻的都是程梓星的犀利语录。

“……”

之后半节课，他干脆将那一沓画稿全部批了一遍，总结起来就一句：这种水平的学生只配画基础素描，每人重画二十张，不限人物或物品，下周一交。

周洛洛曾在深夜感叹过：“自从程梓星代了教授的课，他们与星星面对面的时间有了质的飞跃。”

实在是出色。

鹿呦昨晚不仅饭没吃成觉也没怎么睡好，此刻准时准点开始犯困，眼皮子直往下掉。

“顺便，我讲一下我上课的规矩，不许迟到，不许上课吃东西，不许在课上睡觉，要是做不到就请出门右转，我相信我们应该都不太希望见到彼此。”

微生炀原本听得认真记得专注，转眸瞥见鹿呦在座位上晃晃悠悠，轻轻拍了下对方：“别睡着了，好好听课。”

这一巴掌下去，鹿呦重心不稳，一个踉跄脸颊直挺挺地砸在画稿上，她冷不丁发出“哎哟”一声。

全班同学都将目光投向她。

程梓星也停止滔滔不绝的训话，此刻用十分“关切”的目光望着她。

她心一凉，刚准备解释自己不是睡觉而是盯着画稿太入神，口袋里还没啃完的包子就骨碌碌滚了下来，非常不要命地滚到了讲台边。

鹿呦愣愣地盯着程梓星弯腰将包子捡起来。

无情。

程梓星一定认为我为了报昨晚放狗之仇，不惜公然挑战他的课堂纪律。

但对方并未如同她所料那般把自己和这包子一起给丢出教室，他只是将包子轻轻地放在讲台边上，神色没有半点气郁。

“早上没吃饭吗？”他在众目睽睽之下，开口冷不丁地问鹿呦。

鹿呦吓蒙了，点点头。

程梓星了然，温声道：“包子冷了，吃下去肚子会疼，下课去吃点别的吧。”

鹿呦：“……”

全班同学：“……”

微生炀笔一顿，不小心捻断半截。

打脸来得太快，说好的出门右转永不相见的诺言呢。

鹿呦后半节课谨记程老师的教诲，挺胸抬头，坐得笔直。

但最后二十分钟还是没忍住，不断袭来的困意彻底战胜恐惧，她趴在画架上睡得特香，还梦见自己把那没啃完的包子啃完了。

下课铃响起时，全班一哄而散。

程梓星站在讲台前将课本抚平，抬头的瞬间，看见鹿呦依旧靠在画架上一动不动。

他步伐放缓，轻轻走到她的身边停下。

“鹿呦。”

对方睡得正熟，呼吸缓慢而均匀。

他干脆取下眼镜放在胸前口袋，半跪着与她平视。

鹿呦鼻子上还贴着创可贴，与娇俏的脸庞相衬稍显一丝滑稽。昨晚在急诊室她躺在病床，一脸绝望，差点以为自己即将成为历史上第一个被狗撞破相的憨憨。

真是不太愉快的回忆。

程梓星眼底全是无奈之意，伸手轻轻摩挲过她鼻子上的创可贴。

如蛊惑般，定力从来都是很好的他盯着盯着，不由自主地就抓着画架栏俯下身。

鼻尖相触的一瞬间，程梓星猛地停下动作。

不行，这是教室。

他将慌乱的神情彻底隐下去，起身转头随意拿起一本书翻阅起来，强迫自己静心。

等鹿呦悠悠醒来，全班只剩下程梓星一人在讲台上，正捧着《新华字典》看得非常专注。

他一直在等她？

一直看……《新华字典》等她？

见她睡醒，程梓星这才合上书："昨晚几点钟睡的？"

"三点吧。"

"以前也这么熬夜吗？"

鹿呦打了个哈欠："比不上以前，以前早上七点钟起床，半夜一点半睡觉。除了早中晚留十五分钟给自己吃饭外，余下的时间全部奋战在画室里。"

程梓星稍稍回忆下自己的高中："集训？"

"老板你也集训过啊？"

程梓星点头："我也是美术生。"

"拿钢笔硬核怼了三个月，外出写生时一人提个几十斤的画箱和画包噌噌噌往前跑，每天都在猝死的边缘疯狂地试探。"鹿呦感叹，"结果这种训练强度下，我第一次模拟考成绩依旧不理想，那时是真的绝望。"

程梓星说："但你最后的结果很好。"

"老板，你当初选择画画的时候，你爸妈同意吗？"

"我当时是发电子邮件通知他们，而二十天之后他们才回复我，非常期待未来在国际画展上看到我的作品。"

鹿呦竖起大拇指："够爽快，够开明。你大概没体验过，我很多亲戚都觉得学美术的都是成绩烂得扶不上墙的人，所以一直不太支持我选择这条路。他说我作死，那我干脆作到底呗。死透了，我也就放弃了；没死透，我就再挣扎一下。"

无论如何，都要忠于自己的心。

"看来你的抗压能力不错。"程梓星一脸欣慰，"我们走吧。"

"去哪儿？"

"去吃饭。"程梓星收好画册，悠悠地道，"为了送走那只蠢狗，我大早上把它载去了距离我家五百米开外的宠物医院，所以也没时间吃早饭。"

02

鹿呦在程梓星后面跟久了，渐渐也会翻一翻书房里那些千奇百怪的书。

“你有没有过这种感觉，明明是面对陌生人，却仿佛已和对方交往多年，内心油然而生一种亲切，好像曾在梦中相遇，却又在现实再一次重逢。”

某日下午，鹿呦将那本搜刮出来的《一百万个为什么》摊在程梓星面前，神经兮兮地说：“老板，有吗？”

程梓星抬头，非常冷淡地回了一句：“没有。”

“哦。”鹿呦失望地把书又放回去。

“这种感觉被称为déjà vu，似曾相识感。”

鹿呦竖起耳朵，非常认真地听程大学者讲完。

“多见于睡眠不足者，又或者精神分裂症患者与意识障碍患者身上。”

鹿呦：“……”

教授这么多天依旧没回来，据说是去国外看望一个老朋友，至今在太平洋那头杳无音讯，但偶尔会在朋友圈更新一条潇洒惬意的自拍。

于是，程梓星已在他们班代课三周，有一个赏心悦目的老师对他们而言，除了作业交得勤快了些夜、熬得多了些、被骂得佛了些外，还是挺不错的。

他们班整体绘画水平在地狱模式下突飞猛进，连校领导都暗戳戳地问程梓星有没有兴趣在泽大挂职任教。

当然，他拒绝得十分干脆：“谢谢您的厚爱，不过抱歉，我还不太想英年早逝。”

周六，程梓星接鹿呦前往画展承办场地——也是本市最大的展览厅。

这地方前段时间才刚刚装修过，整体风格是纯白色极简风，内部设施怎么贵怎么装，特别好看相应的是也特别难约。

但程梓星说自己有个嘴皮子功夫和褶子铁值得一比的优秀合作人，他和褶子铁搭配起来努把力，把画展的地点放在客运飞机上也不是什么特别难的事情。

鹿呦说："好羡慕你，我什么时候能在这么好的地方开个画展。"

程梓星说："不难，只要有国外留学经历，作品在国际上获得过三个及其以上的金奖，再带个会说话的助理吃一顿饭就有50.34%的可能。"

鹿呦"哦"了声："那我还是好好准备学校的水彩画复赛吧。"

"什么时候出成绩？"

"大概在你举办画展之前。"

鹿呦兴致来了："老板，我给你变个魔术好不好呀。"

她笑得眉眼弯弯，一只手在空气里抓了一把后藏在外套里，神秘地对程梓星说："猜猜我手里有什么？"

程梓星减缓了车速，极快地看了眼："有空气。"

鹿呦摇头："再猜。"

程梓星非常自觉非常无趣地说："猜不到。"

鹿呦轻轻地把手拿出来，大拇指和食指相互交叠，形成一个心形图案，冲他乐道："你看，送你一个'小心心'，祝你的新画展一切顺利。"

程梓星叹气："果然是小孩。"

"不要算了。"鹿呦收回手。

见对方抿唇不开心，他若有所思地垂眸："你有没有闻到我车里有什么味道？”

他踩下刹车，将车停在路边。

“怎么了？”鹿呦询问的一瞬间，程梓星解开安全带，侧过身慢慢地往她的方向凑过来。

一点一点，在她还未曾反应过来时，那双漆黑的瞳孔在眼前一晃而过，脑袋几乎埋在她的脖颈间。

温热的呼吸细微撩人。

鹿呦整个人如同被点着，她头抵着车窗，手忙脚乱地将对方往后推了推，语气带了点急促：“你你……你别靠这么近啊。”

“就是这个。”程梓星突然皱眉问，“你身上有什么味道？”

鹿呦闻了一下自己的袖子，特自豪地说：“我喷了点我室友的香水，小一千块钱呢，是不是特好闻特有魅力？”

程梓星坐了回去：“刚刚就想说，我昨晚吃了一半没吃下去的晚餐，和你身上的这个味道有点像。”

鹿呦脸上的娇羞笑容刹那消失殆尽，她转头，默默地把车窗摇下来，学教授的习惯四十五度角非常忧伤地仰望天空。

“下次别喷这个香水了吧。”程梓星非常没有眼力见儿地建议，“说句实话，不太好闻。”

“闭嘴。”

裀子轶在门口等他们。

“我都抽了两根烟了。”他懒洋洋道，“真慢，你们是不是背着我做了什么坏事？”

程梓星重点抓得好：“我做坏事为什么要背着你？”

禤子轶被呛，愤愤地说：“还不赶快上去试衣服，一会儿那些媒体就该到了。”

程梓星走前把鹿呦丢给了蹲在一楼大厅吃外卖的高密。

在工作上一丝不苟的合作人比他们早到好几个小时，统筹指挥一上午后光荣地退居二线，脸埋在面盒里吃得特开心。

鹿呦默默地从口袋里摸出一包乌江榨菜递过去。

“谢谢啊，小助理。”

高密长得还算不错，有着一张显年轻的娃娃脸，说话时脸颊会露出浅浅的酒窝。

“画展是今天就开始吗？”

“不是，今天只是提前做预演，保证正式开幕时不出错。”高密吃面时还顺便接过别人递来的文件，洋洋洒洒地签上自己的大名。

他看着鹿呦，眼眸荡出一丝笑意：“刚程梓星说，让我帮他照顾一下你。”

鹿呦嘟囔一句：“谁要照顾啊，我又不是小孩子。”

高密盯着她头顶摇摇晃晃的丸子头和胡萝卜发卡，忍不住笑道：“也是啊，他就喜欢瞎操心。”

一直等着也没什么特别重要的事情，鹿呦无聊，摸出手机开始玩“消消乐”。高密吃完自己的午餐，嘴闲下来又开始找鹿呦讲话。

“我听说美术生都挺有钱的，是不是真的啊？”

鹿呦默默回忆起自己曾用过的杂牌子炭笔和劣质颜料，认真地回答他：“嗯，我刚刚挖了煤，拿煤换的学费。”

高密“扑哧”一下笑了。

鹿呦问：“你们今天还请了媒体？”

高密点头："虽说这次不是正式展出，但我们还是象征性地请了几家，正好赶几篇通稿凑个热度，也不是什么坏事。"

"你确定只是象征性地请了几家？"

高密顺着对方手指的方向看去，隔音极好的玻璃门外挤满了乌泱泱的媒体，把大门瞬间围得水泄不通。

"……"

高密啧啧感叹："脸好就是受欢迎就是省钱啊，没花钱没宣传都能叫到这么一大批的人。"

说话间，禤子轶正好领着程梓星从电梯口现身，程梓星换上得体的纯黑定制西服，窄腰长腿，顶着一张"你们都欠我几百万"的俊朗脸庞。

鹿呦忍不住看了眼自己沾灰的帆布鞋。

她哥有句话说得特对，人比人，有时候真的能气死人。

大概和生活中总是惹祸的程梓星相处久了，差点就忘记这个人依旧还是大家心中众星捧月的太阳。

被保安拦住的媒体们看见程梓星宛若看见了掉在地上的百元大钞一般，把他围得严严实实，举着话筒凑过去叽叽喳喳地提问。

"太夸张了吧。"鹿呦惊了。

"别看他平日总爱捅娄子，还非常没有爱心地把我'儿子'送去冷冰冰的宠物店，可一旦正经起来，其实是个很有魅力的男人。"

高密继续说："不单单只是在你们泽大，凭他的美术功底，在整个行业中都有他的一席之地，更别说还有一张足以媲美明星的漂亮脸蛋，锦上添花。"

人群中的程梓星眼神微冷，那些闪光灯和摄像机离他太近，他眯着眼睛，看起来并不是很高兴的样子，但依旧耐着性子一一解答。

鹿呦知道，他不喜欢人扎堆的地方。

“我听说程梓星有一个喜欢很久的女孩子。”高密突然八卦，低头问鹿呦，“禤子轶那家伙嘴严，打死都不告诉我名字，你知道内情不？”

“我……”

程梓星有了喜欢的女孩子了？所以那天他亲我，是把我当成那个女孩子了？

鹿呦扯了扯嘴角，转而平静道：“我不知道呢，不过我想一定是个特别优秀特别好看的人。”

高密附和地点头：“也是，程梓星那么刁钻的性子，喜欢的人自然不比自己差。”

他话锋一转：“小助理，你不是总往他那儿跑吗？你干脆去看看他的电脑呗，男人的秘密总藏在电脑里。”

到时候八卦共享。

鹿呦毫不留情地拒绝：“不道德。”

那边保安将第二批记者放了进来。

人潮增多，瞬间蔓延到了鹿呦和高密这里，鹿呦想靠边让路，刚退了一步，不知被谁绊了一下，步子一错，眼看就要栽下去。

一双手用力地抓住了她的胳膊。

“发什么愣？”

鹿呦回头，看到程梓星居然站在自己身后。

刚刚他好不容易才从媒体堆里脱身。

程梓星放开她："跟好高密，再摔了我是不会负责的。"

"好。"

"一会儿去办公室等我。"

"好。"

鹿呦朝他笑了一下，露出两颗尖尖的小虎牙。

程梓星见她那傻乎乎的乖巧模样，突然就心情很好起来。

他伸手揉了一下鹿呦的头顶，眉眼弯了弯，柔声说道："真是个小孩。"

鹿呦一瞬间愣住了。

程梓星却早已转身，去应付第二批媒体。

"小助理，你杵这发什么呆呢。"高密拨开人群，见她一直站着不说话，一双眼直勾勾地盯着远处，怪吓人的。

"我突然发现了一件事。"鹿呦冷不丁地说，"我完了。"

高密也被她弄得紧张兮兮的："啥事啊就完了，是你们期末考试提前了，还是英语四六级改革了？"

鹿呦又不说话了。

鹿呦发现，自己好像喜欢上了程梓星。

好喜欢好喜欢的那种。

鹿呦站在哄闹的人群之后，目不转睛地盯着最前方被簇拥着的挺拔身影。

其实她来到这座城市才一年多，白川的天很蓝，这里的天却总是灰蒙蒙的。可即便如此依旧会有无数人挤破了头，不顾一切地想要在这里立足。因为它的发展足够好，好到让人觉得有无数的可能，商场繁多，BBC 占据了一半的商业街，甚至与农贸市场抢占地盘。

鹿呦从未在这里找到过归属感。

习惯了满是桃花香气的白川，习惯了原生生活，即便泽大的桃花也曾开得繁多，她对这座节奏极快的城市也从未有过任何兴趣。

但她突然就明白了。

“星”画的《小芳你大胆地朝前走》，未完结的故事最后，主角背上自己的行囊，只身一人朝着前方满怀希望地去寻找自己的心上人。

也直到这一刻，她才终于察觉，为什么不想程梓星知晓自己惨淡的成绩，为什么那么想要靠近他，为什么和他在一起时，心会一直剧烈地跳动。

早在很久以前，她已被一个男孩，悄无声息地偷取了一整颗心。

“我喜欢你这句话，你要是喜欢听，我可以说一千遍，甚至一万遍也可以。”

开始于一种荒唐的雇佣关系，彼此相伴走过一段短暂的时光，而她在其中扮演着一个可有可无的角色，不特别，不好看，就算擦肩而过，也只会留下模糊的脸和一串繁杂脚印。于他生命里，她唯一能做的，就只是扫去他房间里的尘埃。

可她亦是尘埃。

他却是最璀璨的明珠。

真是，非常不巧。

03

“你说你好像喜欢上了程梓星？”

周洛洛现在正平躺在寝室床上，双眼直视天花板，脸上全是薄薄的黄瓜片，火红头发披散开来。

“我也不确定。”鹿呦坐在展览馆某个卫生间的马桶上，深呼吸好久才说，“你是不是很惊讶，是不是觉得非常匪夷所思？”

周洛洛只是发出一个平淡无奇的“哦”。

鹿呦眨眨眼：“作为知道这个消息的第一人，你的反应怎么这么淡定？！”

周洛洛说：“我早就知道了。”

“你怎么知道的？”她一下子站起来。

“我是谁，我四舍五入一下就是总导演兼总编剧，未来冉冉升起的一轮不可磨灭的旭日。”周洛洛哈哈大笑，把黄瓜都笑掉了几片，“小朋友，你没谈过恋爱吧？”

“那又怎样？”

“那不怎么样，只不过当你面对喜欢的人时，感情会迟钝很多。”

鹿呦有些不甘心地嘟囔。

“你要不信，我明天给你介绍我一哥们，你去见一面，找找这种不一样的感觉。”

鹿呦警觉地问：“见谁？”

“放心，保证人品佳、长得帅，不会把你拐跑的。”周洛洛无语道，“你就当是提前演练，实在不行，你就当相亲得了。”

“算了算了，一听就不靠谱。”

周洛洛大叫：“算什么算，人家海归才子！正好他最近要来我们市，就这么愉快地决定了！”

鹿呦从卫生间走出来时，程梓星正和褟子轶讨论着什么。

简单来说，是褟子轶突发奇想，决定要定一排高端大气上档次的香槟玫瑰放在展览馆大门口，到时候程梓星踩着红毯闪亮登场，工作人员手持花篮将新鲜花瓣往他身上抛，这个画面光是想想就特别唯美特别有气场。

程梓星觉得他脑子有病。

所以为了打消对方这个念头，他开始向褟子轶证明自己其实对花粉过敏。

“老板，明天我要请假，学校上课。”

鹿呦伸手打报告。

程梓星十分干脆地回头：“你明天没课。”

“……”

得，她忘了自家老板现在兼职老师，掌握他们班所有人的课表。

“我记错了，是我室友，周洛洛你知道吧，她生病了，病得特严重，一个人躺在寝室非要我回去陪她。”鹿呦一脸痛心，毫不犹豫地拉她下水，“同学情加上室友情，你说我总不能不仁不义吧。”

程梓星瞥了她一眼：“后天记得过来。”

“得嘞。”

褟子轶看着鹿呦欢快离开的背影，若有所思道：“你这答应得倒是爽快，我看这小姑娘，八成是想和同学出去玩了。”

“给她放一天假也没什么不好。”程梓星拿出手机，面无表情道，“正好，我突然想起明天得挤出时间，解决一件非常麻烦的事情。”

手机里显示的短信来自他年纪越大越喜欢管闲事的妈。

“儿子，我明天给你安排了一场相亲哟！”

04

环境优雅，琴声悠扬的西餐厅里，鹿呦化着淡妆，一身小清新打扮，用皮笑肉不笑的神色瞅着餐桌对面好久不见的鹿以鸣。

他今天穿得人模狗样，头发上还特意打了摩丝撩上去，显得人特帅精神气特足。

“优雅的翩翩君子，玉树临风的海归小暖男。”鹿呦把周洛洛发来的微信内容脆生生地念了一遍。

“温柔的大二妹子，楚楚可怜的激萌小白兔。”鹿以鸣嘴角微抽，看了眼鹿呦，又看了眼自己与多年游戏好友的聊天记录。

周洛洛果然是个大坑。

“哥，你可以的，不远万里坐飞机钓妹子钓到你亲妹头上了。”鹿呦向已然石化的鹿以鸣拍手鼓掌外加感叹，“你说咱爸妈要是知道你这么放荡不羁，你还有活路吗？”

迎上对方嘚瑟的目光，鹿以鸣咬牙切齿，十分上道：“成，算你狠，想要啥？”

“哈哈哈，我想要……”

鹿呦的笑容在 0.5 秒内僵在嘴角，又在接下来的 1 秒钟消失殆尽。

她瞬间将菜单挡在自己脸上，从缝隙里看到一个熟悉身影从门外走进来。

完了，他他……他怎么也在这儿？

鹿以鸣不耐烦地敲了一下桌子：“你做贼啊？”

鹿呦朝他做了一个嘘声的动作，转而抬眼继续打量。那个身影没有半分犹豫，径直走向她前面的座位坐下。

不难辨别出，他对面坐着一个特别漂亮的女人。

鹿呦如临大敌般，这一刻头上全是一片青青草原，她一溜烟凑到鹿以鸣身边，鬼鬼祟祟扒在位置上，监视着那两人的一举一动。

“梓星，我们果然很有缘。”

女人穿着讲究，妆容精致，俨然是整个餐厅里所有男人眼中的焦点人物。

但来者显然不是一般男人。

“Alison，显而易见，你不是和我有缘，是和我妈有缘。”程梓星坐在苏黎对面，和审度甲方工程般将对方打量一圈，“我妈说，她好朋友的女儿和我般配得像是天上的牛郎和织女，不见一面必会抱憾终生。”

事实上，要不是他妈拿他小时候的裸照威胁他，程梓星压根儿懒得过来。

他告诉他妈，他有喜欢的女孩子了。

他妈不信，非要他当场发照片。

然后程梓星就悲剧地发现，他只有两张鹿呦的背影照。发过去之后他妈嘲笑他连糊弄都糊弄得这么没有技术水平，居然找了个网图搪塞她。

“我不明白，你为什么一直对我不冷不热？”苏黎漂亮的指甲紧紧抓着咖啡杯，“我以为，我表现得已经够明显了。”

程梓星沉默良久，说：“Alison，抱歉，我对你没感觉。”

“对我没感觉……”苏黎有些颓废地笑。

“那你对谁有感觉？那个还在念大二的小女生？梓星，你别闹了，你和她更加不合适。”

程梓星皱了一下眉，缓缓道：“我和她，怎么不合适？”

“不处于同一高度，价值观、人生观都不同，你只是觉得她小、她单纯，你觉得新鲜，可梓星，那不是爱。”

苏黎将语调压了下来：“我就想要你明白，当有一天她真正长大，她会知道自己想要什么，她会松开你的手，把你留在原地一个人走。”

她会毫不犹豫地丢下你。

“我知道。”程梓星露出极淡的笑，“所有的可能性我都曾想过，但那又如何呢。”

“那又如何。”苏黎喃喃地重复他的话，“在巴黎，那么多女孩围着你转，你连一眼都没有多看。我知道你一门心思都在创作上，我可以等，等到我们回国，等到我们发展得更好。你的事业我会帮你，你的生活我亦有信心打理得更好。”

程梓星打断她：“Alison。”

“你叫我这个名字的时候，我大概就知道，自己无论做什么都得不到你的心了。”苏黎深呼吸，有些不解，“可那个女孩凭什么？凭什么独独是她？”

程梓星指腹摩挲着杯口：“这么多年，我也一直想不通她哪里好，让我这么喜欢。

“可我就是喜欢，喜欢到发疯，喜欢到如果她想要我的心，我甚至都能掏出来给她。”

“够了，程梓星，你疯了吗？”

苏黎不相信这是从程梓星嘴里说出来的。

他该是骄傲不可一世的，任何人都不该成为他的绊脚石。就算是在爱情里也该处于不败的那方，而不是像现在这样，卑微到只要对方一句话，都可以为之不顾一切。

“你会后悔的。”苏黎咬了一下嘴唇，桌下的手机屏幕亮了，录音键不断闪烁，“你绝对会后悔的。”

“他们到底在说啥啊？早知今日我就该攒钱买一部像素高一点的手机。”

“买好一点的手机也没用，你又不会唇语。”

鹿以鸣悠悠地凑过来：“我的傻妹妹，这个看起来就很不正经的男人，莫非就是我游戏好友说的，你喜欢的人？”

鹿呦随意应了。

“啧，渣男。”鹿以鸣不屑道，“吃着西餐还偏偏惦记着大锅饭。”

鹿呦回头瞪他：“你说谁是大锅饭呢？”

“不然他图你啥，图你年纪小，还是图你不洗澡？”

“鹿以鸣！”

“得得得，不要在意这种细节。”鹿以鸣将她肩膀一揽，“哥略微懂那么一丝唇语，现场给你分析一下。首先这女孩满眼泪光，问这个死渣男为何这段时间不理自己；然后这个死渣男就一副痛心深情的模样告诉女孩，自己工作太忙，没有时间处理两人的感情。不过，我们情意绵绵一往情深，我一定会给你一个我们的美好未来。”

鹿以鸣盯着不远处拿起包包掉头就走的苏黎，绘声绘色道：“然后女孩一听特高兴，幸福地跑掉了呢。”

鹿呦无语，将他脑壳一敲：“你说的什么跟什么玩意儿。”

“别不信，你哥我业余辅修心理学，回去读半年马上就毕业了。”鹿以鸣冷哼，“呦，这死渣男不去追心爱的姑娘，杵这儿继续喝咖啡思考人生呢。”

“他不是渣男。”鹿呦闷闷地说，“你不了解他。”

“老妹，男人最了解男人，刚刚那个级别的美女，是个男人都会心动的。”

“那是你。”鹿呦毫不留情地回怼，“专注网聊哄骗单纯小妹妹的超级大变态。”

这个罪名此刻如一根锥子狠狠地扎在他心上，抠都抠不下来的那种，导致鹿以鸣现在非常郁闷。在直勾勾地盯着鹿呦后脑勺一分钟后，他伸脚，非常不客气地朝自家妹妹屁股上轻踹了一下。

“走你。”

话音刚落，鹿呦一个前仰，以一个非常豪迈的姿势四脚朝天趴在地上。

“鹿呦？”

程梓星端着咖啡还没来得及喝，惊讶之余眼底还透着一丝温柔。

但在看到一个男生以非常亲密的姿势将她拉起揽在怀里时，他的面色陡然就冷了下来。

“好巧啊，老板。”鹿呦一边干笑着打招呼，一边使劲把鹿以鸣的手从肩膀上挪开。

“我记得你说过，今天要陪周洛洛。”程梓星眼神冰冷，“小助理，你是用脑电波去陪的吗？”

鹿呦瞬间哽住。

该怎么解释，说周洛洛在虚弱之际嘱咐她一定要完成“和陌生男孩交流感情问题”的愿望，还是破罐子破摔说自己好像是看上你了，但是又不太确定所以找了个男的来试试水？

不管说出来哪一个都会被打吧……

大脑高速运转下，她刚说了一个“我”字，鹿以鸣就用非常欠揍的语气抢先说：“这位兄弟你是我们家呦呦的朋友啊，刚刚那个是你女朋友吧。哎哟喂，你女朋友可真好看，肤白貌美大长腿，有这么好看的女朋友可真是幸福啊兄弟。”

说着说着还抱得更紧一点。

程梓星脸黑了一半，在鹿呦心凉了大半截正准备神游烧个高香时，走近两人，一把将她拉到自己这边。

他比鹿以鸣略高，此刻唇抿成一条直线，黑黢黢的双眸死死盯着对方。

“关你什么事？”

程梓星骨子里天生带着一股子沁人冷意，尤其生气的时候，语气间满满都是直劈脑门的碎冰碴，让人不自觉地在气势上败下阵来。

但鹿以鸣何许人也，曾在幼儿园三个月内混上园内扛把子的地位，楼下办事处居委会大妈们最喜欢的小男孩之一，能言善辩，能退能进，脸皮厚得勉强划分为抗台风的承重墙。

他嬉皮笑脸地将鹿呦又拽回来，毫无半点惧意地说：“兄弟你这话说的，我和呦呦这么亲密的关系，她的朋友就是我的兄弟，我了解一下我兄弟的感情生活不过分吧。”

真是好极了。

程梓星想，他又莫名其妙多了一个智障情敌。

鹿以鸣拽着鹿呦的右手，程梓星拽着她的左手，她站在中间被扯过来扯过去。

两人僵持了接近五分钟。

服务生围成团，看着这三人窃窃私语，估摸脑子里早已洋洋洒洒虚构了几千字狗血感情小说。

鹿呦一口老血已然快到嗓子眼。

今天她这巨蟹座大约是本年度水逆之日，人生头一次被鼓舞来相亲，结果碰到自家智障哥哥不说，还顺带招来一个冰碴子老板兼暗恋对象。

“老板，你别闹了！他是我哥！那个借肥皂的亲哥！”

她发力把两人推开,丢一下这么一句话就捂着脸懊恼地跑出去了。

程梓星与鹿以鸣你瞪我，我瞪你，此刻两人的表情，如若八十年代彩色小电视一般，极其精彩纷呈。

05

本市寸金寸土的商业区最高层的写字楼内，禤子轶从电梯出来，哼着歌，推开那扇玻璃门。

“禤助理，好久不见。”

“是啊是啊，也就两天没见，是够‘久’的。”禤子轶取下眼镜放在胸前口袋，慢悠悠地走到周思邈面前。

他今天喷了烂大街的 CK 男香，穿上了非常骚包的暗紫色西服，换了个舒适的姿势坐下。

“程梓星的画展彩排，你都到了门口，怎么就舍不得下车叙叙旧呢？”

褟子轶眼尖，早就老远瞅见那辆车。

被揭穿了周思邈也不恼，依旧云淡风轻：“我有这份心，只是怕你们不欢迎我这个小人物。”

他是画家，却偏偏表现出圆滑世故的商人本色。

“怎么会？你的地位仅次于我们家程梓星，哪有不欢迎的道理。”褟子轶笑了，“我们向来朝‘与世无争’这四个字努力靠拢，遵循与广大同胞和谐共处的基本原则。”

“褟助理说笑了。”周思邈感叹，“既然已成为闪光灯下的焦点，哪里还有置身事外的道理呢。”

“人性皆恶，无论是施酷刑的人还是受酷刑的人，或是旁观看热闹的人，他们只会制造毫无意义的悲剧，因为他们的智力不足以实现他们本意上要做的那些好事。”

褟子轶答：“冯内古特的《囚鸟》。”

“你知道？”

他懒洋洋地说：“托了程梓星爱讲大道理的福，我还能打肿脸充胖子，勉强当一个文化人。”

“原来程大画家平日也喜欢看这些著作。”周思邈说，“真是荣幸，能和他有相同的爱好。”

褟子轶嗤笑：“你错了，他并不是喜欢，他只在找灵感或是谈恋爱时才会去翻一翻那些东西，平日里它们都非常可怜地被丢在书房落灰或者被我拿来盖方便面。”

周思邈的笑容在这一刻略微僵硬。

“所以啊——”禤子轶淡淡道，“所以你大可不必费尽心思去模仿他。他这个人骨子里就是活脱脱的外星血统，别人模仿不来的。而且说起《囚鸟》，冯内古特习惯写黑色幽默文学，描绘的大多是美国二十世纪中后期的历史，你刚刚那句话，用在这里，不妥。”

这么有内涵的话说出来，禤子轶瞬间觉得高中那些不及格的语文卷子简直在打他脸。

语毕，他站起身：“如果没什么事，我就先走了。”

“你的手很漂亮哪。”周思邈低眸，冷不丁发出一声称赞，“禤助理的手看起来，很适合学钢琴。”

禤子轶停下脚步看向他，脸上渐渐布满阴霾。

“你调查我？”

周思邈却自顾自笑道：“说句不违心的真话，过去的你就是这个领域的程梓星，有天赋有才气，代表高中参加的比赛都获得了不俗成绩。同学们喜欢你，女孩都围着你转，那时的你有着光鲜的未来，亦有比程梓星更加耀眼的过去。”

他语气中含着一丝惋惜：“如果不是你母亲得了病，如果不是出了那个意外的话，你现在会过得很好，一定不只是一个小小的助理。”

禤子轶的每根手指关节处都有一个特别细小的口子，过去鲜血淋漓的伤口随着时间的流逝几乎消失，疤痕却会一直存在着。只要它们存在，就意味着他永远弹奏不了曾最为之骄傲的钢琴。

那个中二年代，他也认为自己牛到不行，俨然就是未来世界末日拯救全世界的救世主，上天入地，无所不能。

可是救世主能双手拔刀，能毫不犹豫地从十八楼跳下去和怪物们殊死搏斗，却不能凭空变出一堆叫人民币的纸票，也不能在妈妈半夜疼得满头大汗时，给她打最贵的进口药。

这个道理，他在高三那年在淋漓残酷的现实里理解到透彻。

而后他一天做两份兼职，放了学就去不远处的工地里搬砖，甚至后来干脆逃课挤出时间帮送外卖，成绩一落千丈。所有学科的老师都开始轮番找他谈话，他心不在焉地听着，因为成绩对于天赋极佳的钢琴家来说，要求并不像文化生那么高。

他还是有盼头的，熬过高考，成年之后就有资格去教小朋友弹琴赚钱，妈妈便能健康平安，原先美好的设想又可以回到正轨。

他一直相信，什么都能变好。

直到那天。

他那双引以为豪的手，在做工时被机器整个碾过了关节。

程梓星一直在外地比赛，断断续续收到禤子轶的消息，他连颁奖典礼都没有参加，火急火燎地从外地赶回医院时，就只看见禤子轶一个人坐在急诊室，呆呆望着缠满白布的双手。

一切希望、期盼，好像都在那一刻，彻底画上了休止符号。

“子轶兄，其实我们是同一种人啊。”

周思邈感叹道：“我们都被耀眼的程梓星狠狠压在底下不得动弹，我们是井底之蛙却又偏偏向往广阔天地，我们本就该成为很好的朋友。”

他从口袋里拿出一份国外钢琴进修申请表和一个私人医生的详细地址摊在桌前。

“又或者，很好的合作者。”

禤子轶盯着那两张纸，面色低沉，一言不发。

“程梓星这个人，太清醒，太知趣，他不懂人情与世故，也不会真的在乎一个人，你为他做了这么多，可他有一点点考虑过你真正需要的是什么吗？”

周思邈动作十分优雅，他出身不好，所以出名之后一直有意识地反复训练谈吐和礼仪，此刻循循善诱，像极了一个真心为对方未来作考虑的良友。

“但我可以。只要你点头，我帮你把你失去的一切，都原封不动地送在你面前。”

他一眨不眨地盯着禤子轶，露出一抹胜券在握的笑意。

你想要什么，你想得到什么，在这片肮脏无比的夜空之下，我什么都可以满足你哦。

Chapter 08

曾与黑夜长伴，梦乡缱绻而又缠绵，
凉薄甘苦，隐于岁月，
不可磨灭的理想永远向前

01

“老板，你渴吗？”

程梓星摇头。

“老板，你饿吗？”

程梓星继续摇头，他合上书，抬眼问站在自己身边磨蹭好久的鹿呦：“你有事？”

“没事没事，我随口问问。”

今天的阳光太好了，像程梓星这么会享受的人早早就搬着他那张可移动的真皮小沙发来到院子里，边晒太阳边看书。

鹿呦手里还握着鸡毛掸子，眸中闪过一丝失望。

她之所以这么锲而不舍地献殷勤，最主要的原因是想问程梓星，那天餐厅里的女孩是不是高密所说的，他一直喜欢的人。

漂亮，身材好，气质也一级棒。

两人站在一起就很配。

反正比她要配。

鹿呦想到这儿就十分苦恼，而且她当时脑子一抽中途离场，也不知道鹿以鸣和程梓星都说了些什么。程梓星回来也仿佛什么都没发生过一样，照例画他的画，拆他的家。

周洛洛这厮自从知道上次翻船几乎翻到索马海沟后，就一直心怀愧疚，打死她也想不到这未曾谋面的游戏好友居然是自己室友的亲哥。

不能怪她，世界实在是太小。

所以从那之后，她就开始暗戳戳地想为鹿呦和程梓星牵线搭桥，喜欢就去追，追不上还可以立马拍拍屁股，去寻求下一个目标。反正树林很大，总能找到一棵可以砍下来的树。

所以在鹿呦绞尽脑汁地和程梓星搭话时，周洛洛发来一句莫名其妙的微信。

“今夜，加油。”

半晌又是一条：“社会主义合法同居群与你同在，已帮你写好夜不归宿的假条。”

她沉默了一会儿。

“我去上个厕所。”

鹿呦丢下这句话就朝着厕所奔去，锁门，蹲在马桶上，摸出手机拨通周洛洛的电话。此套动作一气呵成，操作熟练。

“洞拐洞拐，我是洞幺，收到请回答。”周洛洛鬼鬼祟祟的声音从电话那头传来。

鹿呦捂嘴压着声儿质问对方：“你们到底在搞什么飞机？”

“你这个问题暂且不谈，为什么我们每次接头都在厕所这种地方呢，我的小朋友？”周洛洛似乎是在笑，“咱先来对个暗号。”

“天王盖地虎。”

“……”

“洛洛一米五。”

“宝塔镇河妖。”

“洛洛没有腰。”

周洛洛乐道：“早就想玩一次了，咱不是说好了用邹佟的名字吗？”

鹿呦急了："别贫了，你们到底做了什么？"

"也没什么啦，就是帮你买了两箱酒。"

鹿呦差点从马桶上滑下来："你们帮我买了啥玩意儿？"

"九八年江小白，我们学校小卖部正好在做活动，买一箱送一箱，还免费送货上门，不要太划算。"周洛洛小算盘打得极好。

"你是打算让我和程梓星今夜在月色下对饮顺带拜个把子？"

周洛洛恨铁不成钢地叹息："小朋友，你没听过一句话吗？表白是小孩子才会做的事情，咱们成年人需要诱惑。"

鹿呦反驳："什么歪理！"

"哟，我掐指一算，送货的应该是要到了。"

鹿呦丢下一句"你们给我等着"就挂了电话夺门而出，还没跑几步，正好和抱着两大箱子酒站在门口的程梓星相对而望。

"老板，这么重的东西怎么能劳烦您这双宝贵的手来搬呢！"鹿呦满脸诚恳，急吼吼地跑过去准备抬手接过来。程梓星一个闪身，从她身旁悠悠走过去。

"刚刚那个送货人看我的表情很奇怪。"程梓星说，"他还让我加油。"

"那可能是你的粉丝吧。"鹿呦狗腿道，"老板你的人气最近特别高涨。"

程梓星把酒放在桌上，瞧了眼收货单是自己的名字，说："这是你买给我的？"

鹿呦连忙点头："你要是不喜欢我立刻就拿走，这么便宜的江小白和你的身份完全不相符啊。赶明儿等我飞黄腾达往你这运两瓶82年的拉菲，你看好不好？"

“不好。”程梓星非常干脆地拒绝，“就要这个。”

鹿呦顿时“斯巴达”了，怎么的原来老板不爱红酒爱江小白？早说她就不定衬衫了，搬个四五箱给他得了。

看对方心情挺不错的，鹿呦忙不迭上前，上道地在他肩膀上捶了捶。

“老板大人，我哥那天到底和你说了些什么啊？我威逼利诱他都不告诉我。”

“想知道？”

鹿呦乖巧地点头，咧嘴笑。

程梓星默默地想起那个和眼前的女孩有五六分相似的鹿以鸣，等到鹿呦离开后，就立马摆出一副“看杀父仇人”的扑克脸，冷冷地表示，虽然我不反对你们未来在一起，但是我一辈子都不喜欢你。

不过这货喜不喜欢自己，对他而言，影响不大。因为鹿以鸣现在已经乖乖滚回国外上学去了。

想到这里，程梓星更开心了，于是向鹿呦勾了勾手，开口轻声道：“你靠近一点，我告诉你。”

《恋爱法则》谨记于心，适当的身体接触和给予对方最正确的学习指导，利于建立坚固的感情基础。

靠、近、一、点？

现在不够近？

那还要多近，再近就该亲上了！

鹿呦的心跳加速了好几倍，但身体还是听话地慢慢朝他靠拢。对方此刻一眨不眨地盯着她，漂亮的脸上看不出任何多余的表情。

她忍不住低眸移开视线，正好瞥到对方脖颈上露出一点膏药贴的边角。

学画画难免都有这些个小病，什么脖子总是疼、腰不太好之类的，鹿呦她们寝室常年备着非常齐全的医药箱。

等等，鹿呦虎躯一震，突然意识到一个十分严重的问题。

她下意识地脱口而出："老板，你的腰好吗？"

"……"

好半天，她才听见一声冷淡到极致的回答。

"你要试一试吗？"

"那还是不用了……"

气氛有些尴尬，鹿呦刚想说些什么补救一下，手机铃声就欢快地在耳边响起。她连忙接通，是微生炀打来的电话。

鹿呦接完，回头不可置信地看向程梓星："我居然进复赛了。"

程梓星也看着她："进复赛很开心吗？"

"那是当然啊！"鹿呦此时的表情仿佛是走在路上捡到一对金镯子，"像我这种笨鸟先飞还飞不起来的，苦心学习这么多年，老天终于开眼让我进了校内的复赛！"

她拎起包，回头朝程梓星说："老板，我先回学校一趟，下次请你吃饭！"

02

周末校内人都不太多，鹿呦到教室的时候，微生炀已经到了好久。教授不在，他这个得意弟子非常负责任地担起协助程梓星的重任。

虽然十次有九次对方都不太爱搭理他。

"我听说复赛作品到时候会刊登在校报上。"鹿呦特好奇地说，

“和决赛优胜作品一起。”

“对。”微生炀将她的画小心地打开，“一个作品是否优秀只是我们来评判，其实并不公平。每个创作者都是独一无二的，其用心画的作品也该是独一无二的。”

微生炀难得地笑了笑：“我没有故意夸你的意思，但我看到了你的用心，比起上学期，你确实是进步太多。”

“你这样说我都不好意思了。”鹿呦嘿嘿地笑。

微生炀问了一个和教授一样的问题：“为什么取名《Gnomeshgh》？”

“因为少女怀春总是诗。”鹿呦朝他眨眨眼睛。

微生炀还在若有所思地回想她的话，她已经出了教室。她摸出手机，慢吞吞地打开 QQ，找出友人 S 的消息栏。

“我过了，我是不是很厉害？”

鹿呦欣喜地打上这几个字。

那边回复：“恭喜，你很厉害。”

紧接着，又是一句：“想要什么奖励吗？”

小鹿有点甜：“什么都可以吗？”

友人 S：“嗯，什么都可以。”

小鹿有点甜：“那我可以和你见一面吗？我……喜欢上了一个人，想当面告诉你。”

鹿呦忐忑地闭上眼，一定要答应啊。

过了好久，鹿呦睁眼，看到对方发来的消息。

友人 S：“可以。”

他说可以。

鹿呦原地蹦跶三下，一瞬间开心得快要爆炸般，欢脱地走回教室继续和微生炀探讨人生去了。

最近的生活太美好了，比起过去岁月里那些凉薄甘苦，现在的她仿佛置身于一场不真实的梦境。

有个声音在心底很深很深的地方挣扎着、叫嚣着，它告诉自己：你看，你的选择没有错，你的坚持也没有错。

03

“洛洛，大事不好了！”

鹿呦冲回到寝室的那一刻，昨晚赶画稿熬到三点半才爬上床的周洛洛被这声音吓得从床上跌下来。

“现在，立刻给我一个不把你丢出去的理由。”周洛洛从地上爬起来伸手就要掐她的脖子。

鹿呦笑嘻嘻地抱住她：“我的宝贝，我的心肝，快给我化一个好看的妆吧。”

周洛洛瞥她一眼：“怎么突然这么精致起来了？难不成你已经搞定了程梓星，要和他去约会？”

“不是程梓星，”鹿呦说，“是认识了很多年的好朋友。”

十一点五十分。

鹿呦看了眼时间，现在距离约定时间还有一个小时。

她深呼吸，理了理缠着周洛洛好久才答应给她编好的发型，打开化妆镜瞧一瞧口红是否完整。

也不知道“友人 S”是高是胖是矮是瘦，如果人家比我还小，岂不是很尴尬？

等一下，他约我见面，说明他和我在同一个城市，又这么了解我的专业，难不成也是泽大的学生？

她抬手，毫不客气地给了自己一巴掌。

还是少想些有的没的，反正一个小时之后就全部真相大白。

前面两个女孩子正热烈讨论着什么。

鹿呦敏锐地捕捉到了“程梓星”这三个字。

“你说这程梓星真的抄袭了？我听说他很强，长得也很好看。”

“苏黎都出面证实了，那还能有假？”

鹿呦一下子冲上前，追问刚刚开口的女生：“你说程梓星怎么了？”

那人莫名其妙地看她一眼：“抄袭啊，现在网上传得满天飞了。”

鹿呦慌忙打开手机。

程梓星从上个月开始就一直有事没事登一下热搜，有的是谩骂，有的是调侃，有的是粉他的颜，总之这个节奏非常不正常。

他被人买了热搜，鹿呦心里“咯噔”一下，打开首页。

一般来说，当一个画家红了之后，难免会有那么一两条负面消息，程梓星的成功不可复制，他本人又确实喜欢我行我素，自然会招惹很多是非和嫉妒。

但这一次和以往都不同。

程梓星被爆出抄袭的作品名字叫《七月四的风》，被周思邈的公司指认抄袭他同时段发表的作品《南风》。

周思邈在微博上明确地表明这幅画他花了很多心血，如今被人窃取了创意，自己非常难过。但也不希望事情闹大，只求窃取者能够公开道歉。

这话说得不卑不亢，他的粉丝不乐意了，纷纷站出来要求程梓星退圈。

《南风》前几天刚刊登在他签约的杂志上，而程梓星却又突然在展览作品里加入《七月四的风》，从时间线来看，周思邈比他早。

抛开画作技巧而言，两幅画的构图几乎是一模一样，没有令人惊讶的转折，没有渲染肆意的色彩，采用童话式画风创作手法，骑士半跪在公主的面前亲吻她的手背，虔诚地与其低语。他们身后是漫山遍野的桃花，开得烂漫而纷繁。

让人第一眼看上去，就觉得很美，很惊艳，很有希望。

和程梓星过去极具个人色彩的画风严重不符。

一个人的画风怎么可能会突然转变得这么快。

鹿呦立刻拨通程梓星的电话。

“程梓星。”

对方应了声，他那边吵吵闹闹的。

“我看了新闻，你是不是得罪了什么人？”

“你是这么想的吗？”程梓星说，“也有可能我是真的抄袭也说不定。”

“不可能。”鹿呦飞快地否认，“就算世界末日，宇宙消失，我放弃学习绘画，你都不可能抄袭。”

“为什么？”

鹿呦一字一句道：“因为你是程梓星。”

程梓星天生傲骨。

“总之，你什么都不需要做。”程梓星似乎是长舒了一口气，“你听话，好好上课好好练画，最近我可能带不了你们班的课，但是你不许偷懒，每天一幅速写对你有帮助，你要坚持下去，我的事情我保证会处理好。”

“老板。”鹿呦闷闷地说，“这好像临终前的嘱托。”

程梓星被她气笑了：“你咒我啊？”

“没有，我开玩笑的。”

鹿呦说：“我们拉钩吧，拉钩之后，你就不会骗我了。”

程梓星语气柔了下来：“真是幼稚。”

但他紧接着说：“拉钩上吊，一百年不许变，这样可以了吗？”

“嗯。”

鹿呦知道，程梓星又在骗她。

他撒谎的时候，第一个字和第二个字之间会隔两秒钟。

她挂了电话，友人 S 的消息也突然发来：“抱歉，临时有事，这次大概不能赴约了。”

鹿呦的担心是真的，这次的危机比她想象的要糟糕许多。

第一个站出来指认程梓星的叫苏黎，正是当日和程梓星见面的气质美少女。有传闻说苏黎对程梓星早已芳心暗许，可奈何对方一直迟迟没有回应。

她在周思邈的微博上留言：“程梓星确实抄袭了周思邈的新作。”

而后，程梓星的黑历史被爆出，众人眼里无比清高的他，实际上在过去接过很多盗版漫画的短篇稿子。

程梓星原本的形象瞬间崩塌。

此事一出，营销号全部蓄势待发，疯了似的开始转发，明里暗里攻击程梓星的文案满天飞，舆论全部一边倒。

鹿呦只要一评论，几分钟内全是骂她的回复。

网暴其实是很可怕的东西。

有些人喜欢你，是因为你高高在上，有着不一样的独特气质。可一旦他们知晓你其实很普通，普通到和那些芸芸众生站在同一个高度，那么这种喜欢，也就会瞬间荡然无存。

“程梓星原来是这样的人，亏得我以前还这么喜欢他！”

“刊登过他画作的杂志我都买齐了,有没有姐们愿意一起烧的？”

“抄袭的人最可耻了！”

“……”

程梓星那方却迟迟没有做出任何回应。

“怎么回事啊，程梓星不是有一个和哆啦A梦媲美的全能助理吗？怎么到现在为止一篇澄清方案都不曾发表。”周洛洛边刷手机，边分析，“小朋友，你知道吗？”

鹿呦现在一个头两个大，郁闷地摇了摇头。

“没准男神正在集中精力抓那姓周的小辫子，正所谓一击就得必胜。”邹佟安慰道。

庄晨说：“咱们再等等消息吧。”

身旁一个同学路过，看她们那样，冷不丁地哼了声：“嘁，活该啊，平日里总是让我们做那么多作业，结果自己还不是一个抄袭狗。”

“你说谁抄袭狗？”

鹿呦平日里一直温温柔柔从没发过脾气，此刻突然站起来，冷眼盯着那个同班同学，满脸怒气道：“你再说一遍试试。”

"我说得有错？网上都'实锤'了！"

周洛洛轻轻拉住鹿呦："啧，你别跟他一般见识。"

鹿呦还没说什么，一个身影从她后面猛地掠过扑倒了那个男生，紧接着两人咕咚一滚，纠缠在地上。

"微生炀你疯了吗！"男生大吼。

微生炀不说话，他一拳拳下去，打得双眼通红。

鹿呦一直以为他细胳膊细腿的打起架来绝对不行，但现在看来好像还蛮狠的。

全班顿时混乱得不行，周围全是尖叫声和劝架声。

"鹿呦。"

周洛洛的声音仿佛远在天边，鹿呦回头，看见她有些犹豫地说："你快看微博，襁子轶……也承认了程梓星抄袭。"

鹿呦低眸，呆呆盯着手机界面。刚刚她又给程梓星拨了一个电话，但等了好久，里面只传来了冰冷的机械女声。

程梓星，关机了。

04

"你现在还有闲心画画！"高密从楼下"嗒嗒嗒"上来，气急败坏地一拳头砸在他家门边，"你知道网上那些人是怎么说你的吗？"

程梓星握笔的手微微顿一下。

"你稍微冷静一点。"

他慢条斯理地将画笔横在笔架上，转身看着高密："你知道什么叫'灯下黑'吗？"

"捧杀。"

高密咬牙一字一句道："怪不得那天突然多了那么多媒体。

"曝光得太频繁太不正常，这一天的出现也并不是偶然。

"但我从未想过禤子轶会背叛你！"

高密朝着他吼："禤子轶是不是脑子进了水，人找不到电话也打不通。周思邈那浑蛋究竟给了他什么好处，让他心甘情愿造假来害你！"

程梓星没有接话，他握笔在调色板上沾上了一点深红颜料。

仔细看来，那面色如同以往一样平静，程梓星永远都是这样，以前他的班主任说他这人，不会故作姿态亦不会拐弯抹角，虽天赋异禀，但前途不会总是坦荡。

程梓星回道："得之坦然，失之淡然。"

这世上分为两种人：一种满脸堆笑却一肚子坏水，一种满身是刺却心怀慈悲。

可现实更偏爱第一种人。

那时禤子轶就坐在他身边，一边给学妹发短信，一边调侃，若是有一天连自己都离开了，他这个冷冰冰的木头会不会伤心呢。

大概，是会伤心的。

"我现在回一趟临安的公司。"高密于心不忍地回头，"你先在家待着，哪里都不要去，有什么需要的就先联系鹿呦。"

"总会有办法的。"

现在又有什么办法呢？

其实高密自己也不知道，但他只能这样说。就算不能安慰程梓星，至少也安慰一下自己。

下飞机后，他直接坐车回自己公司，将那份联合举报“日月星辰”画展违规的上诉书拍在他的上司，林凡的办公桌上。

“什么意思？”

林凡抬眼，冷冷地看了高密一眼：“一个意思，程梓星完了。”

“你不是不知道他是被冤枉的。”高密倾身，双手撑在桌前质问对方，“泽大的传奇人物，巴黎美院期末考试唯一一个满分的中国人，他所有的努力，所有的成就，难不成就因为这么一个充满漏洞的抄袭证据而被全盘否定！”

“漏洞？业内两位大佬的声明加上私人助理的坦白，你是觉得还不够吗？”林凡双手交叠，平静地训斥，“高密，你以前从没对我这么不尊重过。”

高密抿唇，眉头紧皱。

“首先，我要纠正一点，我从来没有说过程梓星抄袭过周思邈的作品；其次，我也从来没有帮着周思邈对付程梓星，我为他提供资源，把你任命为负责人，不惜把你从临安调到他那承办这次的‘日月星辰’画展，我付出那么多的心血，你以为我是在办过家家？”

每一句都咄咄逼人，却让人找不到丝毫可以反驳的理由。

“你不是不懂，现在这个世道，真相到底是什么根本就不重要。只要‘他们’认定程梓星是抄袭，本着‘我不听我不管反正我就要跟着黑他骂他让他滚出美术圈子’的原则，纵使他是个什么样的人，之前获得过多少荣誉有多厉害，在舆论面前，都根本不值一提。”

林凡起身，意味深长地拍了下他的肩膀：“我们是商人，讲究情分却更讲究利益。程梓星这次要是栽进泥地脱不了身，我们至少不能脏了自己的鞋。”

“可他还有很多爱他的、支持他的粉丝，他还没有输。”

高密只觉说出的话越发无力，连洒落在身上的阳光都是冷的：“真心喜欢崇拜一个人，是不会因为莫须有的罪名就抛弃他的。”

林凡嗤笑：“你以为我说的‘他们’指的是谁？”

他把电脑屏幕转了个方向对着高密：“很遗憾地告诉你，你口中那些所谓的真心喜欢他的人，却绝大多数是这次转黑，且致力于讨伐程梓星的前粉丝啊。”

05

三天过去，讨伐热潮依旧未曾平息。

鹿呦掏出钥匙打开别墅大门。

里面果然空无一人。

她顺着扶梯一级级上了从未踏足过的二楼，门前没有上锁，只露出一条小小缝隙。

推开门，空气中弥漫着一股淡淡的颜料气味，面前的画稿堆积如山，小黑板上是密密麻麻的笔记和入笔感受。

和自己一样，他想到什么就会统统记在随身携带的记事本里。

鹿呦站在桌前，拿起还没来得及收起的画笔。

程梓星平日里就会坐在这张工作桌前，认真画稿，认真处理工作。

桌上的电脑仍处于待机状态，电源还未拔出。

高密曾调侃过，男人的秘密都藏在电脑里。

鹿呦想了想，走过去开机。

进入系统需要密码。

鹿呦输入程梓星的生日，显示错误。

试了十几次无果，她尝试输入自己的生日。

显示正确。

进入系统的一刹那，QQ 自动登录，她一眼就看到左下角那个不断闪烁的 QQ 头像。

十点二十三分，“小鹿有点甜”发来一条未读信息。

她愣住了，屏住呼吸，拿出手机又发出一条消息。

电脑的小窗口果然立刻响了一下。

鹿呦双眼紧盯屏幕，将窗口点开，查找所有的聊天记录，再三确认这个账号的名字。

友人 S。

——你想学画画？

程梓星就是友人 S。

——如果这是你的梦想，那么就去做吧，我支持你。

那个直言会永远陪在自己身边的友人 S。

——毕竟我的好朋友，是全世界最优秀的人。

往日记忆如走马灯般源源不断涌在眼前。

她突然想到程梓星以前说的话，还有一楼抽屉里那张游戏光盘。

不对，不该只是这一个。

她神思恍惚，握紧的骨节泛出一点青白，于是顺了口气，疯了似的打开底下的抽屉。

里面放了一沓画稿和一本笔记本。

鹿呦一眼就认出这是过去连载在盗版杂志上《小芳你大胆朝前走》的原画稿，每一张都被人用文件夹隔开，保存得极好。

鹿呦双手颤抖着，慢慢翻开那本墨绿色的笔记本。

很多不曾知晓的真相在这一刻渐渐清晰，但她依旧害怕现在心里所想的，都仅仅只是自己的一个设想。

笔记本的第一页，是程梓星的自白。

七月四日。

我在这一天坚持画下的漫画，有一个非常忠实的读者。

我和她通信一年，她告诉我很多关于她的心思，包括理想、感受、对我的崇拜。这是一个很矛盾的女孩，胆怯又倔强，潇洒又悲观。

她叫鹿呦。

我玩《尤里的复仇》找灵感的时候，得知她是忠实玩家，也不知道自己在想什么，等回过神，已经申请ID“寂寞的感叹号”去找她教学。禤子轶很皮，我忙的时候，他总是用这个号说些很恶心的话。

鹿呦隐约记起那个“小姑娘”总是问她怎么打呀，怎么赢啊，我通不了关我好难过啊，她每每都会如一心宠爱妲己的纣王般豪迈地挥手，用五个飞镖突袭敌人基地，找到电厂攻击，直接捣毁敌人的防御系统，把对方建筑物据为己有。

“小姑娘”非常捧场地说：“小姐姐好厉害啊。”

鹿呦啧啧地打字：“一般厉害。”

看到这里，她心中思绪纷杂，露出一个苦笑。

虽然她不知“星”在现实究竟是个怎样的人，但她好像很信任我，我不太能理解一个人为何会对从未见过的陌生人产生这样的信任。

她有点傻。

她告诉我，她要成为一个优秀的传统画家。作为友人S，我和她约定，等到那一天来临，我就答应和她见面。

挺可笑的，我居然会定下这么幼稚的约定。

求学的道路很苦，鹿呦总是不自信，觉得很多人都比自己强。但她不知道，在我眼里，她什么都好，怎样都好，她是世间最好的。

她考上了泽大，也就是我的母校。

鹿呦喜欢男孩子穿干净的白衬衫，习惯一个人坐在阳台画画，爱吃草莓不爱吃橙子，神志不清的时候喜欢瞎抱人，嗯，以后在她面前要多穿白色衣服。

……

厚厚的一本记事本，全部是与她有关的故事，从高中开始，从迷茫开始，在她看不见的地方，这个叫程梓星的家伙从未缺席过她的青春。

他们真的曾相遇过无数次。

《七月四的风》之所以是希望，是因为骑士在这一天遇见了他命中注定的公主。

鹿呦读到最后一页的时候，里面掉出了一张薄薄的纸，她弯腰捡起。

读完后，一双眼睛瞬间红了。

她靠着墙边一点点滑坐在地上，双手捂住脸，泪水从指尖不断地渗出。

高二独自和众人对峙的时候没哭。

咬着牙熬夜准备艺考的时候没哭。

被同学调侃实力欠缺的时候没哭。

唯一的一次，还是初学美术时，她坐在狭小画室边泡面边满脸鼻涕泡咬牙呜咽，事后甚至还安慰自己，是那面里的辣椒放得太多，给熏出的眼泪。

总有无数理由为自己开脱，活得像是缩头乌龟，连发泄感情也只会选择藏在没有人的黑暗里。

可原来黑暗的另一边本就立着一个人，他注视着你的哀伤，看穿了你的胆怯，他曾默默陪伴你走过所有绝望不公，用自己独特的方式，努力地将阳光照进你的天地。

可作为得到馈赠的人，却只能眼睁睁地看着他被无数双脏手拖入无底深渊。

这三天，她给程梓星打了无数的电话。

结果都是关机。

其实她就想和他说一句话——哪怕全世界都不爱你，我也会义无反顾地等你。

鹿呦攥紧拳，抹了把眼泪从地上爬起，像是下定了什么决心似的，头也不回地冲出大门。

那张纸掉落在角落，被风吹开。

Hi，鹿呦。

我是程梓星。

我是画家“星”。

我是“寂寞的感叹号”。

我是“友人S”。

曾与黑夜长伴，想和你讲一个很长的故事。

故事里的少年冷漠早熟，早已做好孤独终老的准备。可有个小孩，就这样毫无征兆地出现在他荒芜的世界，冒冒失失，满脸写着慌张胆怯。

小孩很丧气，站的地方很暗，渴望被爱被理解。

她以为自己从不是别人翘首以盼的希望，可她不知道，她的世界无比荒诞，却偏偏转身照亮了黑暗另一头，少年的整个世界。

信的末尾，漂亮娟秀的字迹被擦得模糊不清，仔细看来却依旧可以辨别：

鹿呦：

我生来固执不善变通，所以会往你的方向一直走。你要是累了，就站在原地等一等我，等我过来找你。

鹿呦：

泽大的桃花落了，希望下一次再见其盛放之时，你会陪在我的身边。

鹿呦：

全世界都知道我喜欢你，可我啊，真的比全世界都要喜欢你。

Chapter 09

我看到那些岁月如何奔驰，
挨过了冬季，便迎来了春天

01

鹿呦集训时，班上有个画画特别厉害的女生，长得又白又美，很受异性的青睐。

但她早已有了喜欢的人，那个男生鹿呦见过，不好看也不高，但是每次来看她的时候都会带很多好吃的零食，也会记得在她生理期前备好暖宝宝和红糖。

在外人眼里，他们一点都不般配。

女生性格好，帮鹿呦改过好多次画。有次鹿呦没忍住，问她为什么选择和那个男生在一起。

女生说他们是初中同学，那时她还是一个小胖子，脸上长满了青春痘，老远看着就是个油腻腻的肉球，很不讨喜。

所有人都对她不冷不热，甚至将那些打扫卫生的活全部交给她，美其名曰帮她减肥。她度过了一段据说很不美好的日子，在那段艰难时光里，她唯一的亮光就是那个男生。

他会夺过她的扫把替她打扫，会在别人说她坏话的时候站出来反驳，会在早上上学前给她带自家煮的土鸡蛋。

他告诉她："你别伤心，我不会丢下你。"

女生说这些的时候眼神很温柔，即便她后来变成了一个好看的人，变得很受欢迎，她也一直明白，真正把你放在心上的人，并不是看你长得好看，帮你跑腿给你买东西，而是就算你不好看也不会说好话，也依旧愿意把所有最好的东西统统给你。

鹿呦来到展馆时，门口围了很多记者，还有自发聚在一起所谓的“打抱不平”的粉丝。

今天是原定的“日月星辰”展览日。

他们在等程梓星。

记者要的是劲爆的新闻八卦，粉丝要的是一个可以服众的说法，有的在议论，不如直接砸开玻璃门。

鹿呦拨开他们，慢慢走到最前面。

她眼神坚毅而淡然，学着平日里的程梓星，转身一点一点扫过面前乌泱泱的人群。

“程梓星没错。”

她轻喃的一句瞬间被淹没在熙攘吵闹的人群中，而后，她握紧拳头，重复着这一句话，越说越大声，直到周围渐渐静了下来，所有人都开始打量着这个看起来文文弱弱的小姑娘。

她看起来很狼狈，眼泪淌下，从未有一刻像现在这样不顾一切。

人群中有人嗤笑：“你是程梓星的同伙吧，在这里说，他又听不见。”

“他是个缩头乌龟！”

“程梓星是个缩头乌龟！”

还有人看不下去了，让她赶紧离开，别为了一个不值得的人，毁了自己的路。

“我就不让。”鹿呦咬牙说，“凭什么，你们凭什么啊？你们根本就不了解他，根本就不知道他是一个怎样的人！”

以前她也不喜欢程梓星。

觉得他很麻烦，很自我，像是一块怎么也捂不暖的冰块。可后来她小心翼翼地靠近，开始走进他的世界，开始慢慢理解他的心。

她可以接受他们对自己的嘲讽污蔑，那是她的过失，是她该走的路，该过的坎。

但程梓星不同，他是她过去的信仰，亦是如今支撑她走下去的光，天生就该站在顶端俯视众生的王。

他那么好，那么干净，那么努力地去描绘他所想的世界，不该承受这些泼在他身上的无名脏水。

鹿呦知道，她其实什么都不算，不知道能成为怎样的人，不知道走的哪一步是对哪一步是错，甚至连身边真正爱她关心她的人都认不出来。

成人世界里的所有虚与委蛇，所有虚情假意都混在那些看似甜蜜的糖果之中，不是你温柔地对待这个世界，这个世界就会报以温柔。

但在她踏出别墅的那一刻，就早已做好了破釜沉舟的准备。

想要保护一个人，这个人曾保护了自己四年，现在，她想要换一换，换她来保护他。

她不会让开。

“因为你不够格。”有人这样说，他们是拿钱办事，多了个人挡着不太好交差，“小姑娘，不好好回学校读书在这儿摆什么架子。你看到这摄像机了吗？还不快赶紧走。”

“她不够格，加上我，应该够了吧。”

不知过了多久，一声带着喘息的感叹从一旁传来。

“鹿呦同学，你不道德。”

“师，师兄？”鹿呦不可置信地看着身边的人，微生炀发梢凌乱，似乎是一路狂奔而来。

而他的身后，几十个腿长一米以上，净身高一米七以上的漂亮小姐姐站成两排，十分拉风十分震撼地与一众记者面对面互瞪。

“你们想知道的真相，我现在就可以统统告诉你。”

记者群在风中凌乱，先是小女孩，又是好身材的小姐姐，这程梓星什么路数？

鹿呦呆了，连眼泪都没来得及擦一擦：“难不成，你就是传说中的那个神秘兮兮的‘后宫团’会长？”

微生炀面上的表情顿时无比复杂。他深呼吸好久才对她说：“我费尽心思组建这个后援会这么久，就是为了等这一天，就是为了等这群不会明辨是非的渣渣过来诋毁我的偶像，而我在这关键时刻力挽狂澜，做他最坚实的后盾，抗下一切风雨。”

“那个……”

“这样他就会觉得，我可以达到和他并肩的高度。作为他的忠实粉丝，这是我该尽的职责。”

微生炀仰天叹息后，立马咬牙切齿道：“所以，为什么每次你都抢先一步？当助理算了，上你们班的课也就算了，就连和别人正面刚你也要抢在我前面？”

冷淡如微生炀，第一次这么气急败坏。

鹿呦此刻的表情非常悲壮，她鼻涕眼泪都没擦干净，此刻一抽一抽地道歉：“对不起师兄，我不是故意的。”

“算了，你在的话，他看到会开心。”

微生炀闷闷地嘟囔一句。

“你……什么意思？”

话音刚落，突然有人一把握住了鹿呦的手，把她往后一拉。

她怔住，恍惚间熟悉的气息铺天盖地地袭来，灼热的温度从手掌处逐渐蔓延。

02

“程梓星！”

“是程梓星来了！”

程梓星伸手，将鹿呦的脑袋按在自己的怀中。

“乖。”他轻声喃喃，“我来了，别哭。”

周围又开始躁乱成一团，媒体记者蜂拥而至，谁都没有想到在这个节骨眼上程梓星真的会主动出现。

“程老师对抄袭之事有什么看法吗？”

“您作为斩获多项国际奖项的画家，新作《七月四的风》为什么要抄袭《南风》？”

“您真的会退出圈子吗？”

所有的问题全部涌来，闪光灯不断闪烁，拍照快门声久久充斥在耳边，鹿呦捂住程梓星的耳朵，语气里还带着一丝沙哑的哭腔：“程梓星，你别听啊。”

“好。”

他将她抱得更紧了一点。

“你带她先走吧。”微生炀带领漂亮小姐姐们围成一堵坚固的人墙把记者拦住。

“谢谢。”程梓星背对着他们，一步一步从人群里走出。

“请问您怀里的女生是您的女朋友吗？她是否也参与了窃取他人作品的勾当之中？”

有个人见程梓星要走，扯着脖子大声嚷嚷。

程梓星步子一顿。

他慢慢回头看向那个记者，眉眼覆上一层阴霾，冰冷瘆人，让那人瞬间噤声。

“她是怎样的人，还轮不到你来评判。”

程梓星说：“人言可畏，清者自清。”

十月份的天气依旧温暖，微风穿越树梢间隙，晃过渐渐落败的花树。

程梓星抱着鹿呦走了很远，直到那些声音渐渐被抛之耳后，才对怀中之人轻声说：“我在想一个问题。如果我真的名誉扫地，没有名气，没有钱，后半生都要背着这么一个招骂的罪名，我可能真的会一无所有吧。

“一个没有光辉加持的程梓星，将不会是你的光，也将无法再帮助你分毫。到了那个时候，你还会像现在这样站在我的身边吗？”

鹿呦从他怀里伸出头，红肿的双眼认真地盯着他。

“老板。”

“嗯？”

“你知道吗？刚刚我脑海里全是‘我完蛋了我彻底完蛋了’，我本来就不太会说话，还傻傻地站在那里和他们硬争。没准明日我爸刷新闻，刷着刷着就能看见我那张大脸出现在头版。”

程梓星的喉结滚了滚，眼底全是笑意：“然后呢？”

“然后我看见了你。”

鹿呦认命般地感叹：“唉，完蛋就完蛋吧，去他大爷的，又不是世界末日也不是死到临头，你就算身败名裂，做不成画家，变成一个很普通的程梓星也没关系。

“而且，你并不是一无所有。”

她一字一句道：“你还有我啊。”

她喜欢程梓星。

只是因为喜欢程梓星，所以愿意接受他的一切，无论好坏。

过去鹿呦还不太懂这种感觉，就像是去书店买到最后一本漂亮本子，在小卖部刮出“再来一瓶”的字样，早晨慌慌张张地与一人在街口擦肩而过时，衬衫上清爽干净的肥皂清香。

从知道你名字的那一刻起，我一点一点变得贪婪。

程梓星放在鹿呦背后的手一顿，深邃漆黑的眼眸里说不出是什么情绪。

而后，他突然加快步伐，拐进旁边空无一人的巷口，在鹿呦还没反应过来前，掐着她的腰，将她腾空抵在墙边。

她惊呼，两人额间相触。

程梓星弯了弯唇：“鹿呦，你要不要猜一猜，我现在想做什么？”

鹿呦双手绞在一起发颤，含混不清道：“我我我……”

他语气中夹着一丝调侃：“哦，你在紧张？”

“我没紧张！”

程梓星慢条斯理地说：“你紧张得牙齿都抖得跟个筛子一样。”

“胡说八道，那是我冷！”

大中午白晃晃的太阳下，鹿呦大声地辩解。

程梓星看着看着，突然就低头，露出一个特别明显的绚烂微笑。

她微微有些愣神。

这是第三次，他对她笑得这么温柔。

第一次是她站在别墅门前被塞了一个家用灭火器；第二次是给霍爷爷周奶奶画像，他们坐在坡上谈心。

鹿呦脸颊瞬间通红。

程梓星，真是好看到不可思议。

“忘了告诉你，你刚刚做了一件错事。”他低眸，一眨不眨地划过她的唇，低沉嗓音带着如毒药般的浅浅蛊惑。

“你没有躲开。”

他欺身而下，鼻尖触到她冰冷的皮肤，遵从本心地做了一直想做的事情。

“希望你不要后悔。”

因为无论如何，我都不可能再放手。

在感受到对方传来的温度时，鹿呦猛然清醒几分。

她手上用了点力道，忙不迭推开对方。

“有点烫啊，你发烧了？”

“我猜是 37.2 度。”

程梓星尚且意犹未尽，他舔了舔嘴角：“医学上，这是人体正常体温的极限温度，正常以上，高烧未满，是刚刚爱上一个人的温度。”

鹿呦气笑了：“我以前怎么没发现，你这么会睁眼说瞎话。”

他又在她的额间落下一吻。

“关于这个问题，以后我们可以一起慢慢探讨。”

03

“弄死他们！我告诉你，那群见钱眼开的无良记者我已经看他们不爽很久了！”

禤子轶坐在驾驶位，戴着一副非常拉风的豹纹眼镜，跟微生炀打电话交代后续该如何处理。

微生炀作为后援会的会长一直是他藏着的底牌，遇到不太好亲自出面的事情，就可以交给这位情绪高涨且任劳任怨的职业站哥。

禤子轶挂了电话,从后视镜盯着面颊绯红的两人打开后座的车门。

“抒情完了？脸红得跟猴子屁股似的。”

程梓星淡淡地反驳：“鹿呦尚且不谈，我是因为你那晚搞坏了空调，才会发烧睡两天变成这个鬼样子。”

“胡说八道！”禤子轶把眼镜摘下，翻了个大白眼，“我亲爱的大哥和大姐，你们真会赶时间，以前让你们随便抒情的时候乖得和幼儿园小朋友一样，这个节骨眼上你们倒是腻歪在一起了。”

鹿呦看到他震惊了：“你不是叛国投敌了吗？”

禤子轶手一摊：“谁说我叛国了。”

程梓星淡定地将她搂在怀里：“别激动，禤子轶从始至终都是我们这一边的。

鹿呦摸不着头脑：“到底怎么回事？”

“我们在钓鱼啊。”禤子轶懒洋洋地说，“肥鱼一号周思邈，又称之为给点阳光就能灿烂的傻鱼。哦，似乎还免费附赠一条漂亮的小美人鱼。”

苏黎曾拿着音频威胁过程梓星。

苏黎就想要程梓星知道，只有她能帮他，只有她才是最应该站在他身边的人。程梓星看着她，用那一成不变的平淡语气说了两个字：“随便。”

她的确不太了解程梓星那颗极度闷骚的内心。

太棒了，曝光吧，他巴不得全世界都知道鹿呦是属于他一个人的。

不过不知是因为什么原因，苏黎并没有发出那段音频，而是和周思邈勾结，合力诬陷程梓星。

为此程梓星甚至还遗憾了好久。

禤子轶这段时间游走于无间道的边缘，一直觉得奥斯卡小金人在朝他招手。

他告诉程梓星，这事结束之后，自己的工资至少得涨一点二五倍。

“等一下，让我捋捋。”鹿呦说，“意思是这其实是你俩的计划，最终目的是要搞垮周思邈？”

禤子轶反驳：“非也非也，如果周思邈没有加害程梓星的心，我们自然相安无事。但是他动了歪心思，我们以其人之道还治其人之身，不算过分吧。”

鹿呦抬眼质问程梓星：“既然如此，这三天你为什么不接我的电话？”

“我之前生病，吃了药一直在休息，今天才好了一点。”程梓星回答，“而且禤子轶没收了我的手机，怕我忍不住告诉你。”

程梓星仗着自己有病，用非常虚弱的眼神望着鹿呦，全然忘记刚刚轻而易举就将对方死抵在墙边。

“要不是我费尽心思逃出来，禤子轶现在还把我锁在郊区的房子里。”

腹黑助理再三强调过，此项计划，小朋友和憨憨不可说。

“我去。”禤子轶难以置信地转头，“程梓星，你是个人吗？还有没有一点战友情谊啊，你自己没带充电器还怪我？你这遁地撬锁神功如此出神入化，我想拦你我拦得住吗？”

04

禤子轶的小算盘打得特别精明，微生炀当着镜头放出掌握的所有证据，而他自己登录微博，说明自己之前的言论只不过是为和程梓星联合搜寻真相而故意放出的烟幕弹。

他直言：“科技在进步，人类在发展，我们这些搜刮证据的，也要与时俱进，多多汲取他人的优良手段。”

于是学着苏黎的路数，手一滑，在网上顺带爆出许多周思邈的语音。

包括如何提前窃取《七月四的风》，如何雇水军带节奏，如何和苏黎达成“你要人我要第一”的共识。

周思邈很久以前就开始做贿赂评委、画稿代笔、诬陷诋毁同行等勾当。过往被他陷害的小透明们也联合起来发声，控诉周思邈其实是个人品败坏的三流画家。

原先黑程梓星黑得正起劲的粉丝和爬墙粉丝一看：亏得我们这么相信你，搞了半天自己助纣为虐，被你这二缺货耍得团团转。

网络上的评论又迅速倒向了另一头。

正所谓知人知面不知心，周思邈聪明了半辈子，到头来还是倒在这不入流的小聪明上。

关于程梓星接盗版漫画的事情，禤子轶写了篇解释的文章发表在网上。

程梓星那时是为了筹钱给禤妈妈治病。

“你知道了？”程梓星看到那篇文，挺惊讶地问。

禤子轶白了他一眼：“你以为我是傻子，当时我们都是还没进大学的学生，你哪里会有那么多钱给我？”

程梓星不仅不冷漠，反而会为了朋友不惜一切。

在“能把牛皮吹上天”的专业助理晓之以情动之以理的洗白下，程梓星人气暴涨。

“真是天道好轮回，不枉我顶着差点上头条的风险帮你挡刀子。”鹿呦喝完一整杯牛奶，盘腿坐在沙发上，非常痛快地刷着评论。

程梓星端着自己那杯走近，他其实并不关心后续发展，也不关心粉丝是爬墙还是从墙的那一边爬回来。

他现在满脑子都只有一个想法。

“你，先别和我说话。”

鹿呦瞥了一眼凑过来就想抱抱的程梓星，鼻子一哼说：“离我二十厘米以上距离，我还没有原谅你瞒着我的这件事，我还在生气。”

程梓星想了想，还真就乖乖坐在一边看手机。

没一会儿，鹿呦收到程梓星发来的一张虎鲸结构图。

她盯了好久，没忍住问道：“什么意思？”

"这是虎鲸。"

"我知道。"

程梓星表情愉悦，柔声道："据科学研究表明，虎鲸这种海洋生物就算吵架，也会在几分钟之内和对方和好。"

鹿呦："……"

他继续一本正经地解说："一般情况下，它们和同伴生气吵架的时候，会轻柔地咬一咬对方的舌头，表示和好。"

鹿呦惊了，下意识地问："然，然后呢……"

"我建议我们偶尔可以学习一下这种动物的相处方式。"他一边说着，一边靠近，将鹿呦慢慢放倒在沙发上。

"等一下，问你件重要的事。"鹿呦伸手把程梓星的脸往后推了推，"你是《小芳你大胆地朝前走》的原画者，这么多年，你一直欠我这个读者一个结局。"

程梓星抓着她的手亲了亲："你是在和我催稿？"

鹿呦狡黠道："是啊，程老师，农民工找万恶的资本家讨要工薪喽。"

"那，要不要贿赂一下你面前的资本家？"

鹿呦伸出一只"爪子"："以后你在课堂上布置的作业，我一定按时按量交齐，不拖画不耍赖。"

程梓星叹气："不是这个方面的。"

鹿呦飞快地在他左脸颊上亲了一下："可以了吧，程老师。"

程梓星瞬间愉悦了，他直起身子说："那篇漫画，我最初的设想其实是个悲剧。"

"她没有找到心爱的男孩吗？"

“并不是，她来到了大城市，在那儿扎根，也如愿和男孩度过了一段幸福的时光。”程梓星张开胳膊，把鹿呦抱在怀里。

他无聊时特别喜欢抱着她。

“那时我一直觉得爱情是有保质期的，和放在冰箱的蛋糕一样，就算最初多么新鲜、多么漂亮，随着时间的流逝终究会变质腐烂，被丢弃在垃圾桶里。”

程梓星低头，看见鹿呦一副出神的模样，说：“想什么呢？”

“在想……还好出版社倒闭了。”鹿呦好笑道，“不然，我那时要是看到了这结局，没准会气得当场买票杀到你这个无良画家的家里。”

“听起来不错。”程梓星乐了，“该死，那家出版社倒得真不是时候啊。”

“程梓星，我有时候真的怀疑你以前的高冷都是装的，你现在简直就是一头……”

“一头什么？”

程梓星低声追问，和她说话用上了绘画时的十二分专注。

“一头饿久了的狼！”鹿呦瞪他。

他于是轻轻笑了一声：“小白兔，我还没说完，如果是现在让我重新画的话，我应该会给他们一个完美结局吧。”

鹿呦眨眨眼：“为什么改主意了？”

“大概，是自己尝到了甜头。”

陪着一个人成长，陪着一个人一起变老，听起来，就是一件很棒的事。

他们曾生活在不同的城市，出身于不同的家庭，一切的不同却因永不磨灭的绘画梦想慢慢交织在一起。

他不得不承认缘分的神奇，有些人，在见到的第一眼开始，就再也移不开眼了。

“鹿呦，我们是会一直在一起的吧。”程梓星说，“我想我们一直在一起。”

鹿呦笑了：“你真黏糊。”

程梓星低眸，把她的手按在沙发上：“我还有更黏糊的呢。”

鹿呦哇哇大叫：“要不咱算了吧。”

程梓星冷哼：“显而易见，你说的不算数。”

“哐当”一声，大门口冷不丁传来重物掉落的声音。

沙发上打闹的两人抬头，和不远处掉手机的褶子轶对视良久。

“这不怪我！”褶子轶憋了好久才大声辩解，“你们自己没锁门，我一推就推开了！”

鹿呦默默把脸捂住：“程梓星，你不要脸。”说完就推开他往二楼跑去。

“你不要脸！”褶子轶站在门口，幸灾乐祸地重复一遍，“你也有今天。”

程梓星在沙发上坐好，看向他的目光不太愉悦。

“我们可爱的兼职小助理害羞地跑掉啦，你这个‘和尚’是不是满脑子都是‘怎么办她不理我她不喜欢我了嘤嘤嘤’这句话呀？”

程梓星盯了褶子轶好久，瞳孔深处逐渐燃起一簇细微的火花。

“是啊，从那天起我有时就会突然生出很变态的想法，想着就算有一天鹿呦知道我瞒着她会和我赌气离开我，我也会不惜一切代价，让她永远都离不开我。”

禤子轶的表情在一瞬间变得十分震惊，他退后几步，拍手鼓掌感叹道："我和你认识这么多年，现在才发现，你不是'和尚'，你就是一个纯变态。"

程梓星问："所以你来是干吗的？"

禤子轶这才想起正事来："先帝创业未半而中途没钱，我过来是告诉你，我这收到一个蛮不错的代言，你有没有兴趣？"

05

禤子轶说的是一个近来很出名的小众婚纱品牌，设计师性子比较奇怪，不爱用热门明星，只喜欢邀请一些相爱故事很有趣的情侣拍摄。

对方和禤子轶喝了一次酒，提了下程梓星和鹿呦，对方当即就很激动地拜托禤子轶，一定请他们做自己新款婚纱的模特。

可程梓星是个特矫情的人，怕是哄上好一段时间他也不见得会愿意去抛头露面。

这次，程梓星听完出乎意料地思考好一阵，丢下一句"你等会儿"，转身就回书房拿出《恋爱法则》仔细翻阅。

第五十四条：此生一定要让你心爱的女人为你穿上一次婚纱。

很棒。

程梓星回来后告诉禤子轶，他非常乐意协助这位设计师的拍摄工作。

结果鹿呦不乐意。

十五分钟后，程梓星挫败地坐在窗台，捧着牛奶，面无表情地看着鹿呦和禤子轶交涉。

她言之凿凿："开什么玩笑我才大二，我和程梓星才刚开始谈了二十几天的恋爱就要我穿婚纱，不行不行，进展太快了。"

禤子轶认真道："我纠正一下，这一次只是拍摄并不是正式婚礼。但是你们如果想要顺便办一办的话，我也非常乐意联系一下婚庆公司。"

鹿呦立马警觉，一口回绝："不行，我还没到法定结婚年纪，结婚犯法，我告诉你我是有原则的，想让我去，除非我死！"

"子轶，你先出去一下。"程梓星听不下去了，他从窗台慢慢走下来，手扯了一下衬衫上的领带。

他露出一个称得上危险的笑容："我单独和鹿呦，好好谈一谈。"

06

第二天，禤子轶果然看到了准时到店的程梓星和鹿呦。

鹿呦咬牙切齿道："程梓星，我保证你下辈子一定会遭报应的。"

程梓星不在意地附和："你说得对，我下辈子一定会再次遇见你。"

店在某个写字楼的一层，不差钱的设计师包下了一整层。他们从某种意义上来说从事的职业有相似性，灵感的来源离不开安静广阔的环境。

设计师是个穿着很文艺风的有志男青年，留着长发，披着深灰色的羊毛披肩，老远看到程梓星的时候，双眼突然亮了大半。

"很上镜的长相。"他毫不隐瞒地称赞，"你真人比照片还要好看。"

程梓星淡漠地点头。

“这是你的女朋友鹿呦？”

鹿呦慢热，只乖巧地点头。

设计师乐了：“看上去年纪好小，像个高中生。”

“她成年三年了。”

程梓星悠悠地解释，嗯，其实是已经到了法定结婚年龄。

“我想给你们拍摄这一套，上周才加班加点地赶出来的一套样装。”设计师指了指橱窗，“‘伊甸园的美梦’。”

鹿呦好奇地望去，设计者似乎偏爱别出心裁的薄纱，抹胸和袖口上点缀着一点描边珍珠，下摆是并不烦琐的 X 形蓬松裙摆。

低调而奢华。

她的词汇实在是贫乏，反正就特别好看。

“喜欢吗？”程梓星偏头，一本正经道，“如果你喜欢的话，我们可以现在就订好款式提前制作，到时候就可以腾出多余的时间在会场布置和亲友邀请上。”

“我谢谢你啊，刚交往不到一个月的男朋友。”鹿呦没好气道，“您想得真周到。”

程梓星出乎意料地和那个设计师很合拍，两人就色彩问题滔滔不绝地讨论了半个钟头。

鹿呦端着热茶，递给禤子轶一杯。

“谢谢。”禤子轶说，“一会儿得拍摄好几个小时，辛苦你了。”

“哪有你辛苦啊。”鹿呦打趣他，“老妈子一号永远比老妈子二号辛苦。”

禤子轶笑着抿了一口茶。

“其实，我看了微博。”鹿呦偷偷打量着他，“周思邈开出的条件很诱人的，可为什么你还是会选择程梓星？”

就算是朋友，禤子轶也做得太多了。

“是啊，我为什么会选择程梓星呢？”禤子轶一直盯着茶水面上自己的倒影。

“可能是因为我欠了程梓星很多钱，不，不仅是钱，还有我妈的一条命。”他慢慢说，“小时候我傻，一直以为他没有心，可后来才渐渐发现我大错特错，他其实比你和我都要坚定得多。”

这辈子是不会再弹钢琴了，但是看着程梓星一点点变好，倒也挺不错的。

两人的交谈暂告一段落。

鹿呦在化妆师小姐姐的帮助下化了一个特别仙的森系妆容，带着一点小女生的可爱与性感。

“你的手法比我好多了。”鹿呦感慨，“我长得不算好看，但你为我上妆后，我亲妈都快不认识我了。”

化妆小姐姐打趣：“男朋友好看就可以了，很长脸。”

在别人帮助下好不容易穿好婚纱，鹿呦小心翼翼地踩着高跟鞋，牵起裙摆缓缓而至。

程梓星换衣服快，此刻独自一人站在长廊等着。

两人相隔几米对视，心跳得很厉害。

化妆小姐姐笑了笑，十分知趣地丢下两人走远了。

“小朋友，你今天真好看。”

鹿呦耳尖有一点红：“别叫我小朋友啊。”

程梓星盯着她的脚踝："好的，公主殿下，我要说的是和你相比，这双鞋实在不太好看，我想你应该缺一双真正意义上的水晶鞋。"

他如变戏法一样，从后面的桌上拿起一双包装精美的鞋盒，随即半跪在鹿呦的裙边打开。

他细心地为她穿上比脚上不知美多少倍的水晶鞋。

鹿呦看呆了，惊呼："你从哪里弄来的？"

"半个钟头前，在和那个设计师谈心的时候顺带买的。"程梓星满意地起身，眯着眼睛欣赏道，"果然，网购还是挺方便的。"

鹿呦当即就想把过去那个执着于给他下网购软件的自己掐死："这一看就死贵的，你又乱花钱！"

"给你买，不算乱花。"程梓星伸手揽在她纤细腰间，"小公主，你好像瘦了。"

他轻捏了下她的肩膀，皱眉："没好好吃饭？"

鹿呦不在意："我减肥。"

程梓星沉默好半天才真诚地建议："你不用减肥的。"

鹿呦凑过去，一脸期待："你是不是觉得我其实已经瘦成标准瓜子脸了？"

程梓星指尖轻触，从她的下巴往边缘轮廓摩挲而上。

"按照遗传学来说，你是鹅蛋偏圆的脸形。"他非常不客气地打击，"放弃吧，你再瘦也变不成瓜子脸。"

鹿呦："……"

你骗一骗我是会死吗？

"程老师，你好像从来都没亲口说过'你喜欢我'之类的表白。"鹿呦靠在他的肩膀蹭啊蹭，"这样看我不清不楚就和你在一起，很吃亏的啊！所以程老师，你要不要和我表个白？”

程梓星点头，虚心请教：“请打个样儿。”

鹿呦把他一抱，在他耳边小声说：“You make me heart peng peng peng.”

程梓星顿了一下，没有丝毫反应，还非常破坏氛围地说：“你这句英文有语法问题。”

“这样较真会容易没朋友的啊！”鹿呦不满道，“现在轮到你了。”

程梓星亲了一下她的额头：“Je t’aime（我爱你）.”表情炽热又认真。

你特别好，特别可爱，特别值得。

鹿呦眨了一下眼，又眨了一下，不为所动，缓缓发出疑问：“啥玩意儿？”

没……没听懂。

程梓星微微叹了口气，把对方揽在怀里：“没什么，我说今天天气还不错。”

Chapter 10

我会一直站在你的身后，
无论是过去还是未来

01

在如此爆炸性反转剧情加持下，程梓星的画展比所有人想象的都要成功，几乎所有的画作都以高昂的价格拍卖了。

而这笔钱将会作为慈善款项，全部捐给那些家庭困难却依旧渴望学习的山区孩子。

毕竟，乾坤未定，对未来心怀憧憬的人皆是黑马。

“子轶，你还想继续学钢琴吗？”程梓星问了禤子轶这个之前不知问过多少次的问题，“以前要给你找医生你都拒绝了，可如果是现在，你还愿意去试一试吗？”

试一试重返辉煌。

禤子轶“啧”了声：“试你个头啊，你拍逆袭电视剧呢。我倒觉得现在这样也挺好，吃吃饭喝喝酒泡泡妹子，有事没事就去陪一下我妈。”

“也许你也需要一个伴侣。”程梓星好心建议，“是像鹿呦这种，而不是天天陪你喝酒蹦迪玩骰子的那种。”

禤子轶噎了一下，这货绝对是换了个方式来炫耀。他没好气道：“大哥，你谈你的恋爱别硌硬我，我女朋友多得加在一起能围着泽大绕三圈，用得着你担心！”

高密站在程梓星另一边，此刻心情略微复杂。

“我特别难过，我当初为了你差点和我上司吵起来，冒着被辞退的风险为你洗刷冤屈，结果你们却连这么重要的计划都不肯说。”

憨憨代表高密看着面前的《七月四的风》，吸了一下鼻子，无比悲伤。

“鹿呦也不知道。”

高密瞬间心理平衡了：“哦，那还好一点……个鬼啊。”他又炸了，“她知不知道和我有什么关系？”

没人理他。

沉默了一会儿，他又开始叨叨：“其实这幅画是我最看好的一幅，而且出价也很高，可惜，你偏偏就是不卖。”

他不解道：“好大一笔钱，为啥不卖啊？”

程梓星看了他一眼：“为什么要卖？这是送给我女朋友的。”

高密心想你丫昨夜肯定没睡好又大白天做梦。他眼珠子一转，看到不远处笑得很开心的鹿呦，想起了什么，拍了下程梓星说：“程大画家，帮我个忙呗。”

“什么？”

“那什么，我有个表弟，一米八五的相貌端庄的阳光单身小伙子，正好也在这座城市，你看，我把你家同样单身的兼职小助理和他撮合一下。”他十分满意地“啧”了声，“多好。”

好你个头。

程梓星用一种无法言语的表情望向高密。

他缓缓伸手，指了一下鹿呦，又指了一下自己。

“她，我的。”

“……”

“我女朋友，鹿呦。”

语毕，程梓星抛下石化在原地的高密，走过去搂住鹿呦的腰，无

声地宣告主权。

[illegible]子轶拍了拍高密，好心道："给你一个忠告，最近发生什么都别理程梓星，他满脑袋都是各色颜料泡泡。"

02

鹿呦在中途回了一次家。

没有告诉她爸她妈，她买了好多菜，进门的那一刻她和妈妈都愣住了。

鹿妈笑着打趣："今年你们学校放假挺早的。"

鹿呦也笑："我趁着周末特意溜回来的啊。"

她做饭的时候，鹿妈就跑过来帮她打下手。

"什么时候学会做饭的？"鹿妈看着自家女儿熟悉的手法，不禁好奇道，"大小姐，之前在家里可从来没让你下过厨房。"

"自己在学校摸索出来的。"鹿呦自豪地说，"下次做桂花糕给你吃！"

鹿妈转身帮鹿呦拿碗打鸡蛋，鹿呦看着她的背影，嘴角弯了弯。

"我想抱抱你。"

鹿呦轻声说："我去学校后和你打电话的次数比我哥都少，你发的微信我也总不爱回，对不起。我以前很任性的，总是觉得你们对我的好是天经地义，对不起。"

鹿妈微微有些愣住，叹了口气，笑着转身将鹿呦抱在怀里："傻孩子，我是你妈，有什么好对不起的。"

这是一顿很温馨的饭。

鹿呦之前会做的不多，托会炸厨房的程梓星的福现在已经像模像样，鹿妈吃得特别开心，一直夸鹿呦长大了知道孝敬父母。

鹿爸虽没说什么，但是眉头舒展开来，他张口又想谈些未来的问题，被鹿妈一筷子堵在嗓子眼了。

“孩子难得回来，别总说些不爱听的！”

鹿爸思考片刻，噤声继续很认真地吃饭。

鹿呦捂着嘴快要笑死了。

走之前，妈妈非要鹿呦带点白川的特产回学校，塞了一堆东西在她手中。

她哭笑不得地接过去，瞥了一眼爸爸，故意扬了扬音调：“我走了哈。”

鹿爸坐在沙发上一声不吭，戴着老花镜，手里还攥着报纸看得认真。

不过，报纸拿反了。

鹿呦转身，看到桌上的全家福。

有没有一瞬间，你觉得你爸妈很爱你。

想起家里条件不好的时候父母很忙，所以晚上总是她和哥哥待家里。有次她不知为何着凉发烧，快要烧糊涂的那种，鹿以鸣年纪还小，立即哭着给爸妈打电话，说妹妹快死了。

鹿呦迷迷糊糊中看到那两个身影回到家朝自己发疯地奔来，抱起她就往医院冲。

打完点滴退了烧，爸爸背着自己，妈妈就跟在后面一直哭。

“爸，我爱你。”

鹿呦突然扒在门边，朝着爸爸很小声地说：“我告诉你一声，我其实很爱你。”

这世界上所有最深沉的爱，永远在看不见的地方悄然生长，无条件包容你袒露出的软弱，倾尽所有来护你一生安宁。

程梓星曾说了很多她不知道的过往，在那些纷杂的岁月，他们其实都在她的身后。

就算严格，也会在大半夜悄悄瞧一眼她的被子是否盖好。

就算反对，最终还是让她去选择了喜欢的美术。

鹿爸眼底顿时闪过一丝惊讶，而后低眸，装作不在意地点头。

但如果鹿呦此刻掉头回来，就能看见那个永远看似严厉无情的老爸伸手悄悄抹了一把眼泪。

冬天的白川，天总是黑得很快。

华灯初上，车水马龙的街道，程梓星站在小区门口，看着那个小小的身影朝着自己奔来。

他走过去蹲下，帮她把快要跑开的鞋带仔细地系好。

“你怎么不找一家咖啡店等我过来。”鹿呦特心疼地说，“你穿得少，可别冻着了。”

程梓星抬头一脸不解，执拗地问：“那你怎么不带我回家？”

鹿呦转瞬露出一个极度尴尬的笑容：“那什么，咱不着急，咱选一个良辰吉日宣布才显得比较慎重。”

主要是，先给她爸妈和她那个远在国外的哥一个缓冲的时间。

程梓星发散性思维，此时将目光投向远处：“我刚刚在想一个问题。”

鹿呦顺着他的话接下去："嗯嗯，你刚刚在想什么？"

他眼底炽热。

"我想，和你在那个街道，来个肆无忌惮的法式热吻。"

夜空渐渐飘下无数绵密雪花，纷纷扬扬落在他们的肩头，有一点飘到鹿呦的鼻尖，很凉。

白川今年的第一场雪。

她愣了好久才红着脸扶额："老板，这不该是你的人设啊！你最近是不是又看了什么奇奇怪怪的书了？"

程梓星扣住她的后脑勺，吻了吻额头："我想你一定是误会了什么。"

自确认关系后，他就如无师自通般在自负的道路上一路跑偏，此刻非常不要脸地说："我们搞艺术的，就是天生的调情高手。"

"……"

鹿呦差点爆了一句粗话，退后一大步捂脸催眠自己："我不听，我不听，我不听。"

女孩子脸皮薄些，程梓星也不闹了。

他将手摊在她面前，温柔地问："牵手吗？"

雪景很美，人更美。

鹿呦啊，在美人面前，你可真没原则。

她放下手，红着脸嘀咕："牵。"

遇见你的那一天是夏天，重逢的那一天是春天，而如今大雪再一次纷飞而至，浅浅的灯光映照彼此的脸庞，眸若星辰。

世界这么大，遇见命中注定的人的概率是百分之零点零一，可即便如此，我们还是于茫茫红尘中相遇，真是万幸。

“我想要你的一辈子，也是我的一辈子。”

程梓星俯身帮她把帽子仔细戴好，看她时眼底全是细碎的温柔：“鹿呦，我想要一辈子和你在一起。”

“好。”鹿呦捧着对方的脸颊认真而虔诚道，“朕准了。”

两人相视一笑，程梓星俯身想亲她，她把他一推：“对了对了，我给你买的定制衬衫快要到了。”

程梓星抬眸：“你给我买了衣服？”

鹿呦点头，乐呵呵地打开手机，调到店员小姐姐给她发来的衣服图片。

“快看快看，领口有一颗小星星。”她献宝似的将手机凑上去。

程梓星“嗯”了句：“她刚刚又给你发了一张图片，好像拍的是贺卡。”

鹿呦了然道：“买衬衫送的，说是可以帮忙写些话。”

他愣了一下，语气变了几分：“你确定，是送给我的？”

鹿呦狐疑地点头：“怎么了啊这个表情？”她伸手把手机拿回来放大看。

图上只有两个字，一个非常羞耻的称呼。

鹿呦瞬间连话都说不利索了：“她她……她绝对是把我和别人的弄错了！”

“我懂。”程梓星眼底都是笑，“天地可鉴，原来你已经这么迫不及待了。”

“我迫不及待个头啊。”

鹿呦捂脸，只觉跳进日本海都洗不清了。

03

期末考试之前，鹿呦的决赛作品过五关斩六将，如过去自我催眠一般脚踩好运，一举拿下第一名的好成绩。

终于玩回来的教授非拖着程梓星感慨：“鹿呦真不愧是我的学生你的女朋友，所以说我一直在强调的激情还是有点作用的，你说是不是？”

程梓星淡淡地瞥了自家老师一眼，答非所问：“既然您回来了，我是不是可以走人了？”

教授瞪他：“让你帮忙代几节课咋那么多怨言，当初可是你说的，只要让鹿呦当你助理，你就欠我一个大人情！

“而且你不是也挺喜欢这个班吗？我看了你改的那些作业，真仔细啊，改了一晚上吧。”

其实改完才三点半。

程梓星说：“他们不认真是他们的事，我这个半吊子老师要是也和他们一样随便马虎，我干脆真的去天桥底下卖画去得了。”

“你以前可不是这样的。”教授说，“你以前把他们的作业一起淹完了。”

“我说了，那只是个意外。”

“成成成，意外，你说意外就是意外。”教授顿时有些不解，“欸，你今天没课，怎么乖乖跑到学校来了？”

程梓星看了眼窗外，慢悠悠地开口：“今天学校礼堂有颁奖，鹿呦会上台。”

与此同时，学校礼堂坐满了大一到大三的学生，里面吵吵闹闹的。

庄晨左顾右盼：“鹿呦在哪儿呢？”

“在后台背词，一会儿要上台演说获奖感言。”

邹佟边往嘴里塞糖边说：“算起来也快要过年了，我觉得这时间过得太快了。”

“那可太好了。”

周洛洛说：“我觉得我这一年实在是糟透了，用我在网上看到的段子来说，去年过年许下的愿望是脱单，结果上帝听错了我的心愿听成了脱发。今年的我不仅单身，还秃了。”

默默站在她身边的萧影娇羞地拽了一下她的袖子。

“那你，要不要考虑一下我哇？”

周洛洛嘴角不自觉地扬起一丝笑意，嘴上却满不在乎道：“看你表现喽。”

后台。

程梓星进去的时候，鹿呦正一个人站在半米多高的台子上狂背台词，怕一会儿忘词尴尬。

看到来者是谁，她咧嘴，想要跳下来找他。

“你就站这儿吧。”程梓星勾出一抹淡淡的笑意，“这样就很好。”

鹿呦没太理解：“什么？”

“这样，你就可以低头看我了。”

程梓星记得她说过，他们这些人仿佛天生就该站在高处俯视众生，而她总是爬不上去，一个人孤零零地站在山脚，羡慕地凝望上面的风景。

现在，可以靠得很近，不需要仰着头。

“程老师。”

“嗯？”

“没事，我就叫叫你。”

鹿呦眨了一下眼睛：“程老师，你真好。”

“程老师还给你带了奶茶。”他补充，“是热的，加了芋圆。”

鹿呦接过去还不忘打趣他：“我记得你之前还买过一车的奶茶、蛋糕回来。”

程梓星忆了曾经种种黑历史，又想起了那本已经锁在柜子里的《恋爱法则》，心想还好自己回头是岸，差点就在追妻火葬场的道路上一骑绝尘。

“为什么又开始叫我程老师了？”程梓星轻轻地说，“你以前，都喊我老板。”

鹿呦也说不出理由：“自然而然就叫了，你要是不喜欢，我换一个啊。”

“换你写在贺卡上的那个称呼吧。”程梓星念念不忘，“那个就很好。”

“那个不好！”鹿呦气笑了，“是误会啊。”

她又担忧：“我和你说，我好像还是有点紧张欸，我怕我一会儿还没走上去就摔在台阶上，那我估计又得在泽大出名好一阵。”

程梓星点头：“你弯一下腰。”

鹿呦十分听话地照做：“做什么？”

“给你充个电。”程梓星伸手扣住她的后脑勺，两人额头相抵，

“别紧张。”

他语气温柔似水般：“我会一直站在你的身后。”

像之前一样。

无论过去还是未来，做你最锋利的矛，最坚固的盾。

不顾一切，万死不辞。

04

颁奖是教授颁的，他特意提前向学校申请。

其实原本她是想把这个机会让给程梓星，但程梓星非常迅速地拒绝了。

教授百思不得其解，最后他觉得自己确实是老了，不太懂年轻人的爱情。

鹿呦在掌声中捧过奖杯，沉甸甸的，上面刻着她的名字。

教授故意严肃道：“别骄傲，程梓星大一就得了三个这样的奖，你以后的路还长着呢。”

鹿呦点头，她低眸一眼就望到人群外，靠在墙边的程梓星。

她露出一个特别灿烂的微笑，眼睛亮晶晶的。

和“星”的约定，和你的约定，我做到了第一步。

以后我会变得越来越好。

我也会变成一个很厉害的人。

“被诬陷，被讨厌的时候，有想过放弃吗？”

——“不会。”

——“因为还有人爱着我，还有人相信着我，原来的人不曾离开，现在的我，也永远不会放弃。”

程梓星神色温柔，他将一只手放入大衣里，过了几秒钟，学着她曾用来讨好他的招数，大拇指与食指交叠，比了一个时髦的心出来。

他张口，说出一个“加油”的口型。

鹿呦突然就很感动。

关于自己的一切，他都记在心里。

很幸运，我遇见了你，而你从始至终，都没有选择丢下我。

过去某个时刻，你总会在懵懂之间发觉那些倏忽而来的想法在心底摇曳不停。你费尽心思终于是抓住了其中一个，在欣喜到达眉梢之前，身后却有无数的大人唏嘘那只是一个不切实际的梦。

你松手了，你放弃了，你回过头跟着他们踏上了所有人都羡慕的现实。

然后过了很多年。

很多年以后，你才终于明白，那个不切实际的梦，还有一个名字，叫作梦想。

梦想不死，希望不灭。

向阳而生，活到淋漓。

Extra episode（番外）

那段破碎却疯狂的
追梦时光

01

下课间隙，走廊如往常般人山人海。

程梓星避开人群，掏出那部最新款的翻盖手机，熟络地拨通一串号码。

有人拍了一下他的肩膀。

裀子轶叼着一朵红玫瑰，蓝白色的校服全部敞开，露出里面雪白的衬衫。

“哥们帅吗？”他冲程梓星挤眉弄眼。

“又去见你的小龙女去了？”程梓星瞧了瞧那抹得发亮的刘海。

“小龙女和杨过跑了，我只得去找我的薛宝钗解闷。”裀子轶瞥到屏幕上的号码，“又给你爸妈打电话啊？”

“嗯。”

“今年过年他们还会回来吗？”

程梓星想了想：“不回了吧。”

“那还是去我家过吧，我妈一直念叨你，恨不得把你当亲儿子养着。”裀子轶咧嘴露出一个笑容，“有你最爱的鲅鱼饺子。”

“谢谢。”

“谢个头。”

他把脸凑过去，终于忍不住说：“那什么，我听别人说，咱班头跟你吵了一架。”

这是很难见的，程梓星向来是班头心中最爱的模范生。

程梓星点头："我和他说了要当美术生的事。"

禤子轶差点从栏杆边翻下去。

"我没听错吧，你要步入我的后尘？"

"有问题？"

禤子轶大吼大叫："当然有问题啊，我一成绩不好的学艺术，你成绩排名年级前三啊！你见过哪个年级前三的跑去学艺术的！"

程梓星看着他，认真道："那你马上就能见着了。"说完，他也不顾对方的震惊，转身走远。

这是夏天。

包含野心，锋芒，永不消逝的盛夏。

眺望天际，远处的白云一团一团地串在一起，如流沙般缓缓飘动。

起初是有很多人反对的，他们一点都不理解，程梓星为什么莫名其妙就去选择艺术。

程梓星统一口径："喜欢。"

我不是为了在未来得到一份所谓的好工作而选择和众人一样中规中矩地学习，我想要的是，绘画出我所理解的世界，我想要实现自己喜欢且值得的梦想。

那之后，很多人等着看他笑话，看他从神坛上跌落下去。

可程梓星的选择从不会出错。

又或者，他从不允许自己出错。

日渐增进的画工和越来越多的获奖证书彻底堵住了别人的嘴。

学校的人都知道，那个沉默寡言的大帅哥，不但学习超棒，还画得一手好画，连褶子轶都跑到程梓星面前嚷嚷，说自己中意的女孩子居然看上了他这个“和尚”。

但几乎所有人都不知，他房间的角落堆了多少废弃画纸，为了同时兼顾成绩和专业课，每到夜晚他打开窗户，嗅到一丝湿润的泥土气息，又或者是清晨，看着缓缓升起的朝阳，阳光艰难地洒在素描纸的边角。

“兄弟，你知道熬夜猝死的概率有多大吗？”终于有一天，褶子轶忧心忡忡地和他谈心。褶子轶刚从艺术节光荣退下，一首肖邦的钢琴曲又为他泡妹子打下坚实基础。

“大概比你一天不和女孩子说话的概率大一点。”

程梓星推开那张凑上来的脸。

此刻，他已经被扣上“天才画家”的高帽子，“梓星会成为一个很厉害的人啊”，很多颇有实力的老一辈都这么说。

不像普通孩子会露出得意的神色，他只是微微点头，神情颇淡，仿佛谈论的一切都和自己无关。

程梓星是有天赋的，不久的将来，名誉、掌声，一切的一切都在等着他。

但只有他自己知道，他的心是空的。

那个世界，依旧一如既往的空旷而寂寥。

02

高三前，程梓星只身前往外地参加一个全封闭比赛。

等他出来才知晓，褶子轶的妈妈生了很严重的病。

严重的病，要花很多钱。

褟子轶为了筹钱，弄坏了自己弹钢琴的手。

他赶到医院的时候，那个曾经上蹿下跳的少年此刻眼底暗淡无光，一个人缩在角落不知道在盯着什么。

他沉默良久才告诉褟子轶："一切都会变好的。"

少年号啕大哭。

父母常年离家，定期给予的生活费并不多，程梓星找到好几家出版社，寄去无数作品。

而受挫便是从那时开始，他还是少年，尚且青涩也不懂得谄媚，画稿一次次被拒，之前眼红他清高的人暗暗使绊子，带他去酒局饭桌，齐心协力灌他。

他吐完再回去，接着和一桌的人周旋。

他的酒量，大概就是那段时间练出来的。

所谓"只做画高雅艺术的画家"已经被彻底抛入脑后，他马不停蹄地接一些不入流的稿子，只要赚钱，来者不拒。

他连泽大的录取通知书都是最后几天才抽出时间去拿。

他没有告诉过褟子轶那些钱是怎么来的，只说是奖金，很容易。

他知道，对方虽平日里大大咧咧，其实内心敏感得要死，听起来容易得来的钱，会适当减轻一个人的负罪感。

后来过了很久很久，褟子轶的妈妈病情变得稳定，褟子轶又变回了原来的阳光少年。

程梓星终于可以喘口气了。

但他拾起笔落在画纸上的那刻才发觉，灵感好像彻底消失在他的世界里。

他不知道画什么了。

他感到很迷茫，说不出的迷茫。

对于一个画家来说，这是很可怕的事。

半年时间，他尝试了无数方法，比如在裲子铁抱着灭火器一脸恐惧时站在厨房做午餐，又或者去图书馆借一堆书名奇特的外文书籍，包下一个下午的旋转木马。

全是徒劳。

烦闷之际，他瞒着所有人，以“星”为名在之前画过的盗版杂志上连载了一篇漫画。

起初只是想抒发自己的郁结，并不指望有谁会喜欢上这篇冷门的漫画。

因为就题材而言，它并不讨喜。

但有人喜欢上了。

一个叫作鹿呦的高中生读者告诉他，她特别特别想学美术。

彼时程梓星正在整理高中那些垒起来快装满半个房间的画纸，他看着寄来的信，不知为何来了兴趣，于是提笔告诉她：如果这是你的理想，那么就放手去做吧。

然后从那天起，这个读者似乎是找到了倾诉的窗口，每周一封，每月四封，从未间断。

他也开始习惯每周拜托编辑把信寄过来。

她偶尔会说些自己的烦恼，比如，心中的艺术和现实中出版商喜欢的商业价值往往背道而驰。

他说，我其实，是个很失败的画家啊。

她却很轻快地回复，乱说，你是最厉害的，你是我的偶像。

程梓星很久之后才发觉，鹿呦这个小孩子，好像是自己那段失败人生里，唯一最努力刷存在感的死忠粉。

后来他找回了遗落的灵感，他变得出名，每一幅作品都价值不菲，再不复当初被拒稿的悲惨，喜欢崇拜他的人越来越多。

他变成了别人口里羡慕不已的程大画家。

但只有那个女孩不同。

通信一年间，程梓星都以一个不入流小透明画家的名义读着那些信。

她告诉他，春天白川的桃花开得特别好看。

她说，她今天终于鼓起勇气和爸妈说想当美术生的事，但爸妈不太乐意。

她说，第一次画作得到优秀的打分，开心得快要原地晕倒了。

这是一种奇妙的感觉，他逐渐了解她，开始对她好奇，这是一个很普通的女孩，喜欢画画却没多少天赋，不太会与他人相处，有一点懦弱，亦有自己的执着。

但很有趣。

03

十二月初，他获得了一项含金量非常高的奖项，足以有机会前往巴黎那个艺术之都继续深造。

老师同学都争着要给他办庆功宴，而他捧着包装精美的饼干，在大雪纷飞的平安夜一声不响地踏上去白川的飞机。

鹿呦在白川。

现在正是集训时期，一群学美术的孩子正埋头抓紧时间苦练画技。

程梓星的飞机晚点很多，他根据信里的地址找到那个美术学校时已经放学很久。

他以为自己会见不到鹿呦。

白川也下了很大的雪，房屋地面白皑皑一片，像是裹上一层厚厚的冰霜。

有认出他的老师帮他指路，告诉他鹿呦还在一楼教室改画。

他没进去，只是站在外面，顺着窗户悄悄望去。

教室里就她一个。

而她在哭。

从他那角度看去，鹿呦小小的一个，似乎哭得快要断气了，一边哭，还一边端起屁股边上泡了十来分钟的泡面，非常迅速地往嘴里送。

画面看起来很像低配版的《最后的晚餐》。

他一眨不眨地站了半个小时，见她好不容易吃完了一整杯面，又顶着一双红肿的眼睛，慢吞吞地关灯离开教室。

程梓星的鼻尖冻得有一点红，他转身离开，并没有凑上去与她相见。

他突然明白，鹿呦现在需要的，并不是备受瞩目的实力画家程梓星。

而是一个会陪在她身边，距离她并不遥远的人。

前面迎面而来两个男孩，嬉笑中混杂着快要溢出来的嘲讽。

“我听说你们班鹿呦，连续五次作业全部获得 D- ？”

“哦，那个笨蛋啊，真心没什么天赋，不过仔细看看长得倒还蛮可爱的。”

“你要追她？”

“我要是追不上我班女神，和这种小女生交往也不错啊。”那人狡黠地说，“好骗。”

他朋友笑骂：“你个渣男。”

两人还在打闹，却见一人不知何时杵在面前，对方很高，站在那里俯视他们，眼底逐渐覆上一层冷意。

“圣诞快乐。”

话音刚落，对方挥起拳头，瞬间将刚刚调侃的男生打倒在地。

“我不在的时候，拜托你离鹿呦远一点。”

说完，对方又不忘礼貌地补充：“顺便，帮我带一份饼干给她，别说是我送的，谢谢。”

其实他在去巴黎的一年里遇见过很多比鹿呦漂亮很多的女孩，她们欣赏他，成群结队地给他塞私人 Party 的邀请函。

但每次他都会不由自主地想起那个夜晚，鹿呦坐在成堆的画稿里很没形象地号啕大哭，不断地用袖子擦鼻涕，实在称不上优雅。

却印刻在他脑海，挥之不去。

鹿呦高考，程梓星特意去了白川一趟。

他车子半路熄火，正好被一对很恩爱的老夫妻搭救，相处得不错，他答应对方，每年都过来给他们画画。

千辛万苦到了白川，程梓星那几日会悄悄等在鹿呦家楼下，看着她拿着透明考试袋出来，而他保持着距离慢慢跟上，然后再与其他家长一样蹲守在学校门口。

高考两天，他跟了两天。

也不知道为什么要这样做，总觉得这样看着这个小孩，他会很安心。

他甚至看见了鹿呦的父母，他们搓着手，藏在学校门口的大树后，故意向其他家长炫耀自己的女儿早早通过了泽大的艺术考试。

程梓星握着志愿者发的纯净水，嘴角轻轻扬起。

鹿呦，其实这个世界上，还是有很多人在默默爱着你。

所以，无论发生什么，都千万不要放弃自己。

后来鹿呦顺利入学泽大，过了半年，程梓星便求着教授让鹿呦签下兼职助理的协议。现在有时看着她在自己面前叽叽喳喳，莫名想起过去那些记忆，他突然觉得很满足。

感谢上帝，将她再一次送到我的身边。

第一次好奇，是在和她通信一年。

第一次打架，是听见了那两个男生在背后嘲讽天赋不佳的她。

第一次感动，是本该懦弱的鹿呦独自挡在媒体前为他辩解。

想她开心、单纯，想她永远无所畏惧。

所有的执念，所有的冲动，所有的口是心非，所有的所有都只与她一人有关。

04

某次画展，程梓星作为特邀嘉宾携鹿呦一起参加，她看起来蛮开心，穿着碎花小裙子，步伐轻快，很快走到前面看画去了。

有个女孩特别不好意思地递上本子，想要个签名。

程梓星没有拒绝。

签名时女孩又问他，前面那人，是不是他的女朋友。

程梓星摇头。

他指着前方，朝女孩露出一个温柔而幸福的笑容。

“我的太太，鹿呦。”

我的救赎，亦是我的解药。

生于尘世，经历无数风雨险阻，回头来看，那人的笑依旧如当初般温暖单纯。

总有人会找到你，总有人，会一直等你。

图书在版编目（CIP）数据

甜鹿撞心上 / 灼灼不停著. -- 上海 : 上海文化出版社，2020.6
ISBN 978-7-5535-1932-6

Ⅰ. ①甜… Ⅱ. ①灼… Ⅲ. ①长篇小说－中国－当代 Ⅳ. ① I247.5

中国版本图书馆 CIP 数据核字 (2020) 第 059615 号

责任编辑 蔡美凤
特约编辑 封 言
装帧设计 刘 艳 西 楼
封面绘制 小石头
印务监制 周仲智
责任校对 彭 佳

甜鹿撞心上
灼灼不停 著

出　　版 上海文化出版社
出　　品 上海故事会文化传媒有限公司
（200020 上海市绍兴路 74 号 www.storychina.cn）
发　　行 长沙大鱼文化传媒有限公司发行中心
印　　刷 长沙鸿发印务实业有限公司
开　　本 880×1230 1/32 印 张 9.125
版　　次 2020 年 6 月第 1 版 印 次 2020 年 6 月第 1 次印刷
书　　号 ISBN 978-7-5535-1932-6/I.758
定　　价 36.80 元

上海故事会文化传媒有限公司 出品（00939）www.storychina.cn

本书如有印装问题，请与印刷厂联系调换。联系电话：0731-82755298